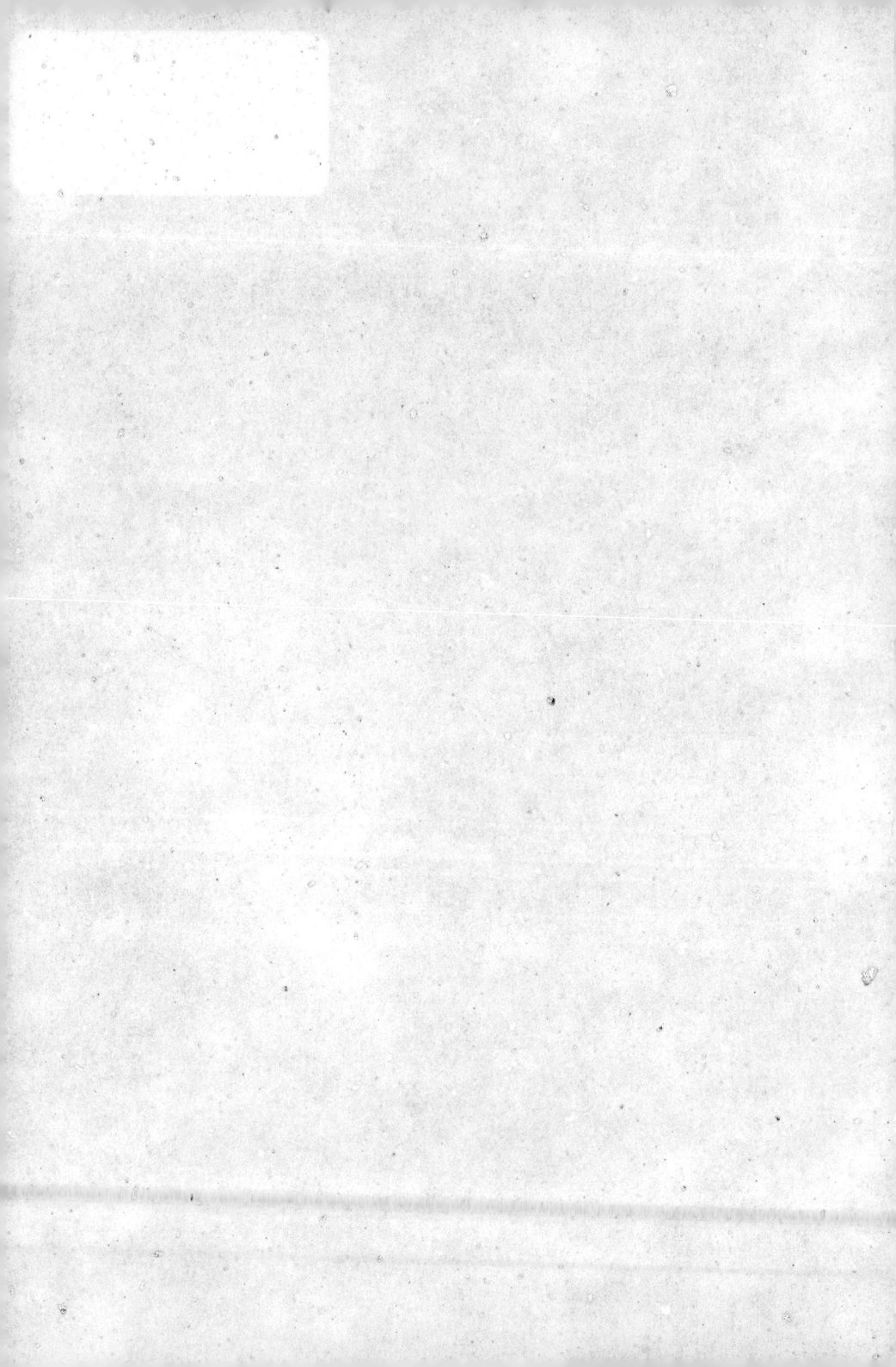

王宗仁作品自选集系列

遥远的可可西里

YAOYUAN DE KEKEXILI

王宗仁 著

青海人民出版社

图书在版编目（CIP）数据

遥远的可可西里 / 王宗仁著 . –– 西宁 : 青海人民
出版社 , 2022.11（2023.9 重印）
（王宗仁作品自选集系列）
ISBN 978–7–225–06396–6

Ⅰ . ①遥… Ⅱ . ①王… Ⅲ . ①散文集－中国－当代
Ⅳ . ① I267

中国版本图书馆 CIP 数据核字（2022）第 177670 号

王宗仁作品自选集系列

遥远的可可西里

王宗仁　著

出　版　人　樊原成
出版发行　**青海人民出版社有限责任公司**
　　　　　西宁市五四西路 71 号　邮政编码：810023　电话：（0971）6143426（总编室）
发行热线　（0971）6143516 / 6137730
网　　址　http://www.qhrmcbs.com
印　　刷　青海新宏铭印业有限公司
经　　销　新华书店
开　　本　890 mm×1240 mm　1/32
印　　张　10
字　　数　240 千
版　　次　2022 年 11 月第 1 版　2023 年 9 月第 2 次印刷
书　　号　ISBN 978–7–225–06396–6
定　　价　45.00 元

目　录

雪山无雪

海拔 5300 米的高度是生命的风景线。

鹰平视着山脊，将湖色和雪光映照在翅膀上。

1996 年 7 月 25 日 12 时 59 分，当我第 104 次站在唐古拉山口时，忽然觉得生活中许多可望而不可即的事情，其实是人为变得神秘的。它们原本并不复杂，就像你想离太阳近一些，就站在世界屋脊上来。

山上比山下高，谁还不知道？

当然，唐古拉山巅离太阳近了，也离死亡近了！

山口屹立着一座汉白玉石的军人雕像，魁梧，凝重，深沉。

因为阳光的照射雪山才有了一片灿烂。所不同的是，此刻阳光转换了投射的角度，从雕像的胳膊与身躯的隙间处流泻下来，雪地上便刻下了一个立体的光影。

阳光在雪山上、雕像上都不会永存。云可以把它遮住，风可以把它卷走。我闭上眼睛白天就变成了黑夜。

事情就这么简单。

这才是实实在在的、九级暴风雪也撼不动的永恒：百余次地翻越唐古拉山。

那是 5300 米的高度！将 100 米高的云梯搭连起来，53 个呢！它伸进了宇宙的深处。

炫耀自己是很愚蠢的。我无非是想说明：我曾多次站在死亡的边缘，因而也就习惯了死亡的威胁。

在高原上走，我也是高原的一部分。

走着走着，我倒自己怀疑起了自己：我真的在世界屋脊上走过上百次吗？

太阳下闪过一道阴影。一头野驴踏过荒原，鬃毛竖立着。

这个中午，唐古拉山的野风把人的感觉刮到了比高原还高的高度。我站立不稳，身上特困，很像是刚在棉花堆里挣扎了一番后那种很没有味道的感觉。头晕乎乎的，双脚总是踩不实在。看东西的能见度大大降低，听任何一种声音都像隔了一层玻璃，嘴里仿佛噙着一个吐不出又咽不下的泡沫团。高山反应通过体内各种器官残酷地折磨着人的肉体。

超高的雪山把过山人的躯体撞击成了一片无灵魂的羽毛。

我的同行者都毫不例外地染上了这种反应，致使兵站为我们特意做的那顿丰盛的午餐几乎没动一筷子，仍冷在桌子上。与众不同的是，我吃了两个烧饼，喝了两碗稀饭。如果不是几个同伴用诧异的目光瞅着我使我怪不好意思的话，我估计再消灭"一干一稀"是十拿九稳的。但是，需要说明的是，高山反应给我带来的不舒服并没有因为这相当不错的饭量而有丝毫的减弱。

大概我比别人更明白：在高原上越是不想吃东西越要把胃囊塞饱。

兵站司务长一直用不可捉摸的目光打量着我，我一撂下碗筷，他就感叹起来："我们唐古拉兵站部就犯愁每月都要节约几百斤精米精面，在大家最需要营养的地方搞节约活动，我们实在觉得残忍。如果每个人都能像你这么痛痛快快地吃，我们看着比把山珍海味补充到自个儿肚里还幸福！"

我不怀疑他的话是出于真心，可我听着总觉得有点别扭便不咸不淡地回敬了他一句："我还真可以在你面前摆点'老资格'了，有老高原在这里，你肯定还嫩了点；不要忘了，我是一百多次在唐古拉山潇洒走一回了。"

司务长吐了吐舌头，我看到他一脸的敬佩和服气。"老资格"这个东西在好多场合是可以压死人的。还有，他提到了"节约粮食"，我对他说："兵站贮存点粮食绝对很有必要。就是在这个兵站的旁边，曾经发生过令人心碎的事！"

我脸上的严肃表情，使司务长和其他几位同行人已经猜到我讲的事情肯定不会轻松，他们停止了议论高山反应，跟着我走出了食堂。我指着山脊上的一排电线杆，告诉他们：

"60年代中期，初冬的一天，从格尔木乘便车来到唐古拉山执行护线任务的五个女兵，在山中的沟沟壑壑奔波跋涉一天，查完线路后坐在公路边等车，准备返回驻地。这些离开内地仅仅一年的女兵娃，脸上的白皮嫩肉虽然被高原人特有的紫糖色所代替，但是骨子里还缺少高原兵的气质。此刻，她们背靠背、脚蹬脚地歪坐路边，一个个脸色蜡黄，蔫头耷脑，高山反应已经侵袭到她们的神经中去了。也怪，平日车水马龙的青藏公路这天竟变得出奇地寂静，两三个小时过去了也不见一辆车往来。不久，女兵娃们便挤成一团在路边睡着了。冷冷的风夹着从山洼搜来的雪粒，抚摸着她们冻红的脸庞。

"身旁放着滴水不剩的水壶，还有腾空了的细细长长的干粮袋……

"傍晚，雪花悄悄地飘起来了，空气中的温热渐渐收紧，五个女兵没有醒来。

"午夜，风雪狂吼，气温降至零下三十摄氏度，五个女兵被白雪盖住了，她们还是没有醒来。

"次日凌晨，山中的公路旁鼓起了五个洁白的雪堆，五个十八岁的女兵仍然坐在路边……

"青藏高原静悄悄的，大雪给唐古拉山留下了弯曲的伤口……

"中午，部队的战友乘车追到山里，他们带着干粮、开水、棉衣……但是，晚了，一切都晚了！战友们抱着女兵的尸体哭得天昏地暗。雪山流泪，冰河低吟……

"从此，这里留下了一个新的地名：五女峰。"

……

我无法知道别人会怎么想，反正我讲完女兵的故事后，浑身软绵绵的一点儿也提不起精神，本想走动几步，可是脚怎么也迈不开。我总觉得此时我的双脚踩在五个女兵的身上了，她们的手、脚、胸部，还有她们的脸，由于我的踩踏而战栗着。唐古拉山用它使人望而生畏的残酷高度，摺倒了多少人，连活人的气魄也被它掠夺得所剩无几。人们谈山色变。

我又一次想起了我那百余次翻越雪山的豪迈经历。我始终踩着山的肩膀站着，没有被山吓到。这当然是无可非议的事实了。但是，能否就说明山被我征服了？

只可以说我懂得了征服。

那座雕像静静地屹立在风雪中，它的躯体上已经落了一层薄薄的雪。我相信这层雪永远也厚不起来，刀刃似的风总是很不客气地把落下的雪扫掉，一次又一次地扫掉。

很可能是那座迎雪而立的雕像的引发，我的眼前突然浮现出一个兵的形象——那是个汽车兵，一身油渍的工作服不规则地套在身上，使他原本精悍的身材莫名其妙地变得臃肿，笨拙。两片毛皮棉帽的帽耳耷拉着，随着走路的脚步一闪一闪地晃着，使人感到他欲飞却累赘得难以起程。也许最数扎在他腰里的那根带子惹眼，它紧紧地扣进了棉衣里，很像刀子围着棉衣切开了一道细缝。你不相信吧，那带子竟然是一根麻绳，只是让油污浸染得已经无法分辨出它本来的颜色了。

你想到没有？这个兵就是我。下面我将要叙述的故事有一大半就长在我腰间的那根麻绳上。

那时候的我，很不习惯仰望天空，总是默默地盯着手中的方向盘，开着载重卡车，在世界屋脊上驰骋，闯祁连，越昆仑，从唐古拉山上飞车而过。所有的企望，所有的等待，都写在奔腾不息的路上。

我曾经用七分自豪三分伤感的口气告诉我的朋友们，唐古拉山的每座山峰和连着山峰的每一条胳膊肘一样的弯路，都盛产故事。风雪中孕育着的故事不怕冻，越冻越鲜嫩。

令我心醉又让我心颤的雪山阳光，在下一站等我……

好像是50年代末的一个冬夜，我这个新兵已经是第二十多次过唐古拉山了。那阵子不像现在这样出车少、车跑的速度也慢。当时的运输任务吃紧得让汽车兵们连腾出手来利利索索跑趟厕所的时间也少有。至今给我留下刀子也无法刮掉的印象是，我们一年中除了春节在驻地吃顿饺子外，其余的日子都交给了路，风风火火地紧赶着时间执行任务。谁跑得快，谁就是英雄；谁拉的多，谁就是好汉。"多装快跑"这个口号响亮得比汽车的双音喇叭还要动听。形势决定了汽车部队必须没黑没明地连轴转。我们所有的日程都贴在了那飞转的车轮上。战勤运输接着战事保障。我强烈地感到整个地球仿佛都跟着我的车轮在旋转，就这样还嫌不够快，巴不得再给汽车安上两个轮子。我所在的汽车团七连有个叫张林旦的驾驶员，六天六夜往返于甘肃峡东（今柳园）至拉萨之间，创造了青藏线上快速行车的最高纪录。他的这一创举登在《解放军报》的头版头条上。你以为容易吗？按正常行驶，这往返四千公里的路程我们要碾碎十五个太阳和十五个月亮。

我们忙忙碌碌地爱着一切。

雅鲁藏布江在西部高原日夜喧响。

那个漫天遍地飘落着雪花的下午，给我的感觉好像全世界的雪都集中到这里降落了。雪下得少有的大，你会以为不是落雪，而是有一个偌大的制造雪花的搅拌机在不停地旋转着，把天地间搅得混沌一片。遇上这种倒霉的天气，司机在技术上如果没有"两把刷子"是要吃苦头的。不管是当时还是现在，我始终坦率地承认我是属于那种二流、三流水平的驾驶员。眼下车子又行驶在陡峭且险峻的唐古拉山上，我提心吊胆的心情以及一有突然情况时手忙脚乱的狼狈相是可想而知的。我挂上低速挡，车如老牛拉破车似的哼哼着。我已经不去考虑以这样慢的速度走下去，何时才能翻过山。只要不出事就行，安全行车第一。

车窗外，一位藏家妇人提着一篮雪花进山。

不管时间消逝了多久，每当我回忆起那天发生的事，心儿就颤颤索索地疼。那飘满雪花的灰灰的天空就像思念的伤疤，我真不敢相信那一夜我竟然活着走出了唐古拉山。我吃尽了苦头，但是我却没有死。后来我多次对别人说过："一个人可以不怕死，但是他未必就能咽得下更多的苦。死，是一瞬间的事。苦，却往往要人承受更多更长时间的折磨和痛楚，是一种慢性的死。从一定意义上讲，死是对人肉体的摧毁，吃苦却是对肉体和精神的同时袭击。"

好像是雪山被夜幕完全封住后不久，我的车出了麻烦。变速箱齿轮被我不规则的操作崩掉了好几颗，无法修复，只好停驶。带队的连长简单地给我嘱咐了几句要注意的事项，便甩下我，带着车队继续赶路了。同时留在雪山上的还有我的助手昝义成。

现在我俩的唯一任务就是护车。这么说吧，只要我和昝义成还有一个人冻不死、饿不死、被雪崩埋不掉、叫野狼叼不去，哪怕只剩下一口气，也要完整无损地让汽车待在山上，然后等连队的车执行完任务返回时再拖到驻地。汽车就是我们手中的武器，它像步兵的枪、炮兵的炮一样重要，当兵的视手中的武器像眼睛一样金贵是理所当然的。我和昝义成心里都十分明白，我们护车的任务是相当艰巨的。我不是担心有人会把汽车抢去，这个地方人烟稀少到几百里路面上不见一户人家，贼也自然到了几乎绝迹的地步。我担心的是把汽车冻坏。

毫不夸张地说，那一夜气温肯定在零下四十摄氏度左右，冻得我直流鼻涕，流出来的清鼻涕都结结实实地成了冰棍吊在鼻尖下。我准备对车上几个主要部位的螺丝进行一番紧定，这是驾驶员每次停车后必须做的工作。我刚从工具箱里取出一把扳手，谁知手上的皮就粘在了铁器上，只听哧啦一声，一块皮便带着鲜红的肉被粘下来，血喷涌而出。昝义成先我"唉呀"惊呼一声，我想，他是心疼，我是肉疼。我已经预感到，今晚我们遭罪的时候还在后头呢！

车虽然坏了，发动机却没有熄火。不能熄火，要靠它产生的热量抵御这奇寒的侵袭，不使机器冻坏。当然，我们也会得到好处：有了热量，就可以少挨冻了。

风雪仍然肆无忌惮地怒吼着。

我静静地坐在驾驶室里，紧紧地握着方向盘，每隔一会儿就轰一次油门，让发动机的转速加快，以增加热量。

寒风咬着夜幕的声音很刺耳。

昝义成一声不吭地坐在我身边。这时他大概想到我受伤的手很不好受，便不经我允许就轻轻地把那只浸满血迹的棉手套从我的手上脱下，又将他的手套给我戴上。他说：

"无论如何不能让伤口冻着！"

我说："抛锚车的驾驶员都成了闲人，我可以一直袖着手坐在这里。"

"闲坐着不干活会更冷的。"

昝义成说着就把拥着他腰、腿的皮大衣抽出来，递给我，说：

"班长，天气太冷，再加件大衣吧！"

助手都习惯把自己的驾驶员称为班长，就像地方的助手把司机称师傅一样。其实，我连副班长也不是呢！

真奇怪，我身上加了一件大衣后，反而感到了天气的奇冷。很可能我刚才被冻麻木了，这会儿大衣一上身暖得缓过劲来了，便知道冷暖了。

"你到周围去瞭望瞭望，看看有什么动静没有？"我对昝义成说。

我把挂在驾驶座靠背上的冲锋枪递给了他。虽说是荒凉少人烟的雪山，毕竟路上孤零零只有我们一台车，保持一份警惕性没坏处。

这晚，我俩轮流巡逻。

风雪什么时候停了，我都没有发现。所有的喧闹和暴躁都随着那远去的风雪消匿得无踪无影。一瞬间，雪山静如海底。静得仿佛我的一声咳嗽全世界都能听见。气温急剧下降，干冷，干冷，好像有人给宇宙间掺进了数以万计的干冰微粒。

我惊喜地发现黑绒布般的夜幕上闪出几点星花，蹦蹦跳跳，越来越稠密。突然，我怜悯起这些遥远的星星来，觉得它们太寂寞，很孤单。把它们请到驾驶室里来吧！我产生了这样一个奇怪的想法。

我擦掉了挡风玻璃上的冻雪，于是，那些星星透过玻璃跳进了驾驶室，和我坐在了一起。我很开心，星星和我在做伴。

昝义成巡逻回来了，老远我就听见他冻得呼哧呼哧的喘气声。

他进驾驶室，落座。我说："你瞧，这些星星真好看！"

他一不看星，二不看我，只是抹眼泪。

我忙问："咋啦？"

他这才放下肩上的枪，双手十分笨拙地抱起左脚让我看。他伤心地哭了起来。

我马上明白了，他的脚冻坏了。我赶紧把大衣给他，要他包上脚。他说，脚趾头冻得像被贼掐似的揪心。他提出能不能想办法把脚搁在汽车的排气管上烤烤。我马上制止他："万万不可！冻脚用火烤或拿热水烫都会坏事的。这是医生说的。还是让它慢慢地暖热吧！"

我用大衣把昝义成的双脚包了个里三层外三层，严实得一丝风儿也不透。

昝义成入神地望着玻璃上的那些星星。我想，他难得有这份闲心，很可能是这会儿脚好受些了。我也陪着他看星星。星星很亮，一颗跟着一颗闪烁着，好像是对我和昝义成笑着。我觉得自己整个身子都在星海里游荡。

我看出来了，昝义成一脸的等待。等待什么呢？幸福还是痛苦？我忽然想到，在遥远的故乡，一个山村的路口，一位白发苍苍的母亲焦急地张望着。那是我的母亲还是他的母亲？儿子在雪山等待，母亲在家乡企盼。等待的滋味，也苦也乐。可是，人生没有等待，生活也就没有了希望。

落雪的黄昏，母亲推开窗子，心儿飞到比遥远更遥远的地方……

我没惊动昝义成，悄悄地下了车。

该我巡逻了。

我在汽车附近转了几圈，没有发现什么异常。可是，我回到驾驶室后，出现了令人担心的，却也是预料中的事：发动机熄火了！

油已经耗完。

我望着昝义成，他也望着我。

天幕上那些星星依然很亮，好像离我们更远了。

"点堆火烤车吧！"我说。

昝义成没动。

我又催了一次，他才下了车，像笨重的猩猩一样攀上车厢，从篷布下面掏出那捆我们出车时准备的红柳根，扔到地上。

他还是不说话。我下了车。我知道他是要我看：这么点柴火给兔子搭个窝都不够，烤车？

在这种情况下，一切都得我拿主意。这不仅因为我是这个车的驾驶员，而且还因为我是连里的文化教员。你知道吗，当年的文化教员在战士心目中享有与指导员同等的地位。昝义成用企求且信任的目光望着我，我便果断地对他说：

"你先用这些柴火把火生起来，我出去走走。"

他显然明白我要做什么，说："找柴火？鬼！你想找骆驼刺，这里不是戈壁滩。你想捡牛粪饼，这里没有人家！"

我说："可是，你别忘了，这一带有当年修青藏公路时民工住的工棚残址，说不定会有木椽、木板什么的。"

我当然不是乱猜胡想了，平日多次从这里经过，看到过那些烟熏火燎的痕迹，只是没有细看是否有可作燃料的东西。现在被逼到了绝路上，不妨去碰碰。

昝义成没再说什么，我背上枪在公路附近的山里毫无目的地转摸去了。

可想而知，我空手而归。

昝义成好像想到了什么，他让我看着车，说他去找找看。我没有阻拦他，也没有对他抱什么希望。

我问昝义成："脚还疼吗？"

他没有回答我，反问一句："你手上的伤口还流血吗？"

我也没回答他。他走了，我看到他的身影渐渐消失在远处。

山里很静。在星光的映衬下可隐约瞅见雪峰的轮廓，冷风扫过雪层的声音听得真真切切。我忽然有了写作的欲望，难以按捺得住的欲望。就写眼下我们经历的这些事，抛锚，找柴，守车，等等。自然只是想想而已，深更半夜黑灯瞎火的，又是在山野，怎么写？

那时，我写稿已经在我所在的部队出了名，当地的报纸和军区小报时不时会看到我的作品。所以，在这种特殊情况下产生写作的念头完全是情理之中的事。

外面"嗵"一声闷响，我料定是昝义成搬来了什么"援兵"。

接着就传来昝义成兴奋的说话声："好家伙，够烧一阵子了！"

我下车一瞧，原来是一根粗粗的东西已被甩在了雪地上。他告诉我是一截圆木，很可能是拴马桩。我笑了，拴马桩？拴野驴去吧！唐古拉山什么时候有过马厩？昝义成并不服气，说你和我没听说过的事多着呢！

它是什么并不重要，反正我们有柴火生火烤车了。

没想，有了"柴火"我们也犯愁。那个被冰雪浸湿了的圆木怎么点燃它？

这时候，给熄火已经一个多小时的汽车送去温暖比在我们身上加件衣服的必要性更迫切。我和昝义成的身体又一次冻得麻木了，一麻木，反而不知道冷了。

昝义成冷不丁地冒出一句傻话："泼上油，点着烧！"

没等我说话，他就自嘲似的说："我真浑，油？哪里有油呀！如果有油，还用得着我们在这儿瞎折腾吗？"

我没有力气发笑。

不过，我的思想很快就被他所说的"油"点燃了。我想到了一件东西——我腰里的那根麻绳。它里里外外浸满了柴油、汽油、洗油、机油，浑"身"都是"油水"。我曾经几次想抛弃它，换一根新的麻绳扎上。现在我庆幸我的"远见"，没有喜新厌旧将它处理掉。它就是一根天然的"引火线"，可以给我们解燃眉之急。我解下"腰带"，高兴地说：

"还愣在那儿做啥？快把你那宝贝也拿下来，两根来个合二为一……"

我的两个手指刚往一头一捏，话还没说完，昝义成就什么都明白了，他忙解下自己的"腰带"，高兴得在屁股上狠劲儿一抽，原地蹦起一尺高。然后，他又接过我的"腰带"，立马动作起来，他一边干活一边说：

"我们活了！活了！"

我想，这之前，他一定想到了死……

历史长河的每一个时期都有时间老人有意或无意遗留下来的拓片。

这便是被后人视为珍宝的文物。

三十年后。

一次，在日月山下某汽车团的荣誉室里，我看到在一个精致的大玻璃盒里展览着一批实物：铁锹、十字镐、脸盆、水壶、瓷碗、铝锅、军衣……它们为什么那样眼熟且牵人心肠？

讲解员告诉我，三十年前的一个冬天，他们团里一支军队在唐古拉山被一场罕见的暴风雪围困了整整二十五昼夜。当指战员们突围出来时，一个个都变成了黑脸、长发、破衣的"野人"。荣誉室里的实物大都是从唐古拉山现场或从当年与暴风雪搏斗过的官兵手中搜集而来……

讲解员说："我们的汽车团是一支有着光荣传统的英雄部队，它组建于解放战争时期的华北战场……"

我打断了他的话，这些我都知道，我还可以给你背诵一首歌颂你们部队的顺口溜，它诞生在唐古拉山——

抗过美，援过朝，

天安门前出过操，

东海岸边拖过炮，

唐古拉山抛过锚。

我说，"这是当年在唐古拉山抛锚的驾驶员编的顺口溜。"

讲解员吃惊地望了我一会儿，问："同志，你是……"

"我在唐古拉山抛过锚！"

我继续参观荣誉室。我一遍又一遍地看着那些展品，流连忘返，不肯离去。最后，我在一根麻绳前站定。

既陌生又熟悉，既遥远又亲近。

它已经发朽，褪色；缩短，变细。上面的斑斑油渍化作了岁月的硬痂。

我望着它，不知不觉地走进了历史的画廊里……

讲解员走过来，问我："你一定想起了什么往事吧？"

我没有回答他的话，却问："你知道这麻绳的用途吗？"

他不假思索地说："当年汽车兵用它来保暖。"

"不！"我摇了摇头，"不仅仅是为自己保暖！"

讲解员怔怔地望着我，希望我说下去。

这时候，我倒好像成了讲解员……

说不上来是因了何故，我和昝义成表现出来的聪明才智在那天夜里达到了无与伦比的惊人程度。在有了那根"油捻"之后，圆木在我们手里再也不是无法制服的顽木了。我已经记不得是他的主意还是我的建议，反正我们用千斤顶把圆木死死地挤压在汽车保险杠的下面，加力，再加力，很快它就变软破裂，成为任我们揉捏的面团了。之后，昝义成把"油捻"埋进在木头上掏出的几个坑里，点着，汽车的油底壳下便升起了一堆火。

严格地说，不是火，而是一堆烟。圆木太潮，起不了火焰。不管怎么说，雪山上毕竟飘起了一缕暖意。

圆木点燃了，不出火苗，只听见噼噼啪啪的声音。

我从驾驶室里翻腾出来两张揉得皱巴巴的《青海日报》《人民军队报》，和昝义成轮流着扇火，始终没有火焰升起，烟反而越来越浓，呛得我俩又咳嗽又淌眼泪。这时，我想，指望一朵云下雨太傻了，光靠圆木生火看来既难保住汽车，又救不了我和昝义成。必须另想办法。我便对昝义成说，你就待在这里，该干啥还干啥，我再走出去看看。昝义成连头也没抬，只顾闷声闷气地扇着火，瞧那劲，巴不得把自己的身子当成一粒火星扇进去，燃起旺火。

我刚走出去一步，昝义成就追了上来。他像变戏法似的从他的裤兜里掏出我的那根"腰带"，塞到我手里，说：

"山里风头硬，咬肉呢，你把腰里缠紧些！"

"怎么？你没把它烧掉？"我心里好温暖。

"一根麻绳就真能当柴烧？引个火，有我的那根就足够了。"他很平静，"我总觉得我俩的'腰带'不能全烧了，留下来一根为好。当然是留你的了，你是驾驶员，又是连里的秀才，同样的东西一落到你们这些人身上就金贵了！"

说毕，他又蹲下扇火去了。

我把那根麻绳紧紧地勒在腰里，又朝山中走去了。

到哪儿？我不知道。

我的想法很简单，待在这里，如果真的遇到更大的雪灾只能有车毁人亡这一种结果。走出去，说不定还会碰上救命的"活菩萨"。我沿着一条山沟漫无目的地走着，天气特冷，揭屁股风吹得我往前迈步都很困难，冷冷的风雪填满我心口。索性侧着身走吧！我心里有一种莫名其妙的企盼：藏村，夜行人，水，甚至一束微弱的灯火……它们当中的任何一种出现在我面前，都会成为救命船。

我和这个死亡的夜晚在心灵深处对峙着。

忽然，我意外地看到雪坡上袒露着一个洞，在遍地的白色中显得十分惹眼。只是夜色朦胧中我无法辨认洞的形状和它曾经的用途。管它呢，我急不可待地钻了进去。洞内地盘不大，地上无雪，潮潮的，有几块不知是石头还是冻土的物什裸露着。有一种说不上来是烂草还是臭肉或粪便的气味扑鼻而来。但是，令人满意的是洞里很暖和，水漉漉地暖和，给人的感觉好像进了洗澡堂。

但是，我心里有疑团：这雪洞是怎么回事？满天飞雪，遍地寒冰，只有此处雪化冰消！

暴风雪拧绳绳似的怪叫着从洞顶掠过，它分明要把雪山抬走方休。我真不敢相信刚才我是怎么从雪海里挣扎出来的，而且居然找到了这么一个温暖的落脚地。我确实有一种脱离虎口的感觉。

洞外，依旧风狂雪急。我断定，今晚西藏高原上又会有人在跋涉中挣扎，在拼命逃脱死亡！

刚进洞时因为新鲜感到身上升腾的暖意被不断变冷的寒风吹得越来越薄了。但是，那湿湿的、潮乎乎的热气始终伴随着我。

苍天把所有的白雪都埋进这漫漫的长夜。

这时，我想起了昝义成……

他还在猫着屁股一把鼻涕一把眼泪地扇着火。

他无论如何不相信我的话，说："你是碰上了鬼，还是遇到了仙？"

我向他解释："你可以不相信我的奇遇，但那个暖屋实实在在地存在，它可以使我们今晚逃离死亡。"

他还是坚决不信，说："你最好再遇到一个向你求爱的白蛇精，我们就把那间所谓的暖屋给你做洞房，娶媳妇。"

我打断他的话，说："我不会骗你的，一切都是真的。现在你就到那儿去暖和暖和身子，那是回一趟家的感觉呀。"

昝义成虽然将信将疑，但还是去了。在这个能把人浑身骨头冻裂的寒夜，谁会拒绝"家"的诱惑呢？

我接着扇火。那两张报纸已经烂得掉渣了，我干脆脱下帽子扇起来。

还是不见火苗喷出。偶尔在皮帽的扇动下出现的一星半点火花，对我也是莫大的安慰。它烫着这冷寂的夜空，也热了我的心。

我不停地扇着，扇着。扇短了漫漫的长夜，扇疾了高原的寒风。

狂风一鞭一鞭抽痛了大山的脊梁。

昝义成忽然上气不接下气地跑来，惊呼：

"班长，我遇上鬼了！"

我忙停止了扇动的帽子，问他："你把话说清楚点，到底发生了什么事？"

他仍然话不成句地说："那洞里……里……不断地有……有什么在……在叫，不，好像……像是在唱……唱，怪……怪吓人的！"

我无法反驳他。刚才我只顾暖身子，根本无心去看别的什么。

我只好把"扇子"交给了昝义成，又向那条山沟走去……

雪洞里还是那么湿漉漉地暖和。起初，我还是什么也没听见，只感到里面很静，很潮，很闷。静得有点怕人，潮得胸部发憋，闷得像要爆炸。我支棱起耳朵倾听，果然有一种声音轻微地、慢悠悠地传来……

叮叮，咚咚，哗哗……

琴声？笛声？水声？似乎都像，又不全像。

沉思在朦胧中的我不由自主地挪了挪地方，往雪洞里面走了走。地面越是潮湿了，那声音越是近了，也清晰了。我用手一摸，水！热乎乎的，还有些烫手呢！

许久的等待，就这样开始在我手指上弥漫。我惊呼，大叫一声："温泉！"

高原的路好遥远，我走了好久好久，才走到了冬的尽头。

直到此刻，我才明白，我今晚栖身的这个地方是雪山温泉在四季不化的积雪层里用热气烘出来的一个天然雪洞。难怪我来到洞里像进了洗澡堂。我扒掉皮大衣，不顾一切地向温泉扑去。它在冰层的深处，它在雪山的肚子里。弥漫着热流，扩散着幸福。

美丽的雪线温泉，你藏得好深；因为藏得深，你才包容着一个诱人的世界！

我敢肯定地说，当这温热的涛声流进我耳畔的时候，我的情绪达到一种语言及词汇无法抵达的境界。

高原的美丽贮存在冰层的中心！

结着薄冰的缕缕热气，抚摸着唐古拉山的黎明。

清晨，我们来到温泉边。

这是个万里无云的朗朗晴天。雪山披着一身圣洁恢复了风平浪静，皑皑雪峰托着一轮滚烫的红日，漫山遍野镀上了赤金。不见藏村，不闻歌声，唯有温泉升起的热气在清冷的雪山上懒洋洋地盘绕着。热气飘着飘着，又被寒风拧成一束……

就在这时候，我们发现了一具尸首，男性，往大处想也就是二十岁出头。他裹着一身的皮货，皮大衣、栽绒帽、翻毛皮鞋，身体僵硬僵硬，但依然保持着挣扎的姿势。他的全身冻结着一层厚厚的冰雪、泥浆，根本无法看清原来的颜色。他的两只手里攥着什么东西，我们好不容易才掰开他的手，看到：左手握着半拉窝窝头，右手握着一团纸。我们把那纸团展开，上面用血写着一行歪歪扭扭、血迹时断时续的字：我是一个兵。

我仿佛有所悟，拿起他的右手一看，食指断掉一截，黑乎乎的血痂模糊了截断面。

我能想象得出，这是一个在暴风雪中搏斗求生而败下阵的战士。我推断：三日前，也许更早的时候，当他被风雪围困在山上后，断路，断粮，断水，他四处奔波寻找生路。他不知道在什么地方在什么时候能有人救他一命，但是，他希望自己能得到拯救。

当他最后的企盼成为泡影的时候，他用尽了一生的力气作了最后的一次呐喊。我永久地记着他死后留下的那个挣扎的姿势：身体向前扑去，双手呈刨挖状，一条腿前踩，另一条腿后蹬……

我敬佩他，也为他遗憾。他肯定在雪山上转了很久很久，只差一步就可以走出死亡了，他却没有坚持走完这一步。当时只要鼓起勇气往前蹭几步、扑进温泉的怀抱，他就不会倒下去。曙光向他招手的时候，他长眠在了黑夜中。

一步路，很短，又很长。短到抬脚即过，举手之劳；长到万里之遥，有人一辈子也跨不过去。

一步路啊……

我对昝义成说："他是我们不相识的战友，现在我们是唯一可以管他的人。"

邰义成说："是呀，应该管。可是怎么管呢？我们也没有走出死亡线呀！"

我说："挖个坑埋了他吧！"

他无可奈何地点了点头。

挖坑？地冻得跟石头差不多，一没锹二没镐。无奈，我们用手刨了些雪给他盖上，然后脱帽，三鞠躬。

同志，慢慢走吧！会有人来看你的。

唐古拉山口，我们的抛锚车依然如落了帆的船，瘫痪着。

太阳很红，阳光刺眼。到过雪山的人都懂得这样一个常识：这里的太阳看上去火热，其实少有暖意，它落到人身上像冰条一样寒心。我曾经这样咒过这发光不发热的冰太阳：早点落到山窝里去吧，你是雪山的严寒之根。

毕竟白天总是好对付的。

这时候，因了远山一缕白丝绸般的山岚的出现，我的创作欲望突然空前地强烈起来。当然，我不可能预测到正是这缕山岚后来引发来了那么一串奇特而真切的动人故事。

在我正烦躁地坐在驾驶室里不知道该干什么的时候，眼前始料不及地飘来了那缕云雾，自然是通过驾驶室挡风玻璃映进来的。雪后的高原格外空旷，静远。山体清晰，空气纯洁，世间所有的杂质、污秽都被昨晚那场雪滤去了。这时我最亲切而深刻的感觉是，我把世界看得很清楚。那云雾是从雪山的右侧一个什么地方猛乍乍地飘甩而出，其色先是惨白惨白，后来像有人滴进了一瓶蓝墨水，又渐渐地变得淡蓝淡蓝。起初它只是一条柔柔细细的带子，转瞬，随一阵风摇身一变，就飘成了一道又宽且长的带子，它缠绕了山腰，臃肿了宇宙。山岚和雪山的颜色都是白色，但是两者的白色各有所异，所以雪山把山岚映衬得很显眼，山岚又把雪山照耀得更洁白。

山根下，有一只雪狐拼命地追逐自己的尾巴。

遥望那缕山岚，我陷入了对美好生活无限向往的泥沼：

帐圈里飘来的炊烟？

喇嘛庙的香火绕上了雪后的晴空？

真有仙女将哈达抛至人间？

……

有意思的是，那山岚对我表现了少有的亲近——起码我的感觉如此。我始终觉得它一直在朝我走来，逐渐地把我渺茫的希望变为现实。我真的不相信那是一种自然现象或梦幻。那里会有人，会有为我们这辆孤零零的抛锚车做伴的人。

我从雪山凹陷的地方望到了更远处，阳光云雾使远山呈现出虚幻的抛物线。我又看到了那只雪狐，它背着刚刚出山的日头从雪峰中间匆匆跑过，霞光在它身体的轮廓上幻出一圈如红绒线般的光晕，美丽极了！

我兴致勃勃地对昝义成说："快来，欣赏雪山的风光，耐看着呢！"

他正坐在一旁打盹，像冬眠未醒的懒虫。

"既然耐看你就往够看吧！"他扔过来一块坚冰似的话。

我实在不愿叫他把我好不容易酝酿起来的情绪泡汤，便说：

"你给咱看着车底下的火，别让它灭了。"

我脱下皮大衣，扔给他。

他问，你要干什么？

"那圆木已经快革命到头了，到时你把这大衣续上火。总之，不能断火。"

他说："十件大衣也经不住烧。"

他下了车。

这回该我问他了："你要干什么？"

"走走看，也许还会遇到救命菩萨。"

我在心里为他祈祷，希望他像昨晚扛回圆木那样给我一个惊喜。

山岚仍然挂在远山的腰间，这种奇景妙色给我的创作必然送来新鲜的活力。

我翻阅了驾驶室的角角落落，也未见到一张可以写下一行字的纸。最后只得打开油料卡夹子，从中抽出一张没用过的表格，开始了我的一生中这次独特的创作。那时候我憋破脑袋也不会想到我在山岚的应召下写的这篇后来发表在 1959 年 12 期《解放军战士》上题为《风雪中的火光》的散文，会引起那么一场不算小的反响。

我写下了第一行字："唐古拉山的这个夜晚比我经过的所有的夜晚都要漫长，都要难熬。我觉得我的骨头都冻得嘎巴作响……"

那侵骨咬肉的冷，可以说是我这大半生都没有遇到过的。当时我真的是这么想的：用一个什么东西把夜幕砸碎，捣掉，让太阳照在雪山上。这当然是傻想了。但是我相信任何一个走投无路的人都会像我这么傻想。

我继续写下去。笔尖蘸着忧患，写我们在雪山的困境：

"我在山里转了一圈，两手空空而归；助手也出去了一趟，自然不会有比我更好的结局。他深扎着脑袋，不说一句话，好像我欠了他五百大洋……

"我不会忘记那一刻我和咎义成的颓丧。我无处发泄，便把他批评了一通。有什么办法呢？我只能拿他当出气筒。我说你是助手，你想想你助了我什么？现在我最需要的是怎样才能熬过这一夜的办法，我实在讨厌你那吊得两尺长的驴脸。

"他一直没有吭声。我知道他的心里一定很冤，因为我的那些批评没有任何道理。"

……

我正写着，忽然听到驾驶室外有什么响动。原来昝义成又扛了一根圆木回来。今日神了，圆木这么钟情他！只见他按照我们昨晚的程序，将圆木挤压，变软变酥。之后，他望着我。

我知道，他需要"油捻"。

我没有丝毫的犹豫，将坐垫上我的皮大衣扔给他，他接着了，用感激的目光看着我，便把大衣上的布面、毛绒撕成了碎条……

我不知道为什么我没有把我的"腰带"贡献出来。

汽车下的火又点燃了起来。

我写得正酣。大半页纸上爬满了密麻如蚁的字迹。我写到了冰天雪地里那一池温泉水。她是暴风雪微笑成的一滴热泪。

我和昝义成能活到今天，从严格意义上讲是那池水给了我当时和后来在青藏线上可以驰骋不息的生命因子。我多次说过，雪山环抱的那泓温泉是母亲的怀抱。

这时，一股暖暖的气流在我的周围荡漾。毫无疑问，车下的火在扑着我的身子，但是，我感到又不全是这样。停笔，我抬头又看见了那缕山岚，它和我的距离似乎比刚才近了，也更清晰了。我伸出手去，只觉一股暖烘烘的气息从指间涌至心间。

神奇的山岚？

我自然而然地把给我温暖的功劳归功于它了。尽管我并不相信山岚真的会有这种神功，还仍然要这么认为。人的心理作用就是这么奇怪。

接下来发生的事情就更是无奇不有了。

我已经弄不清楚是在什么时候、在什么情况下，我又听到了在雪洞里听到的那个声音。与上回不同的是，这次我不但听到了声音，而且还看见了，它是卷着那缕山岚从我的笔端流出来的。我眼睁睁地看着它流出来就变成了一个个端端正正的铅字。

地平线并不是天空的边缘。

渐渐地，那声音变成了歌声，越来越清亮——

> 儿当兵当到多高多高的地方
> 儿的手能摸到娘看见的月亮
> 娘知道这里不是杀敌的战场
> 儿说这里是献身报国的地方
>
> 儿当兵当到多远多远的地方
> 儿的眼望不见娘炕头的灯光
> 儿知道娘在三月花里把儿望
> 娘可知儿在六月雪里把娘想

我必须郑重其事地声明，这首题为《西部好儿郎》的歌曲，是我在唐古拉山的这次遭遇后二十多年才在青藏高原军营里传唱开来的，那才叫真正的流传，几乎人人都能唱，而且唱得十分动情。可是，在这首歌还没有诞生的时候，我的耳朵竟有如此惊人的超前功能，提前二十多年听到了它？

但是，这不是错位。而是今天我在回忆那段往事时不由自主地把它融进了这首歌里。因为当时确确实实有"娘在三月花里把儿望"的真情与细节。

我指的是我的娘，还有一位藏族阿妈。

母亲穿了大半辈子的襟袄像草原一样深沉、宽广……

1959年，我刚满二十岁。娘说，你长到五十岁也是娘的娃娃。

我和咎义成，还有我们的汽车，十天后伤痕累累地回到了驻地格尔木。

不久，我们连队又一次从西藏边防执勤回到格尔木。我把铺盖卷刚一撂在宿舍的通铺上，战友们就围上来七嘴八舌地说着同一件事："你小子真有能耐，中央人民广播电台播你的稿子了，大喇叭亮着嗓门拼命地吼叫，全团谁没听到！听说昨天下午王团长在干部会上还打听你王宗仁是哪个连队的。团长说，我们汽车团了不起呀，藏龙卧虎！"

我却没有听到那次广播，至今想起来都遗憾万分。

送走"祝贺"的战友，我转身回到床前，看到班里的公用桌上放着一封信，我的家信。我拆开一看，天啦，家乡的父老乡亲们也听到了广播，信是母亲托六哥写的，满纸的担心和忧愁。信上问我，听说那个地方天冷得把石头都冻裂了口子，你把身上的衣服点着火烤了车，还不冻坏了！你的手冻坏了吗？脚冻坏了吗？还有脸冻坏了吗？最后母亲在信上说，她已经给我寄来了一件棉袄……

我看着信，眼眶里涌满了泪水。

实话说，在冰天雪地里挨冻受饿两天两夜，最冷的时候我身上的肉像刀割般难受。但是，我始终没掉一滴泪。当然，我一再告诉自己，冻死也不能哭，战士的眼泪不能轻易地流出来。然而，此刻捧着这封远方来信，听着母亲儿女情长的絮叨，我哭了，泪水泉涌般溢出。

星儿密语，月儿含蓄。世界上最好闻的气味是母亲的呼吸，母亲是白雪覆盖的种子，是冰层里燃起的炭火。母亲的手掌是一片最阔大最温暖的天地，孩子走到哪里都属于母亲的生命。

我还有另外一位娘，藏族阿妈。

我永生永世不会忘记那山岚。

当时、现在和将来，我都会毫不含糊地说，我的那篇散文《风雪中的火光》是蘸着山岚写成的。散文本身也许在我的文学生涯中不会有多么了不起的位置，但是创作它时遇到的那琢磨不透的山岚使我迷茫了几十年。

那天下山前，昝义成对我说："把它留在山上吧！"

他是说我的"腰带"。我俩想到了一起，但是我不知道山中哪儿才是留它的地方。

这时，我发现路边嘛呢堆上撑着几杆随风飘曳的红、黄、白、蓝经幡，在蓝天雪山下显得神圣而肃穆。我轻手轻脚地走到了嘛呢堆前，看到几架牛头羊头的骨骸穿插在乱石堆里，不少石面上刻着六字真言和各种佛像，几串冰凌从骨隙眼凹中伸出。我踩着骨架攀上，将我的"腰带"系在经幡杆上。

山风轻吹，经幡猎猎，超然于尘世的诵经声随风飘拂。我能辨出，那合唱中有属于我的祝愿。

昝义成笑着对我说："你也成幡了！"

我说："我可不会给朝圣者带来什么吉祥。我只是想让更多的过山人知道，汽车兵曾经有过一种企望。"

"什么企望？"昝义成追问。

我不知道如何作答……

要下山了。

汽车启动的一瞬间，我回头留恋地看了看那"腰带"。我突然发现山岚出现在嘛呢堆之上，与那经幡缠绕在一起。经幡下盘腿端坐着一位脸庞如根雕般的转经老阿妈。

奇怪，刚才我为什么没看到她？

我心里挽了个疙瘩。

汽车行至山腰，我再回头看时，转经阿妈不见了。唯山岚仍飘在嘛呢堆上。

我不知道岁月何时才能毁掉我与山岚之间那玄妙的距离……

90年代初，我来到唐古拉山深入生活，肯定地说，这是我超过百次地登上这座闻名于世的大山了。上山的次数多了，自然对山对自己的认识也就达到了一个深的高度。

上了一百次山，山才说了话。

那天，闲暇无事，我进山行至当年那个温泉处，遇一藏家老猎人，正赤膊精腿地撩着泉水洗澡。我来，他竟也没有任何羞诧之意。我便站一旁，细观。

泉，自然还是二十多年前那泉，清澈而温热，暖人心脾。所不同的是雪洞没了，给人的感觉泉仿佛移了位。泉边明显地残留着半圈帐房的遗址，锈着灰烬的地灶，结着酥油硬疤的土墩，还有帐篷的碎片……我只知道这里曾经发生过一些事情，却并不知道这里曾经发生过的全部事情。疑惑挂满我的眉宇。

老猎人出水，穿衣。他主动跟我搭话：

"这里是一个藏家老嫂的家。"

他的目光久久地射在那遗址上。

我问："你叫她老嫂，我当然要叫她老阿妈了。老人现在住哪里？"

"已经走了十多年了，九十九岁走的。你看，那不是她吗？"

我顺着老猎人手指的方向望去，山包上有两座墓堆。还没容我说话，老猎人就说：

"右边那坟里埋的就是老嫂，左边睡着一个军人。"

"军人？"我惊讶地问了一声。

他久久不言语，却不沉思，只是望着我，一双鹰样的目光。

我等着他。

果然，他笑口开言："我讲一个故事给你听。"

于是，我便有了今天创作这篇散文的立意和题目：雪山无雪。

那个午后（老猎人实在记不得是哪年哪月的午后。不过，我根据他讲的事情分析，很可能是我和昝义成那一年在唐古拉山抛锚的前两三天的事），德吉达娃阿妈从寺庙里朝拜回来走过公路时，确实遇到过一个兵，那个兵没有带枪却背着沉甸甸的什么东西。直觉使她知道那个兵不是正常情况下在雪山上赶路。当时雪花满天飞扬，眼前仿佛罩上了一层麻纱，几米外的事物模糊一片。那兵走得十分吃力，动一步都像拖着一座山。他走着走着突然趴下了似乎还惨叫了一声……德吉达娃阿妈吃惊地站住，看着。那个兵趴下后并没有躺着不动，而是一点一点地朝前移动。阿妈明白了，兵的体力已经消耗得差不多了，才不得不爬行。她远远地看了一会儿，又走她的路了。

老人弯成了一把老镰刀，收割着仅仅剩下的那点白昼。天很快就黑了。她回到了山脚下自己那顶被牛粪熏得像铁皮一样的用牦牛绳编织的帐篷。

大雪掩埋了山中的喇嘛庙，掩埋了山下德吉达娃的帐篷。一切声色都消失了，这个世界在这一刻死一样空寂。

我们没有理由责怪阿妈的粗心或者狠心。一个独身老人，近八十岁了，祖祖辈辈守着半栏羊窝在山沟里，从来不知道外面的世界是什么色彩。但是，德吉达娃老人一辈子都忠诚于佛祖，是个虔诚的信徒，善良是她的本分。这诸种因素便是德吉达娃离开那个兵回到帐篷后产生悔恨心绪又无可奈何的原因。

雪花悄声悄气地咬薄了夜幕。

那个兵爬行的姿势一直在阿妈眼前浮动，使她的心无法平静下来。

这个夜晚他会怎么过去呢？从进帐篷那刻起，她想的就是这一件事。冰地雪天，一个看来身力已经耗得所剩无几的人，如何熬得过这个连壮汉也难以对付的长夜！

她从静坐中站起来，却不知道该干些什么。晚饭她无心去做，肚子压根儿就不觉饥，瞌睡也远离她而去，睡觉仿佛成了一种负担。帐篷里那点儿小小的空间，平时多放一碗酥油茶她都嫌碍手碍脚的，此刻她却觉得整个唐古拉山都装进来了。她分明看见那个兵正在艰难地一步一挪地跋涉在雪海里，一阵狂风卷来，积雪扬起，他被埋了进去。又旋来一股雪浪，把他从地上掀到空中……

"天啦！"德吉达娃立即紧闭双眼，双手合十，为兵祈祷。"唵、嘛、呢、叭、咪、吽！"

她熟背六字真言的声音压倒了风雪的怒吼。

老阿妈自然没有胆量和胸怀迈出帐篷到雪野去追找那个兵，但是她确实有过这样一个想法："我不能眼看着他的生命今晚就这样从雪山上消失。那是一个有灵魂的生命啊！"

打开帐篷门，让雪山向我靠近。夜里十点来钟，老阿妈在帐篷前的石板上点燃一堆牛粪火。那个冬天她的取暖牛粪饼贮存得并不多，但她仍然把牛粪火烧得旺旺的。佛祖告诉每一个信徒，你如果把满腔的热能都掏出来给予饥寒交迫的善良人，这样你的心里也会暖和起来。

德吉达娃确信不移地认定，这堆远山的牛粪火会把热量传送到那兵的身上去。在佛祖的信条里，所有的距离都是虚幻的现象。只要心与心沟通，山不隔身，水不断音。

那夜，老人几次起来添火。

牛粪火整整燃了三天三夜……

老猎人不再说下去了。

他望着我。他一定觉得我的脸上写满了另一个故事。

我无论如何不会不想起那个多雪的冬天发生的故事，便对老猎人说："那个兵是否感觉到了阿妈点燃牛粪火的真情，我无法知道。但是，却有另外一个兵从身体到内心都接受了阿妈传来的温暖。你想知道这个兵是谁吗？"

老猎人对我的话并没有表现出十分的惊奇，甚至可以说很漠然。他说："我一点也不认为你捡了个便宜，善良的德吉达娃老人点牛粪火是为了每个在寒夜里挨冻的人得到温暖。"

我不厌其烦地给老猎人讲了当年我抛锚山中时看到的那缕山岚，以及山岚孕育出来的那篇散文。

他一声长叹染苦了两颗心，说："那个兵最后还是倒在了雪山上……"

雪峰上，一座墓茔。

一个兵的永远的归宿地。

墓包是几个过山人用冰块雪团堆砌起来的"水晶坟"——不必担心它会融化，四季落雪的唐古拉山根本没有解冻的日子。

墓茔白得使人忧伤。这里是青藏高原最寂寞的中心。

没有人记得有一个兵在此走完了他一生的路程。

德吉达娃阿妈的额头又添了几道树纹似的褶皱。不能说她的苍老与那座兵坟有关，她不会对任何人讲起那个午后自己在山道上遇到过一个兵的事，更何况她已经用她的良心呼唤过那个迷路人了。老阿妈整整八十五岁了！

平静的心也会有浪翻云滚的时候。老阿妈的良心受到极度自责是五年后一队头上戴着闪闪红星的军人做了她的邻居以后。那些年轻的兵们是一伙能把小房子似的载重卡车开上满世界跑的人，他们去班公湖运硼砂，执勤之余把德吉达娃阿妈家里的活儿包括挑水、贴牛粪饼、赶羊归圈等全包了。最使人开心而幸福的是这些娃娃兵们特地从兰州给阿妈买了一身深蓝色织贡尼棉袄棉裤，那天阿妈穿上这崭新且时髦的衣裳后，整座雪山都明亮了许多。

一日，阿妈在和兵们闲聊时，得知好多年前他们的一位战友因跑单车在雪山迷了路而走失。她双目直愣愣地望着兵们，腿一软，瘫倒在地……

她把兵们领到雪峰上，在那座坟茔前站住，把一条雪白的哈达献给长眠的兵。之后，她痛心万分地说：

"把你们当中四个人的年龄摞起来也许还不及我的岁数大。但是，阿妈是个糊涂人。现在我才明白了，头上戴着红五星的金珠玛米是藏家的菩萨兵。睡在这里的那个兵也是和你们站在一起的人，当年，如果阿妈我有走出帐篷几步路的勇气，也许能救了他……"

年迈人感情太脆弱，说着竟失声痛哭起来……

不久，解放军小分队调离雪山。

德吉达娃阿妈把家搬到了温泉边，用牦牛绳编织的那顶像铁皮一样的帐篷撑在温泉边的一个垴坎上。

很可能就是当年那个兵穿过青藏公路的地方，竖起了一块木牌，上面写着藏汉两种文字："温泉茶水站"。木牌上的箭头直指山中。

阿妈整天忙碌着，地灶上的铜壶里日夜滚着酥油茶。她年纪确实很大了，走路的步子很慢，动作也迟缓，极少说话，总是默默地干着活。路人都以为她是个哑巴，唯邻居们知道，她要说的话全在路口那木牌上写着了。

很快，"温泉小站"的美名就在青藏公路上传开了。人们都说，唐古拉山中有一个心肠最善最善的老阿妈，喝一口老人的酥油茶翻越雪山像长了翅膀一样轻捷。不过，到茶水站歇脚的人并不很多，大家都不忍心麻烦年迈的老人。倒是那些汽车兵们隔三岔五地总要去阿妈家一趟，自然他们会喝上烫心的酥油茶。当然，喝茶不是主要目的，每次去后他们都要把所有的活儿搜腾着干完，就连山脚下那个厕所也要给老人收拾得干干净净。他们的勤快、热情感动得"哑巴阿妈"不得不说了话："我真拿你们没办法！"

时间就这么过着，一年，又一年……

德吉达娃九十九岁那年，她突然提出，要外出赎罪。别人问她：赎什么罪？她答：每个人有什么罪，佛祖都知道。佛祖会惩罚一切有罪孽的人。别人又问：去哪儿赎罪？她说：拉萨大昭寺。

她一把火烧了那顶帐篷，把铜壶擦拭得锃亮闪光，灌满泉水，放在泉边。旁边插着路口那块木牌……

一个晨曦染红雪山的清晨，阿妈踏上了去日光城的漫漫征途。她特地穿着兵们给她买的那身衣裳，外面罩一件藏袍。她三步一叩长头，两步一个朝拜，非常虔诚。

日出月落，雨停雪飘，日子被浓浓的香火一节节烧掉。阿妈的脸膛瘦了，双手磨出了死茧。她更苍老了！

泉边铜壶里的水始终无人舍得喝一口，那些风尘仆仆的过山人在壶旁一站，顿觉身轻心爽，饥渴劳累全无。奇怪的是，铜壶里的水总也不见少，冬来春去，都是满溢溢清澈澈。尤其是在晴天的晚上，整个夜空的星星仿佛都落到了壶里，美丽极了！

于是，青藏高原有了个新的传说：唐古拉山有了一眼神泉。

德吉达娃阿妈没有走到拉萨，她永远地倒在了冈底斯山的怀抱里……

温泉边的铜壶也不翼而飞……

雪峰上的那座兵坟旁，新添了一个坟包。

乡亲们根据德吉达娃的遗嘱，把她安葬在这里，连那块木牌一起埋了进去。

九十九岁老人的坟堆没有那兵的坟堆大。这也是阿妈在世时再三嘱咐过的事。

一个死者对另一个死者永远的忏悔和思念。

没有墓志铭。那泓不竭的温泉是她一生最圆满的句号。

老猎人沉思着。

我在墓地想到往事一件，问他：

"你可知道，三十多年前这山口曾有个嘛呢堆？"

"风吹日晒，雪打雨泡，日子早把它荡平了！"

我怀念那根"腰带"，不知它化作了哪朵云、哪缕风？

我的思绪仍沉在回忆中。

"你说的那位德吉达娃阿妈，我想起来了，我见过她！"我说。

"见过？在哪里见过？"他问。

我给他讲了那年我看到坐在嘛呢堆上的那位老妇人。

老猎人笑了："那是牧人们在嘛呢堆上砌起的一个佛龛。"

"石像？好逼真呀！"我感叹。

稍停，老猎人又说："你看，在同一个地方，佛龛走了，雕像站起来了！"

他手指处，西部军人雕像冷峻地屹立着。

唐古拉山口。

一百余次翻过世界屋脊的我深情地凝视着雕像的各个部位。

一块庄严的巨石。

石头上的每个字是严肃的。

石头上隆起的每道接缝是严肃的。

石头上兵的脸庞是严肃的。

中国西部高原永远保持了冰冷的沉默。

我想起了一位诗人在这里写下的诗句：

> 他高昂的头
>
> 使大西北的高度和重量
>
> 增加了三倍
>
> 世界，因他才变得
>
> 威严和崇高
>
> 简洁和深刻

历史把一切都放在应有的位置上。

我指着唐古拉山深处的五女峰对同行者说："长江就发源在那里的各拉丹冬。"

同行的一位朋友说："长江是中国最大的江，她像黄河一样也是母亲河。"

我仿佛又看见了那缕山岚。

可是，那顶牦牛绳帐篷和它的主人——九十九岁的德吉达娃阿妈已经化作了历史的回音壁。

世界屋脊跳动着永恒的新的脉搏。

一队野驴在湍急的源头浪涡上踏下不凋的蹄瓣。

这时候，我最想说的一句话是：

我在唐古拉山抛过锚！

昆仑山的爱情

—— 一等功臣孔志毅和徐岚

雪,纷纷扬扬地飞飘着,把天地都染白了。这是入冬后的第一场雪,来势凶猛!巍峨的昆仑山被罩在蒙蒙雪烟里,只留下了轮廓模糊的戈壁滩像绣上了片片雪斑,乍一看,好似金钱豹的脊背。公路上,由于车轮飞辗,仍然滴雪未沾,黑油油的柏油路面一直伸向遥远的地方……

一辆解放牌军车,像出弦的箭一样疾飞着,穿过茫茫的雪幕……

驾驶室里坐着一个战士。他脸色紫红,仿佛是昆仑山上的一块岩石。他的身材壮实、魁梧,虽然穿一身棉军衣,但也似乎能看见他浑身隆起的一块块腱子肉,透着特有的男性美。大冷的天气,他脚蹬一双解放鞋,显得与那身棉衣、那顶皮帽很不协调。此时,他将头伸出窗外,出神地看着远处,雪花落在那棱角分明的嘴上、鼻子上,立即消融,留下了一摊摊水迹。他太专注了,视线被渐渐甩在身后的昆仑山牵着,牢牢地牵着。

忽然,一阵狂风夹着雪粒,呼啸着扑打在门窗上,发出令人战栗的嘶吼。战士从深思中清醒过来,收回了目光。

他从贴身的衣袋里掏出一封信,展开看起来,这是上个星期天收到的妈妈的信,他已经看过好几遍了。信上写道:

"……孩子，看到你的同龄人几乎都成了家，有的还抱上了娃娃，妈妈不能不为你操心。你十七岁那年，远离父母，远离城市，跑到昆仑山下当兵，妈没拦你；你立志在那里扎根，多次放弃回城上大学、当干部的机会，后来又由义务兵改成志愿兵，准备长期在高原干下去，妈也没反对。只有这桩事，妈不能不管。最近，又有人给你介绍了一个姑娘，你最好回来看一看。孩子，你已经二十九岁了……"

汽车仍在飞一样地急驰……

战士将目光从信纸上拔出来，又望着昆仑山。山影已经完全看不见了，被洁白的雪绒和冰花封严了。他轻轻地吁了口气，自言自语地说："昆仑山呀，难道真的会没有一个姑娘爱你吗？"

他轻轻地摇摇头，又向远处望去，昆仑山的影子还是看不见。只有雪烟在狂风里翻滚……

他继续看着信。一湾潺潺的小溪顺着信笺淌进了他的心窝。是甜，是涩，还是酸？他捉摸不透，也品尝不出。这个在风雪高原上闯了十一个春秋的男子汉，哪怕是困难压在胸口也不曾叹过一口气，皱过一次眉。可是，在恋爱的道路上，却走得格外曲折。胸膛里那颗滚烫的心，几乎被姑娘一双双纤细的手揉碎了，至今还留着隐隐创伤。他不愿意想过去的事，可是，此时往事偏偏又像泉眼一样，冒出一股股苦味来……

第四个姑娘

这个战士叫孔志毅。他1971年告别武汉，来到昆仑山下的新城格尔木，在汽车团当兵，先是给汽车当"医生"，后来给猪当"保姆"，再后来又给营具当"保管"……他的心思都凝聚在工作上了，长到二十七岁了，还没有和姑娘握过手，真的！

忽然，有一天一个姑娘闯进了小孔的生活。他收到别人一封信，把这个姑娘吹得天花乱坠，仿佛她就是天下的第一美人儿。小孔想，她就是长得赛西施，我也得先看看她的心。他们先通了几封信，一般地谈谈情况，没有什么更深的了解。这年年初，小孔探亲回到了武汉，一看，姑娘果然相貌非凡，打扮得也风流，明亮的眸子一闪一闪，每一个顾盼都流露着柔情。她在某机关当会计，大概出于职业的缘故，世间的每一件事她都计算得那么精细，连爱情也不妨当作商品，放在天平上称一称。她在左右权衡了孔志毅的条件以后，慷慨地答应可谈谈。在这个姑娘看来，小孔的人品和家庭是不可多得的，唯一不足的是工作地点，昆仑山，多么遥远、荒凉。不过，这也不要紧，小孔的爸爸是省电力局的领导，他在武汉还不能给儿子找个落脚之地？

会面的那一天，她头一句话就把问题挑明了："志毅，你何必在那个连鬼都不去的地方当兵？说句心里话吧，你到底是爱昆仑山还是爱武汉？"

小孔感到吃惊，又感到迷惘，她是和我谈恋爱的，干吗要把祖国的昆仑山贬损一番？他心里一阵烦躁，觉得今天似乎不该和她见面。他没有回答姑娘的话，把头偏向一边，望着窗外。

姑娘倒很耐心，她没有气恼，莞尔一笑，继续向孔志毅进攻："你什么时候可以复员回武汉？"

他实在坐不住了，不愿意听她再讲下去了，便很干脆地回答："这个问题吗？我还没有想过，我只知道部队建设还需要我。再说，我也爱上了高原，离不开昆仑山！"

小孔讲的全是实话。他曾经对战友说过，他做的一切都是应该的，如果党要奖励他的话，请给奖状上画一座昆仑山。

可姑娘听了小孔的回答，那明亮的眸子突然间黯淡了。她走了，再也没回来。

这就是孔志毅相交的第一个姑娘。真是一场闪电战，从见面到分手，就是几天时间。

相继而来的，是一场更令人费解的迷惑战。出战的女方是位大学生，出身干部家庭，自然要比一般人具有风度。她不像那位女会计那样露骨，想到什么就说什么，她的那颗心仿佛总是裹着蒙蒙的烟雾，看不见，摸不着。她和孔志毅结识后，明明知道他在高原当兵，但只字不提这事，使人无法揣摩她对昆仑山这块"禁区"是什么态度。她最感兴趣的是：逛公园，压马路，出入电影院，海阔天空地神聊……说不流露自然是假。孔志毅临返高原前，姑娘终于按捺不住心头急火，吐出了真言，她说："如今找房子比找对象还难，你们家里单元套单元，大间连小间，真够水平。你在高原上再干上个一年半载，就告老还乡，咱们永久地住在这里。"

"我要再多干几年呢？"小孔并不是在考验她。这是他的真实想法。

"……"女大学生为难了，没有回答。

又"吹"了。孔志毅心里涌满了被人捉弄后的委屈、伤感，还有愤懑。他决心暂时不找女朋友了，过几年再说吧！

然而，乐于给别人搭桥的人总是不断。不久，又有人给小孔介绍了第三个姑娘。人家还是那个条件：你不调回武汉，咱们无法组建家庭……

三个姑娘，三个地方，谁也不认识谁，为什么口径那么一致，都要求他离开昆仑山？难道昆仑山真的不是人待的地方？难道荒凉的昆仑山不需要开拓，不需要建设？

不！决不！孔志毅的选择早就定了：扎根在高原，把青春献给边疆。在这里当兵整整十一年，昆仑山的风雪给了他坚硬的骨骼，昆仑山的红柳给了他顽强的意志；昆仑山上艰难的小路，给了他开拓者的勇气，他爱昆仑山，就像爱亲爱的妈妈，他的感情、汗水、信仰乃至生命，已经完全倾注在昆仑山上了……

孔志毅回到了武汉，车站上满是黑压压的人群。他的心怦怦地跳了起来……他不由得想起了这第四个姑娘。

她是个什么样儿的人呢？等待他的是一杯甜酒，还是苦果？

我要找个爱昆仑山的姑娘

孔志毅回到了家，妈妈拉着做梦都想念的儿子，久久地凝视着。她真有点不敢认儿子了，他的皮肤不像城里人那样白嫩，黝黑中似乎也添了隐隐的皱纹，厚实的手上结满了一溜铁疙瘩似的茧花。前年回来也不是这样呀，唉，快三十岁的人了！

妈妈撩起衣角，擦了擦眼角的泪花。她虽然没有去过高原，也不知道昆仑山是啥模样，但从儿子身子已经感到了环境的恶劣和生活的艰苦，也感到了高原人那种战风斗雪的气质！自己何必为儿子担忧呢，尽管他黑了，但身板结实多了。记得他入伍离开武汉时，是个又矮又瘦、体重只有七十多斤的小娃儿。如今，站在面前的，不是一座端端正正的黑铁塔吗？

妈妈会心地一笑，转身从衣柜里取出一件银灰色的毛背心，塞给儿子："试试，看看合身不？"

"妈，我有呀！"

"有也得穿上，妈要看看。"

志毅穿上了毛背心，对着镜子照了照。背心的长短肥瘦简直就像比着他的身子织的，胸前还有两道浅色的花纹，既大方又美观。可见编织时是费了心的。

"妈,这是你的手艺?"

"妈老喽,眼睛不行了,手指也不灵便了!"

"是姐姐织的?"

"你姐姐可没那工夫,几个孩子就够她忙的了。"

"那是谁呀!"志毅已预感到这里面有文章。

妈妈笑得更开心了,伸出指头点了点儿子的脑门,亲昵地嗔道:"真是个傻小子!"

志毅恍然大悟。徐岚?

对,就是妈妈在信上提到的那个姑娘。

春节到了。不料,春节三天假都赶上徐岚值班,没空来看小孔。这天,徐岚刚刚下班就赶来了——她是公共汽车公司的司机。看吧,蓝色的工作服都没来得及换,身上还飘着一股淡淡的机油味。头发上还留着工作帽压的痕迹。她不像大街上许多"广告姑娘",打扮得那样妖娆,但自上而下都透着一种朴素、健康的美,劳动者的美,特别是那双眼睛,一忽闪,就像一眼望不到底的深潭。

小孔望了望姑娘,又忙低下了头,他的心跳得厉害,不知说什么好。

"我叫小清。"倒是姑娘先开了腔。

"你不是叫徐岚吗?"

"那是学名。"她低下头,轻声地说,"外面的人都叫我徐岚,回家都喊我小清。"

孔志毅的心忽一下变得热乎乎的,仿佛流进了一股温泉。姑娘初见面就送他一个"小清",这里面含有多少深情!特别是从风雪昆仑山归来,带着满身的风寒,听到这样一句话,心窝里泛起多少波涛。

"春节你都不休息,够辛苦了!"他终于找到了话题。

"你们才辛苦呢，终年在高原上工作，风里雪里的奔忙。听伯母讲，你在那里工作了十一个年头了！"

小清一提起高原，志毅的话就多了。这个傻小伙，他竟忘了今天是和姑娘相亲来的。他滔滔不绝地讲起昆仑山四季的风光，讲少数民族的风土人情，还讲自己从不安心在昆仑山工作到热爱高原的感情变化……

"瞧我，扯到哪儿去了！"

"不，你就讲下去吧，我愿意听！"

霎时，小孔觉得彼此的心靠近了许多。

徐岚发现小孔的手背上有一块伤痕，中指还断了一截。

她像吸了一口冷风似的身子一哆嗦，关切地问："你的手是怎么伤的？"

"那年我修理汽车时，被绞了一下。"

十一年前隆冬的一天，在风雪弥漫的青藏公路上，三辆解放牌汽车编成一组，艰难地行驶着，车上拉的都是新兵。

孔志毅坐在第二辆车上，他不怕冷，伸着长长的脖子，看着公路两旁的风景。其实，除了风雪，还是风雪，有什么风光可观赏呢？可小孔感到新奇不已。

这天傍晚，汽车在一片沙滩上停了下来。"到了，这就是咱们的营房！"营房？哪儿有呀？孔志毅睁开眼睛看了又看，没有看到什么。他又揉了揉眼，还是没有营房呀……后来，风沙稍稍减弱了一些，他才发现，百米以外有一排排小土屋。哦，家！尽管它显得那么矮小、简陋，但毕竟是家。家里有一炉火！

高原生活就这样开始了。十七岁的孔志毅有许多不习惯：走路不习惯，睡觉不习惯，吃饭不习惯……这里氧气太少了，是定量供应。

第一个星期天，吃过早饭，黄连长把新兵们招呼过来，说："今天咱们看看'将军楼'去！"他们穿过马路，又走过一片家属院，就看到了一座小房子。它已经破烂不堪，粗心人怎么也看不出它会是一座小楼。黄连长告诉大家，这就是"将军楼"。当年，慕生忠将军率领修筑青藏公路的大军，骑着骆驼从西宁出发来到昆仑山，就在这里搭起瀚海中的第一顶帐篷。后来，人们为这位劳苦功高的将军修建了这座简易的小楼房……

黄连长含着深情说："慕将军为了开辟通往西藏的公路，就住在这座简易楼里。它小吗？可是孕育了四千里青藏线，孕育了艰苦奋斗、扎根高原的精神。今天我们的工作生活条件尽管还不够好，但比起当年革命前辈们工作、生活条件来却好多了。我们每个同志都应该成为'将军楼'前的一棵松树，把根深深地扎在昆仑山里……"

从此，"将军楼"就装在了孔志毅的心里。

不久，他爸爸来信，勉励他要像昆仑山一样，屹立在高原上，屹立在"将军楼"前……

孔志毅没有使前辈人失望。十多年来，他在高原上顽强地跋涉着，走出了一条闪光的路。这条路是用血和汗，用比铁还硬的意志、比火还热的激情铺出来的。和平的环境里没有硝烟，没有枪声，然而，他每时每刻都用前辈们那种冲锋在前的精神战斗，他的身上何止是损伤了半拉指头？

在一次搬运圆木时，他连续战斗，一人干着几个人的工作。他的脚板被两寸长的铁钉扎透了，鲜血染红了沙土；还有一次兄弟单位失火，他闯进火海抢救财产，他的脸颊和鼻尖被砸伤、烧伤……

孔志毅把爱的种子撒在了昆仑山，昆仑山也把甜蜜的果实捧给了他。他是一名钢铁战士，他是党的好儿子。人民记着他，党记着他。

打开他的履历表可以看到：他四次立功；十三次受奖；多次被领导机关评为积极分子、优秀党员、建设社会主义精神文明标兵；1983 年 5 月，中央军委授予他"有理想爱高原的优秀战士"的光荣称号……

徐岚一点也不觉得厌烦，她好像在研读一部人生的书，了解了那么多的事情，对孔志毅的钦佩、热爱之情油然而生。

这天，他们分手时，徐岚默默地用深情的眼睛看着他……

小屋传来悠悠琴声

按照约定的时间，这天吃罢早饭，孔志毅到公共汽车公司去看徐岚。春节假日，公司的院里格外宁静、空旷。只有几只肥大的母鸡，摇摆着肥胖的身子，在墙角下觅食。

忽然，一阵琴声悠悠传来，曲调是《我是一个兵》。

啊，小孔心头一热，仿佛看见了她。

是她，是她！他知道小清拉得一手好风琴。

志毅循着琴声而去。那琴声越来越洪亮、深情。

他进了屋，第一眼就瞅见了桌子上那架手风琴。真得感谢它，多亏它当向导，要不，说不定现在还在到处转悠、打听呢！

徐岚的屋里陈设简朴，一张平平常常的三屉桌，桌面上放着数、理、化课本，英语、日语教材，还有半导体收音机。单人床铺着蓝格床单，军用被、绿毛毯叠得四方四正。床头小方凳上放着一个木箱子——他绝对没有看错，明明是装货的那种木箱，经过主人稍稍加工后改装的。衣钩上挂着洗得干干净净的司机服。整个屋里朴素雅净、整洁有序。

"小清，你的被子叠得有棱有角，跟部队的一样。"小孔的目光久久地投射在那床军被上。

"这被子是我当兵的弟弟送给我的，说不上是什么原因，我从小就很喜欢当兵的。"她说到这里脸刷的红了。

小孔忙转移话题，给她解围："你还学习英语、日语？"

"业余时间多学点东西，把自己充实起来，今后干起工作就有本钱了。"

"就靠自学？能学进去吗？"

"硬啃呗！好在还有这收音机帮忙。"

徐岚指的是收听英语广播，孔志毅点点头。

他们谈了一阵后，小孔觉得有一件事必须跟小清讲清楚。就像过去没有瞒过那三个姑娘一样，坦率地对徐岚说："小清，我是个志愿兵。"

"什么叫志愿兵？"她只晓得现在实行的义务兵役制，没听过还有志愿兵。

小孔解释说："我超期服役三年后，领导征求我的意见，是退役回家，还是改成志愿兵长期留在部队，我告诉领导，我已深深爱上高原了，就让我留在部队工作吧！"

"我理解你，支持你！"徐岚望着孔志毅，口气十分坚定，"现在，有那么一些年轻人，抛弃理想去追求什么实惠，讲究安逸享乐。志毅，你与他们不一样，我从你身上看到了一个青年人应该追求、向往什么，也感到了那些精神空虚的人是多么可怜。"她越说越激动。

"我还有一件心事在心里已经埋了好久了。"他欲说又止，望着小清。

"你就说吧！"

"前些年，我看到了一篇报道，说是甘南山区目前生产仍然很落后，人民生活水平也不高。我的心里很不安，我想将来复员以后索性到甘南去落户，为那里的建设贡献自己的一份力量。"

"我跟你一起去！给你当个'后勤部长'！"

"真的？"

"我决不撒谎！"

孔志毅一把抓住了徐岚的手，他觉得有一股扑心的暖流直往他身上流淌。

她低头沉思了片刻说："听说你在昆仑山里每天早晨都坚持长跑锻炼，你一定要把身体练得棒棒的。这样，将来不管到了哪里，就有干好工作的本钱。"

"听说你是公司的节油能手，把你的经验给我传传，我好带回部队，让它在高原开花结果。"小孔问道。

"其实，也没有什么窍门，全在有心。化油器调整得当，油针安装合适，油门使用合理，就可以节油……"徐岚很认真地说着。

孔志毅顺手拿起一页纸，把徐岚介绍的节油经验记了下来。这一对恋人，在热恋中来了个"节油"插曲，给他们的恋爱生活增添了新的色彩。小孔掂着这张纸，一语双关地说：

"当年老连长希望我们成为'将军楼'前的一棵松树，如今楼前幼松成林，绿色迷人。我把这页凝聚着节油经验的纸带回昆仑山，同志们一定会高兴地说，我们的松林里又增加了一棵新苗！"

徐岚品出了那话里的滋味，脸一红，故意气小伙子："去你的吧，我才不愿意做新苗呢，谁稀罕你们那地方！"

两人会心地开怀大笑。

"你老是'将军楼'长'将军楼'短，可谁晓得你们那'将军楼'是啥模样，你就给我描画描画吧！"

孔志毅听罢忙从身上的小本里取出一张照片，递过去。徐岚接过一看，是他的一张全身照，背景是一座平房似的小楼。那就是"将军楼"。

小孔说："我最喜欢这张照片。每逢八一建军节，我都要到楼前去看看，缅怀我们的慕将军。"他停了停，似乎想起了什么不愉快的事，眉头微微一皱,说:"我以前认识的几个姑娘,我都让她们看过这张照片,可是人家一看,不是摇头,就是撇嘴。我明白,她们既看不上我这个人,也看不上这座小楼。然而,在我的心里,这座楼是世界上最漂亮最有意义的楼房。小清,请你理解我,和我一样爱这座楼吧!"

徐岚频频点头,她紧紧地将照片贴在胸前,把这座小楼,连同楼前的人,一起装进心窝里了!

这天分别前。徐岚拿起手风琴,对孔志毅说:"我拉支歌儿欢送你。"

她拉的是:《我是一个兵》。

听,那激越、昂扬的手风琴声,凝聚着多少感情,在飞荡着。小屋里装不下它,它飞出好远,好远……

天空中的彩桥

一年后。

他俩结婚了。昆仑山做媒,雪水河牵线,把这两个有情有义、志同道合的年轻人,领到了一起,成为幸福的伴侣。

孔志毅仍然在昆仑山上战斗着,徐岚依旧驾驶着公共汽车在武汉大街上奔驰。重叠的高山大河虽然能阻断空间,漫漫的斗转星移虽然能记载时间,但心的交流却不受空间和时间的限制。

他俩天各一方,遥遥数千里,望着那一封封像航班机一样准时的信件,交流感情,传递消息。

邮路上,两地书信像穿梭一样往来。信件在太空中架起他俩感情联系的彩桥……

一轮皎月挂在天穹,像一个明亮的银盘。一年一度的中秋节到了,又巧逢国庆,家家户户都撑开了小圆桌,合欢而坐,举杯共庆。

今晚，昆仑山的月亮似乎格外圆，格外大，孔志毅忙碌了一天，本来已经很疲劳了。可是，他看着眼前那份节日的礼物，一颗心像渗进了蜜罐里一样。这是徐岚捎来的呀。

那些各式各样的月饼仿佛一个又一个的小月亮，落在了他的眼前。还有，信上那些语重心长的思念之情，读后使小孔觉得她仿佛来到了昆仑山正和自己谈心……

"……今天下班之后，我和全家人欢聚一堂，尽情享受即将到来的双重佳节的欢乐。可在欢乐之余，我却有一股'遍插茱萸少一人'的感觉，思念之情不由得涌上心来。我隔着窗户望明月，心想：月亮呀月亮，假如你真是一块明镜，你会映照出我思念的人，我要看看他是不是消瘦了，看看他是不是正冲着我笑……

"每当我开着车从长江边上走过，我想，那滔滔的江水不正是从你的脚下流过来的吗？簇簇洁白的浪花，哗啦哗啦的浪声，也许是你捎给我的话语和礼物……"

爱人的心只有相爱者知道。徐岚说对了。长江是他俩感情的纽带，"君住江头，我住江尾"，他常常通过那奔腾的江流，给心上的人传话。那次，他参加格尔木社会主义精神文明标兵大会，当鲜艳的大红花佩戴在胸前时，他对着雪水河说了好多悄悄话。

小清，你听到了吗？

他觉得自己是一个平平常常的人，没有什么值得说的！

总后勤部政治部邀请他去北京给驻京单位指战员汇报自己奋战青藏高原的事迹，引起了强烈反响，大家都被这位高原战士的事迹打动了，纷纷表示要向他学习，做一个高尚的人。又临时作出决定，让孔志毅到其他部队巡回报告。这样，他便到了武汉。

徐岚听说志毅回到了武汉，甭提有多高兴了。要知道，俩人结婚分别后还一直没见过面呢，快一年了，她日日夜夜都把他想念；要知道，他这次回武汉是以英模的身份出现的呀，她作为他的妻子，自然比别人更感到自豪和兴奋。

孔志毅在武汉待了四天，白天忙着做报告，接待来访的群众。只有在夜深人静以后，他才拖着疲惫的身体回到徐岚身边。次日一早，天还没亮，他又忙起来了。徐岚没有怨言，她理解他，支持他，让他集中精力完成领导交给自己的任务。

做完报告以后，按原定计划，他们可在武汉停留几天，孔志毅打算和徐岚，还有父母，好好团聚团聚。不料，情况有了变化，他们必须马不停蹄地赶到南方另一个城市去，而且是限期赶到。

徐岚感到有点难舍难分了。虽然她具有豁达、乐观的性格，可是，此刻心不由己地在屋里偷偷地抹起了眼泪。

孔志毅进了屋，他悄悄地站在徐岚身边，望着她："小清，想开一点吧，我是个军人……"

还没等志毅说完，徐岚就伸过手堵住了他的嘴。这时，她已经用理智控制住了情感，她说：

"别说了，你去吧！衡量爱情的甜与苦，如果仅仅限于整日厮守、欢乐，那是低级的。只有心与心的融合，才是崇高的。"

她含着泪花笑了，那张脸变得更加美丽动人。古往今来，历史上不是记载了许多深明大义的妻子，把丈夫送往疆场吗？她明白志毅是她的人，但更是部队的人，是党的人！

孔志毅走了，他踏上了新的征途。徐岚望着他远去的身影，心想：不论他走到天涯海角，我的心是永远跟着他的……

遥远的可可西里

唐古拉山远远地立在地平线上。积雪皑皑。

太阳很毒。分明要把每粒沙子都蒸透、融化才罢休。

听，沙梁那边谁在唱？调调悲凄、悠长，给人的感觉歌声是从坟地里传来的——

> 生活像七彩霞，
>
> 那也是一幅难描的画；
>
> 生活是一片霞，
>
> 却又常把那寒风苦雨洒！
>
> 生活是一条藤，
>
> 总结着几颗苦瓜；
>
> 生活是一首歌，
>
> 吟唱着人生悲喜交加苦乐年华！

就这么几句词，反反复复地唱着，好像非要从那歌里唱出点欢乐来不可。却是越唱越凄惶，沙地里也似乎要渗出眼泪。女声？男声？实在难辨。

这本来是一首人们熟悉的、很欢快的歌，可是被这位难辨身份的人唱得完全不是那么回事了，你光跟着歌者那调调流泪不行，还得不断刨根问底地想：这人怎么啦？哭爹还是哭娘？

悲伤是一条河，有的人用尽一生的力气也难以渡过。

当歌声猛然停了后，旷野显得死一样寂静。

歌声把河填平了？

这时，从沙梁上走来一只沙狼，接着又是一只，两只，三只……狼们走着，扫帚似的尾巴拖在地上。它们站住了，竟然排列得那么整齐，一共五只。一个个仰望着。是寻找那突然断了的歌声，还是在刚才的歌声中迷了路？

狼们在沙梁上蹲下，两只前腿撑在地上，像是要把自己的身子抬起来。那滴溜溜的贼眼消闲地，却又贪婪地瞅着不远处一个地方。

那儿是戈壁滩，有一簇不算大也不能说小的红柳，旁边是一个孤零零凸起来的沙包，如果沙尖长一棵骆驼草，肯定被野风早就拔掉了。那个唱歌人就坐在那簇红柳前，是一位藏族妇人。她守着一个坟在哭唱。但是，远看或近瞧，红柳前后左右都没有坟堆。

她却确确实实地在哭坟。

三小时前，一位女军人出生三天就患高山反应而夭折的婴儿，在这儿找到了亡灵归宿地。是两个女人掩埋了孩子，其中一位就是女军人。另一位是她的同事。当时她们不声不响地只是用手在戈壁滩刨挖了一个很大的坑，让孩子四肢展平地躺在了里面。

一个没有坟堆的坟。

她们太了解这里的情况了，野狼会把戈壁滩每一个土包掘开，寻找填充肚子的食物。给娃儿做一个平平的坟，他会平安无事地睡在这里。女军人找到美仁达娃阿妈守护儿子的魂地。"阿妈，劳驾你了，孩子刚离开我还不习惯一个人住在荒天野地里，你就陪他几天吧！"

"行！我们一老一少在这儿聊天，我还能给他唱歌儿。"

当女军人拿出五百元现金作为酬劳费递给阿妈时，她双手推开了。她不会为钱给这可怜的孩子做伴。她比谁都清楚这个出生才三天的娃儿的故事，愿意义务守坟。

沙梁上，那群狼仍在贪婪地望着那簇红柳，没有坟包，它们也嗅到了气味……

美仁达娃端坐着，怒目瞪着狼们。

对峙。

歌声又扬起来了，还是那么悲切，那么揪心。

她在哭唱夭折的小生命，也在哭唱孕育小生命的一对军人。

阳光下积雪的山化了。雪泪……

可可西里的夜晚和白天都是宁静的。

横穿它腹部的青藏公路上虽然从早到晚都有进藏出藏的汽车在奔驰，但是当偌大的荒原把汽车的喧嚷声吸收进去（或者说是散扬开来）后，给人的感觉那些飞跑着的汽车像不住移动的无声图形。

此刻，深夜十二点钟。坐落在青藏公路边的江源医疗站里，还有一间房依然亮着灯光。这是军医胡明的家。他的妻子叶萍是医疗站的护士。他们是可可西里出现的第一个军人之家。

不过，现在这个家里只剩下了叶萍，丈夫胡明永远地走了！

疏星聚成的河流，悄然流坠在空空的戈壁。

整个医疗站像可可西里一样，被储藏着寂静的夜幕笼罩着。每一个置身于这个死寂的人都会感到今晚这儿蕴含着巨大的悲痛。

偶尔传来的无法判断什么兽类的啼叫也变了声调。

叶萍躺在床上，嘴里不住地念叨着儿子。她很想呼唤儿子的名字，可是他们还没有来得及给他起名字。

没有名字的孩子还算爸妈的儿子吗？叶萍伤心地哭了。

儿子永远地躺在戈壁滩不会回家了。儿子还不认识回家的路。

这时，美仁达娃慌慌张张地跑进屋，惊呼："不好了！一群狼冲上来刨娃儿的坟，我挡都挡不住！"

叶萍跟着阿妈疯了似的跑向戈壁滩……

就在那群狼捕捉到孩子尸体的腥味后，贪馋得吊起血红的舌头正要扒坟时，突然有三头野牦牛横冲直撞地跑来，和野狼厮斗起来。它们又是用长角抵，又是用前蹄刨，野狼难以招架，只得逃之夭夭。野牦牛斗败野狼也许是报复野狼对它们的某次侵扰，却歪打正着地保护了叶萍的孩子。

后来，人们从美仁达娃嘴里知道了这个孩子的故事，知道了孩子爸妈的故事。三个路过可可西里的拉萨某运输队的司机的心涛难以平静，立即自愿捐款，委托阿妈为男娃修了水泥坟，立起了墓碑，上面刻着：雪山儿女之墓——这当然是后来的事了。

一个父母还没有来得及给起名字的男孩！一个刚出生还没有得到人间阳光的温暖，就夭折了的顽强小生命！

雪山儿女连同他父母的故事，随着三个司机的车轮一传十、十传百地传遍了青藏高原。

故事需从一个不算遥远、却恍如隔世的年代说起……

话说江河源医疗站

时间：50年代末

地点：可可西里草原，长江源头

高高的唐古拉山，终年堆积着厚厚的冰雪，像个臃肿的老人，默默地站立在天边。漠原上，成群的藏羚羊、黄羊、野驴、野马……在悠闲地吃着草，偶尔从青藏公路上驶过，飞哨似的车笛拖着余音久久不散，那些野生动物们受惊，撂蹄飞跑向远处。

车过，笛息。可可西里又恢复了宁静。

这儿是青藏无人区的一部分。

不是没有人，而是没有人久住。

常常有那些汽车兵们因为抵挡不了高山反应的袭击，把命丢在荒野。于是，荒草中耸起一个又一个坟堆。很快坟堆上就长起了野草。

这里需要兵站，兵站上才有救命的医生！

时光流逝到60年代初。

兵站倒是建起来了，而且是三个：楚玛尔河兵站、沱沱河兵站、温泉兵站。但是，每个兵站就编制一个医生或卫生员，根本无法与高山反应抗衡。

荒漠上的坟堆每年都在增加，增加……

有位上拉萨的过路人，望着荒滩上那些很不规则的、满眼的坟堆，建议在这儿修个烈士陵园。

在无人区修陵园？笑话！

可可西里终于有了医疗站，取名江河源医疗站，这已经是70年代中期了。胡明和叶萍就是这时候来到医疗站的，胡明在前叶萍在后，都是医疗站第一代人。

江河源医疗站是个不大不小的、没有"户口"的"黑单位"。说它不大，是因为全站的医务、行政人员最初只有八人，后来才逐渐地增加到二十人；说它不小，是因为这个不起眼的小小医疗站，担负着每年都要为十多次翻越唐古拉山的四个汽车团指战员的医疗保障任务。当然，进藏出藏的军地旅游人员来求医，他们也都是热情接待；那么，"黑单位"呢？因为在部队的编制序列上没有它。这，说起来话就长了。

二十年前的某个夏天，军委总部的一位中将来青藏线视察，到了唐古拉山下的长江源头兵站。将军破例地在这儿住了一天一夜，找了不少于五十名官兵和过往人员谈心。他了解到经常有人在这座"站在山顶双手能抓天"的地方望而却步，有严重的高山反应，有的甚至把命丢在了这里。将军还特地走了那片戈壁坟地，他的眉头皱成了一团，他问：医院呢？回答：报告首长，这里没有医院，有了小病忍着，得了大病要跑八百里路到格尔木去找医生。将军的皱眉仍然没有松开，他骂人了：什么手掌（首长），我还没有你们的脚掌高呢！不是吗？你们的脚下就是5000多米呀！我说这些搞编制的人真他妈的浑蛋，最需要医生的地方偏不建医院，白吃饭！我做主了，这儿必须有救战士命的医生。当然我没权批准你们建医院，但是设个只有十人八人的医疗站总可以吧！

江河源医疗站便应运而生。

按照将军的指示，从全军抽调了一批优秀医务人员到医疗站。将军的侄女叶萍就是在这时候，从北京军医学院来到唐古拉山下。

遥远的白房子

医疗站是清一色的平房，在空中悬着。

悬空房？

原来房屋下面是一片空洞，没有地基。整个房屋是用一根根水泥柱子托着，空洞的深度有三四米。

悬空盖房与高寒区的永冻层有关。

可可西里虽然地处青藏高原永冻层区域内，但它不像唐古拉山巅的永冻层那样，终年都冻得硬邦邦永不开化。它是季节性永冻层，到了夏季最热的日子里，永冻层就会出现一定厚度的冰消雪融层，使地面变得软绵绵，承重能力下降。又由于早晨、中午、下午太阳光的强度不同，季节性永冻层融化程度也就呈现出深浅不一样的状况。这样在修建房屋时如果将地基打在地面上（即冻土层之上），房子就会随着不平坦的融化层而倾斜，甚至坍陷。防止这种现象的唯一办法，是掘地三四米，穿过永冻层打地基，之后再筑铸起一根根水泥桩基。这些桩基支撑着整座平房或楼房。

悬空房便由此而来。

江河源医疗站的两排悬空房，是最早出现于可可西里的建筑群。白亮白亮的墙壁使它在这片荒原上格外惹眼，几里路外就能瞅得见。"医疗站快到了，加把劲快走，那是咱们的家啊！"汽车兵们一瞅见白房子总会这样兴高采烈地说，踩着油门的脚底狠劲一踏，车速快了许多。

汽车兵们渴盼快一点赶到白房子，自然是因为有头痛脑热的不舒服之感想求医求药，但是还有一点埋在心底的秘密（其实在他们中间是公开的秘密），这就是急于要见到医疗站的女医生、女护士。在青藏线跑车的汽车兵们好像在与世隔绝的另一个世界颠簸，在这儿野生动物举目可见，那些善跑耐寒的野驴、黄羊常常和汽车赛跑。但是想见个人，尤其想见个女人，那是很难的。要不怎么称无人区呢？传说，有一个兵在唐古拉山兵站服役三年，穿行唐古拉山四十余次，只见过两个女人，还都是老太太。一个是他母亲，老人家想到独子去了那么远的地方当兵，很是牵挂，在老伴的陪同下千里迢迢上山看望了一次儿子。另一个是一位藏族老阿妈，她得了急性阑尾炎，从深山出来求医，因为候车在兵站住了一夜。兵们的生活之单调、心头之寂寞便可想而知了。世界本来就是由男男女女合理组成的，缺了任何一方都是亏损，从而失去心态的平衡。

遥远的可可西里。

汽车兵们从瞅见白房子那一刻起，心就热乎起来了。不过，他们并不急于进医疗站，而是先在距医疗站5公里外的通天河里把车冲洗得干干净净，然后，再把头埋进水里，扑噜扑噜地痛痛快快洗个脸。总之，人和车不带征程上半丝的烟尘和油腻。因为医疗站上有穿戴整齐的白衣天使，她们那压在眉梢的白帽就足以让人推想，如果世间的女子都像她们这样洁净，人心肯定会变得没有一丝污垢。

兵们进了医疗站后，首先要一个个接受护士们测量血压、注射疫苗、发放预防感冒药物等必要的程序。然后才是有病者对号入座地找有关医生问病，开处方。毫无疑问还在他们并不熟悉该找哪位医生对症看病时，又是护士们来充当向导。

遥远的白房子此刻都装在了兵的心里。

这些平日开玩笑开得不可收拾的兵们，这时候一个个变得老实极了，没有一个人出声，连走路的脚步都是轻抬慢放。因为他们把在医疗站的这段有限的时间看成难得的一种享受，而任何享受都应该是悄无声息的。

的确是很有限的。医疗站最初只有两个女护士，其中就有中将的侄女叶萍，另一个叫阿袁——她的本名袁明芳。不过，大家都叫她阿袁，本名仿佛被人忘记了。

平平常常也快乐

其实，悬空而建的白房子里的医生护士们，生活得很寂寞很单调。生活中的每个人，各人为各人活着，各人有各人的苦楚。这是外人很难体会到的。

医疗站的节奏紧张吗？确实紧张。抢救起病人来一个人巴不得顶两个人忙，太阳拽着月亮，可可西里没有了昼夜之分。

医疗站的节奏松缓吗？确实松缓。有时候，门前的青藏公路上断了来往的汽车，没有人踏进医疗站的门槛，死寂沉重地笼罩着白衣战士的心。特别是夜晚，整个可可西里蜷缩在夜色里打盹。白房子已经在此时褪去了自己的颜色……

熬死人的无人区的昼夜啊！

慢慢地，这些医务人员终于费尽脑汁地琢磨出了找乐的办法：自己做饭吃。

把吃饭作为找乐的事这恐怕只有在可可西里能见到。人在平庸的日子里，做出任何一件在局外人看来很无聊的事都是合情在理的。需要指出的是，这里所说的无聊不是生活中没有女性。因为这是发生在一男二女间的事。那么该倒过来说了，缺少男性。

起初，医疗站一间简陋的小食堂包揽了全站所有男男女女的吃饭问题。上顿下顿毫不例外都是一成不变的老三样：白菜、萝卜、土豆丝。能有不吃腻的一天吗？胡明、叶萍、阿袁是向这种淡而无味的伙食宣战先行者。两女一男，自由结社，组成一个单独的伙食单位，另起炉灶，自己做饭。他们把这叫单身汉里的"临时家庭"。胡明是家庭主男。主妇呢？暂时空缺。

第一个"临时家庭"一亮相，接着，相继出现了第二个、第三个……我们在此自然只陈述第一个了。

不用说，胡明是厨房的大师傅了，负责炒菜，做主食。叶萍专管淘米、洗菜。剩下的那位女士，什么活儿也不会干，专门负责吃——她从小就很少干家务活，来到可可西里高山反应比别人都严重，也无心"补课"了。胡明很大度，用能包容一切的口吻说："阿袁，你也别不好意思，任何事情都是两个方面，红与白，闲和忙。合理合法。就拿我们这个家庭来说吧，总得有人剥削别人，也得有人被人剥削，我和叶萍就心甘情愿地受你剥削一次吧。你就放开肚皮吃，吃多少我们都保障供应。"阿袁受之有愧，说："胡哥，你这是损你的傻妹子吧！等着瞧吧，总有一天我要让你对我刮目相看。阿袁也有两只手，绝不坐等吃闲饭！"这是"文革"中的语言，她也学会了。

胡明高人一筹的地方如果仅仅在于把菜炒得香喷喷，让两个小妹吃得满嘴流油，那他这个家庭主男不能算完全称职，早该引咎辞职了。他的长处是幽默，会逗人。也怪，只要一掌勺，他满脑子都是笑话，随便蹦出一个都会让你捧腹大笑。你看，这会儿他要卖弄他的炒菜绝活了。他把锅端起，抖了一下，菜便从锅底腾起在空中翻了个跟斗，又浇到锅里，一丁点也不外撒。他说：

"别看这一手，你们要掌握它，且学着呢！我是拜了三个师傅，磕了三七二十一个响头，又练了七七四十九天，才算马马虎虎地能让菜在锅里翻身了。对啦，这叫翻身，不叫翻跟斗，孙悟空才叫翻跟斗。"

叶萍哪里信他这一套瞎掰，便打破砂锅问到底："姓胡的，你能不能告诉我，你从师的是哪三个师傅？"

他十分严肃地回答："我妈算一个，我奶奶也算一个，外加我们隔壁的二大爷，这不是三个师傅吗？"

阿袁听了像被针尖戳了一下尖叫起来："我的妈呀，这都是些什么角色，大老娘们，老少爷们！这样的厨师用火车皮都拉不完。"

叶萍哭笑不得，她从胡明手里夺过炒菜铲："就你这两下，谁还不会？"她说着便端起锅就撂菜，第一下没成功，又撂第二下。没想，连锅带菜一起扣在了炉子上，"嗞啦"一下，满屋都像着了火，喷散着油烟味。

胡明着急了，赶紧收拾残局。叶萍吓得双手抱着头直哆嗦。阿袁在一旁抱怨：肚子早饿得咕咕叫了，这一来又得拖延开饭时间了。这阵子她不知从哪儿来了一股勇气加智慧，索性动手做起了饭菜。

完全可以想象得出，阿袁做成的饭菜是什么样！菜是半生不熟，又咸又辣。米饭是不稀不稠一锅糊糊……也完全能想象得出，这一顿饭三个人吃得很开心，很充实，有滋有味。毕竟是第一次掌勺做饭，阿袁得意的还喝了几杯，叶萍跟着乐，与阿袁对饮。两人都醉了。

胡明始终很清醒。

当他分别把两个醉女抱到各自的床上时，觉得好沉好沉。女人原来这么沉。是不是醉女更沉？

他很幸福。

他们要的就是这个结果，而不是为了吃饭。

"临时家庭"好快乐！正是从那一次起，阿袁有了变化，她不再专门负责吃了，而是接过了叶萍手中的活儿：淘米洗菜，做主食。她对叶萍说："萍姐，让我干活吧，你歇着，胡明心疼你呢！"嘴里虽然这么说，她的眼睛却一直望着胡明。她希望能换来胡明几句话，胡明却没吭声，光是笑。

后来，外面有一种说法："临时家庭"有主妇了，她就是叶萍。

叶萍听了没表态，连胡明也像没事似的不说话，只是那么淡淡地笑着。

平平常常的日子继续平平常常着……

流氓狐狸的闹剧

"临时家庭"的男男女女随着日出月落的自然轮回，有苦也有甜地打发着在可可西里单调而漫长的时光。人生在世毕竟不是为吃饭活着，吃饭带来的乐趣总是有限的。

白房子的主人们继续自得其乐地制造幸福。

如何制造？沙梁的赤狐知道。

悬空房的窗户——其实不能算严格意义上的窗户，它没有窗棂，只是砌墙时留下的一个不大不小的圆洞，里外各有一块堵板。当它洞开时，极像碉堡的枪眼。掀起窗板，浩瀚的戈壁滩就呈现在眼前。在你未走进戈壁对其缺乏了解时，总是把它跟荒凉、单调连在一起。然而，荒凉是客观存在，单调就未必了。

出现在悬空房窗户洞主人眼里的戈壁实实在在是多姿多彩的。

那道并不算高的沙梁，顶多不过百米远，站在窗洞里面连上面被风吹皱的一道道水波纹似的沙折，都看得十分清楚，整齐得好像工艺人用刀刻出来的。沙梁上稀稀落落地生长着一簇簇骆驼草，草棵在风中东摇西晃地滚动着，仿佛随时都会滚跑，但总是不离原地地滚动。你不能不佩服赤狐用精明的智慧选择了这样一个能掩护自己的嬉闹场所，它们在骆驼草中间追逐、打滚、撕咬，粗心人很难分清真伪，误把它们当成了草簇。

"临时家庭"的成员几乎每天都要倚窗看赤狐闹沙梁的景致。赤狐出穴嬉闹的时间多是在中午，日头当顶，气温暖暖，玩得才舒畅！

赤狐为什么临人不惧地把嬉闹的场所选在了医疗站窗前的沙梁上？自然是"临时家庭"成员对它们行动的爽心悦目的欣赏，纵容了它们不惧怕人的胆量。

"狼行山脊，狐行山谷"。这句民谚在这里不适了。本来狐狸怕被人发现才走山谷的，现在既然白房子里的主人情愿观赏它们闹腾，滑头狐狸便投其所好，就走上了沙梁。

这是一个十分难得的隔窗观赏赤狐嬉闹的极好机会。起码在阿袁看来是这样。周日，叶萍在病房值班。午后，阿袁敲开胡明的门，轻脚慢步地走了进来。她一把夺过胡明手中的关于《治疗高原常见病100例》的薄册子，说："胡哥，你就不知道放松一下，书能把人看呆的！"胡明说："好我的阿袁小姐，我几乎从早到晚都在病人身边泡着，难得有个看书的时间，怎么会变呆呢？"阿袁不容胡明再说什么，就把他推到窗前，说是沙梁上有好景致看。

只见几簇骆驼草在风中摇晃。

胡明失望地摇摇头，又拿起了书。阿袁却表现得很有耐心："胡哥，别急，还有好戏没出台呢。"

胡明这才似乎明白是怎么一回事了，说："阿袁，你真有这样的闲心……"

原来这季节是赤狐发情的时候，每天它们成群结队地在沙梁上放纵，或者在别的地方干完好事后来这儿"休闲"。亏得阿袁对赤狐的行动观察得如此仔细。

流氓狐狸。

不一会儿一只肥胖胖的赤狐从沙梁那边走了上来。它站定，四下里观望了一下，便用一只前爪洗了洗脸，才慢慢地在沙梁上走着，很是一副酒足饭饱的悠闲样子。

"是只母的！你瞧那眼圈红红的，连屁股也是肿乎乎的，肯定刚做完美事。"阿袁到底是阿袁，别人难以出唇的话，她却说得津津有味。

这时，又一只赤狐爬上了沙梁，它的个头显然小多了，一上来就冲着那只肥胖赤狐跑去。肥胖赤狐躲闪着，跑了，小个头赤狐紧追不放。

肥胖赤狐跑出好长一段路了，小个头见追上无望了，折回身走了，一直朝另一个方向走去，走出了好远。

肥胖赤狐这时索性不走了，站在沙梁上冲着那只远去的小个头嘿嘿直笑——它也能笑得那么灿烂。

阿袁来劲了，说："胡哥，上，捉住那家伙，逗它一回。"

"逗？咋逗？"胡明显然也有了兴趣，他放下了手中的书。

阿袁拽着胡明出门，上了沙梁，直奔那只赤狐而去，她边走边说："胡哥，你放心好了，我不会伤害狐狸的，因为它是属于保护动物。"

赤狐如人似的在沙梁那端兜着圈散步，走近了，阿袁眼睛一亮，说："胡哥，你瞧，狐狸的毛皮像缎子一样，滑溜得喜人，还有那双蓝莹莹的眼睛美极了，我真想搂住它亲一亲！"阿袁说着紧跑几步，又逼近狐狸几步。

赤狐撒开灵巧的腿跑了，跑得并不快，好像是要阿袁追它。

阿袁撵了上去。

赤狐三蹦两跳地蹿上了一个沙岗子，站定，回过头望着阿袁，那神气分明又在示意阿袁追它。

阿袁继续撵过了几个沙岗了，赤狐便消失在沙海里，不见了。她站在原地大有所失，恍如梦境。

胡明一直随阿袁其后，这时他说话了："精明的袁小姐，你也有犯傻的时候，狡猾的狐狸是故意引你走开的，刚才狐狸站着的那个地方，是它的老窝。窝里肯定有狐狸的小崽子。"

阿袁半信半疑："是这样吗？狐狸也懂'金蝉脱壳'的道理？"

"不信，咱们返回去看看。"

他们回到了刚才的地方，一看，果然一窝活脱脱的小狐狸正吱吱哇哇地乱叫着，旁边站着一个人正冲着小崽子们说话……她？叶萍！

"是你？叶萍！"阿袁和胡明几乎同时惊叹道。阿袁的吃惊显然更明显些。

叶萍倒显得很平静，对阿袁说："下班回来不见胡明，也找不到你。心想你们可能到了这儿，就追了上来。"

阿袁很在意叶萍这淡淡的有分量的话，便解释道："叶萍姐，我可是头一回来这里，不信你问胡哥。"

胡明说："我相信咱们都是头一回。走吧，该做饭了，阿袁，你当大师傅。"

阿袁不吭声，跟在胡明和叶萍后面磨蹭着。

有人欢乐有人愁

阿袁掌勺炒菜是绝对有先决条件的，只有胡明在场时她才愿意露一手。"为一个男人而活着"——这是她的人生名言。那天从沙梁上回来，她心里虽有所不悦，但还是有滋有味，她炒了几个让胡明和叶萍都赞不绝口的菜。她不愿去回想在沙梁上遇到叶萍时自己那个尴尬相。叶萍你为什么要出现呢？平心而论，叶萍每次出现在她和胡明中间时，她就觉得自己成了多余的。怪了，怎么会有这种感觉？她暂时还没想得太明白，也不愿意去多想。

没有胡明看着她炒菜，或者说菜炒好了没有胡明去品尝，她简直觉得还待在可可西里有什么意思？

当一个女人只为一个男人活着的时候，她往往失去了理智。

遗憾的是，胡明太忙了，而且越来越忙。他无法满足阿袁的要求——天天看着阿袁炒菜。作为医疗站的业务骨干，许多病人都离不开他，尤其是上手术台，没有他几乎不行。这样，胡明就经常难以按时下班。做饭的事很多时候是由叶萍和阿袁去完成，而阿袁呢，少了胡明这个动力她就没有了精气神，懒得动手。实际情况是由叶萍一个人忙里忙外地张罗着三人的饭。阿袁便重操旧业——专门负责吃。

这样的事是经常发生的：叶萍把饭做好了，仍然不见胡明回来。她受阿袁之托，站在"悬空房"前朝病区方向眺望。当她老远瞭见胡明从远远的另一栋"悬空房"走来时，便大喊一声："阿袁，人回来啦，开饭！"

这时候阿袁才手忙脚乱地围起围裙忙起来，给人的感觉她真的是这个"临时家庭"里的主妇，家里的一切活计都是她一手操办的。这不叫演戏，这是阿袁真情的自然流露。

没有人去计较或追究这里面的奥妙，叶萍也好，胡明也罢，包括阿袁自己，都抱着各自做了记号的专用碗，用筷头不停地往嘴里刨着饭菜。吃得好香！为什么不言声？

阿袁的饭量明显地减少……

高原军营单身汉的生活，就是这样无拘无束，充满乐趣而又谨小慎微地消逝着。谁都会觉察到这里面有一种显而易见的、却又是谁也不愿挑明的难言之痛。

有人欢乐有人愁。欢乐的人有愁，愁者也有欢乐。生活原本就该这样。

那是叶萍二十岁生日那天，早晨起床后，她还记着今天是自己的生日，可是等上班忙忙乎乎地在病房工作了一天，又累又饿，傍晚下班回到宿舍竟然把生日的事忘得一干二净。吃罢晚饭，她又没精打采地坐在了电视机前。荧屏上花花绿绿地放映了些什么，她全然不知。胡明进屋问她：

"晚上有什么安排吗？"

叶萍不假思索地回答："这不是已经有事干了吗？看完电视就睡觉。"

"就这么过生日？"胡明问得很诡秘。

叶萍这才想起生日的事，很不好意思地说："你看我忙得晕头转向，亏你还记着。谢谢！"

说话时叶萍脸颊飞上两朵红云，这是她第一次在胡明面前有这种极不自然的表情。难道女孩的心里装上一个男人就是这样的表情吗？

胡明为她解围，说："忘了没关系，再捡起来。改变一下你原先安排的不合人情味的计划，今晚放松放松，散步去。"

"去哪里？"

"戈壁滩。无边无际，一直走进昆仑山的怀抱。"

"你真会浪漫！"

深夜，在戈壁滩……

月亮很亮很大。那是因为高原的天空很低。

蓝天拥抱着明亮的月儿。

极度的静谧使戈壁滩显得无限的空旷，今晚因了这两个军人的出现，更加寂寞。

胡明心旷神怡。他觉得这镶着明月的天空是属于自己的天空，这铺着一层银色月光的戈壁滩也是属于自己的戈壁滩。连他也奇怪，来到可可西里医疗站已经一年有余了，为什么今天才有这种甜蜜的感觉？

他看看身边与他踏着同一节拍走在戈壁滩石子路上的叶萍，叶萍低着头，不说话。

"变成哑巴了？"他问。

"你说话了吗？"她反问。

俩人笑了，开怀地笑着。笑声无遮拦地滚动在空旷的戈壁滩上。

叶萍深深地吸了口气，又长长地吐出。

"缺氧？"他问。

"不，今晚的空气真新鲜！"她认真地回答。

谁都知道，这里空气中的含氧量只有内地的一半，何谈空气新鲜？这是叶萍独到的发现——缺氧的美丽。

戈壁滩静悄悄。月亮仿佛有意地下降了许多，要给这两位军人更多的月色。他们踏在碎石地上的脚步声传得很远，也脆亮，有时不得不产生错觉：有人从远处向他们走来。

静夜，踏月戈壁行，心旷神怡。

"胡明，可可西里的夜真美！"

"是今晚才发现的吧？"

"我从来就没有在夜里走过戈壁。"

"这就叫不会享受生活。其实生活中到处都有美，包括这个人烟稀少的可可西里。"

"有这份闲心吗？再说即使有了闲心，没有那个胆量，荒凉的戈壁滩狼虫虎豹多的是，不把人吃了才怪呢！"

"今晚不是在戈壁滩散步来了吗？狼在哪里，雪豹又在何处？"

"这不有你陪着嘛，把那些野虫虫都吓跑了，躲得远远的。"

"叶萍，实话说，是你陪着我，要不我也不敢一个人出来的。"

"真的？"

……

戈壁滩很静，静得使此刻走在这里的每个人觉得自己的五脏六腑都深深渗入了地心。

戈壁小路在朦胧的夜色中曲里拐弯地伸向远方。胡明和叶萍默默地走着，脚踏砂石的声音更脆了。俩人都有一个心愿悄没声地揣在心里：小路，变得长一些，再长一些吧！

谁也不说话。俩人踏着无声的节拍走着。夜在俩人的脚步声中消失，也变长。

突然，叶萍捅了捅胡明的胳膊，说："听，有声音？"

吱啦——吱啦——

由远而近，由小变大。时而清亮，时而模糊。

俩人站定。两颗心在加速跳荡。夜里，戈壁滩除了动物还会有什么呢？可可西里是动物的乐园，他们首先想到的是狼，或者狐狸。狼，要伤人的。狐狸，这家伙卖骚。到底会是什么呢？

声音近了，一个黑影。更近了，好像是一个人影。越来越近了……

显然，对方也发现了胡明和叶萍。

双方相对而立，默默地望着。他们都已经知道对方是谁了，可谁也不开口。

戈壁滩无限地扩大它的空旷，寂静……

胡明转身给叶萍说了句什么，便朝前走了两步，说：

"阿袁，夜里一个人出来不要走得太远，戈壁滩太荒凉。"

"我非常感谢你的好意，不过我不需要接受你的关爱，难道你不认为自己心里已经装上了你需要装的人。"

"阿袁，你心里再有委屈也不能一个人出来乱走。你知道这是在什么地方吗？"

"什么地方，我当然知道，你也知道。我倒要问问你，你知道你是在对谁说话吗？她不是需要你关心的那个人。"

"可是她是我的战友，我的同志，我的好朋友，我有权利不让她在这荒山野岭乱走，因为夜里这个地方什么样的事都可能发生！"

胡明真的着急，阿袁倒显得平静了许多。她说："你就不要为我操心了，有它给我做伴，给我壮胆，不会发生什么事的。"

这时，胡明和叶萍才发现阿袁怀里抱着一团黑乎乎的什么活物。俩人惊愕，胡明问道：

"那是什么？"

"藏羚羊。"

"国家一级保护动物，你……"

"我并不打算伤害它，只是让它陪陪我，解解闷。"

胡明和叶萍一时不知该说些什么才好……

原来，楚玛尔河畔有一户藏族牧民，祖辈放牧，经年累月和野生动物打交道，却从来不伤生。头些年总有不少黑了心肠的人白天黑夜地在可可西里猎取藏羚羊。老牧民一家看着倒在枪口下的一只又一只藏羚羊，多次对天祈祷，让苍天保护大地上的生灵。善良牧人在草滩上总会遇到一些受伤的藏羚羊和丢失的藏羚羊小崽子。另外，还有那些秃鹫，它们从高天上扑下来，捕获藏羚羊，常常一连扑倒几只，可是只能吃掉一只就填饱了胃。把其他被咬伤的藏羚羊扔在草滩上。牧人心疼万感地抱起这些没有家园生命脆弱的动物，专门腾出一顶帐篷作它们的生息地。老牧人发誓，等它们的伤好了或可以独立生活了，放回草原……

阿袁说，她怀里的这只藏羚羊崽子就是从老牧人那里借来的。

胡明不相信这个"借"字，因为他非常清楚老牧人爱羊如子的性格，他绝不会轻易给别人"借"他这些心肝宝贝的。

"阿袁，老实说，你是怎么拿到这只藏羚羊的？"胡明的口气非常严肃，显然他要发威了。

阿袁低着头，一语不发。

胡明逼问："阿袁，你必须明明白白地告诉我，这只藏羚羊到底从哪儿来的？"

阿袁也生气了，吼道："你不要逼我了，我把它送回去还不行吗？"

说罢，她就转身慢慢地走向夜幕笼罩的远方……

胡明跟了上去。

叶萍原地站着没动，眼里噙着泪水……

阿袁当了饭店老板？

仿佛一切都没有发生。"临时家庭"又像过去那样运转着。变化自然还是有的，只是外面的人谁也没有心思去留意它，唯胡明、叶萍、阿袁他们自知。

应该说阿袁的变化被胡明和叶萍看得越来越清楚了。她好像要弥补什么缺憾，又好像要摆脱什么苦恼似的在改变自己昔日的形象。三人的吃饭问题，从采购到把饭做熟盛到碗里，她全包了。下班后她总是火急火燎地赶到大家前面回到宿舍。等胡明、叶萍进屋，她已经把饭菜做好了。她总也很少说话，却把饭菜做得很可口。她眼里闪烁着亮亮的东西，莫不是泪花？她却笑了。

阿袁，你为什么要变得这样？

各人都在默不作声地吃着饭，谁也不说话，筷子往嘴里扒拉饭菜的声音，牙齿咀嚼的声音，好像比平时放大了好几倍，很清脆，又显得很孤独。

阿袁的脚下卧着那只小藏羚羊，这回是她真的从牧人家里"借"来的。她对牧民说，她一个人的日子过得太寂寞，需要找个伴。牧民答应了，只是再三叮嘱她一定要善待羚羊，吃住不能让它受亏。

这是一种看似和谐实则很快就会分裂的僵局。胡明再也不愿让这种刺人心疼的局面无限拖延下去了，一个周日乘叶萍值班时，屋里只剩下他和阿袁了，他和阿袁又坐在了窗前。自然是胡明主动找阿袁的，她并没拒绝。无心观赏沙狐，只想聊聊天。

"阿袁，近来你忙得够累，该休息休息了。总是你给咱们做饭，我们的劳动权都让你夺去了。我们很过意不去。"

"我情愿干的事，从来不觉得累。你也不必在意。"

"能不在意吗？你也像大家一样，天天忙着上班，白班、夜班，连着干。又是在这个缺氧的地方，再这样下去身体总有一天会垮的！"

说到这份关心，阿袁突然有些承受不了，问："胡明，你是真的关心我吗？"

"那还有假吗？"

"我看你是假惺惺地说些漂亮话罢了。你心里有谁，我能看不出来吗？"

"这是两码事，我是以咱们'临时家庭'成员的身份关心你的，你是我的好同志！"

"留着你的关心吧，会有人接受它的。"

阿袁说毕，一甩手，出了门。

这年年底，阿袁随着部队一年一度的复退大潮转业到了地方。具体是什么地方，说法不一，多数人说她在拉萨开了个饭馆，当起了小老板。阿袁走时把小藏羚羊留在了医疗站，并没交还给牧人。她没说这是为什么，但胡明和叶萍似乎都明白。

"临时家庭"只剩下了胡明和叶萍。按说这一下，他俩该有充足的时间敞开胸怀说说心里话。谁料，又一个人的出现使事情总是趋于复杂化……

两个男人议论同一个女人

横穿可可西里的楚玛尔河有时断流，有时又激起旋涡，它就是这样不规律。其实这些都不可怕，可怕的是它突然间拐了个弯。这时水往往要溢出河床，这个地方倒不担心它会淹着人，而是比油还金贵的水一旦溢出来，整个楚玛尔河立即就变瘦了。

可可西里能没水吗？

许多人替水死了，为了让水活着。

叶萍的男朋友从京城来到了可可西里。当然，他不可能不打招呼就上高原，但是叶萍一直认为他是说着玩。因为他多次在信里写道：那个鬼地方，人才不去呢！

但是，他来了。他是抱着最后的一线希望来的，要叶萍调离可可西里，跟他回京城。

叶萍不会服从他，当然他也不会为难她。她似乎没有怎么犹豫就把男朋友交给胡明，让他给安排吃住问题。"一切由你去管理他了，我实在不知该怎么办。"胡明忙说："这不合适吧！"

"没什么不合适的，你会知道怎么办。"

叶萍这么放心地把男朋友交给胡明，原因有三。第一，他是"临时家庭"的户主，找他是顺理成章的事。第二，男朋友在哪里住着实叫她作了难，医疗站没空房子，可可西里更无招待所了，索性让他和胡明滚在一个床上得了。第三，也是最主要的一条，她心里已经越来越没有男朋友的位置了，把他交给胡明既可以表白自己这个心思，又可以让男朋友从中明白点他应该明白的事情。

胡明不会狭隘到让叶萍的男朋友觉得高原这个鬼地方的人都像鬼一样不近人情，他的接待是满腔热情的。第一次见面是在叶萍在场的情况下两个男人的手紧紧握在一起。男朋友马上就有感觉了：好人！把心劲都用在手上了，我一下就觉得这个寒冷的地方有了温暖。夜里，两个大男人睡在一张单人床上，挨得很紧，谈得蛮投机。什么心里话都往外掏，理想呀，追求呀，家庭呀，交友呀……除了不谈国事，其他什么话题都有。俩人越说越来劲，心儿靠得越近，本来两人睡在床两头，现在却鼻尖对着鼻尖侃起来了。

"胡大哥——请允许我这样称呼你，你说说，女人即使美丽得像一朵花，待在这个叫可可西里的地方，也等于插在牛粪上了，还有什么价值？"

"老弟——也允许我这样叫你吧，我不想就你这个话题说下去，我只告诉你一个事实，雪莲花只有西北的雪山上才有，除此而外的任何地方都见不着，可是几乎人们都喜爱这种美丽的高原花。"

"噢，我明白了，你是说一个人的价值大小，并不完全决定在什么地方。是金子总会发光的。"

"你扩大了我话题的内涵，我只是指女人而言。"

"有情之人所见略同，咱们想到一块去了。我就是只想谈女人，我此次来高原就是为女人而来，也要为女人而归。"

"原来你是身负重任上高原。如果我没猜错的话，你是要把叶萍背下山！"

"这只是一厢情愿。恕我直言，可可西里一直被人称为无人区，别的不说了，单就说水吧，缺得要命。我来的这两天一盆水用一天，清早洗脸，全天用它洗手，晚上洗完脚才倒掉。又苦又涩的生活！可是我纳闷，你们竟然有滋有味地活着，为什么？"

"因为这里需要我们，还因为这里生活着一群男男女女，大家互相牵着，互相挂着，生活就不单调，也不寂寞。你也不是被叶萍牵来了吗？"

"我不是被她牵来的，而是要把她牵下山。"

"但愿你心想事成，可是我看也难。"

"我真不明白，像叶萍这样才貌双全的女军人，到哪儿不能施展本事，偏要在这个遥远的可可西里来耗费年华？"

"你在这里用'耗费'二字显得那么欠思量。叶萍是不是才貌双全，我不敢下这个结论，但是对你如此地贬低她选择可可西里，我真的不敢苟同。人各有志，也许叶萍认为她自己就该到可可西里来奉献年华。"

"何以见得？"

"她是个军人，军人服从命令的意识任何时候都是第一位的。否则，就别穿这身军装，肩上就别扛着几道几星的，这是其一。其二，她是个女人，女人就应该选择男人最需要她的地方去工作。可可西里不缺羊不缺狼，缺的恰恰是姑娘。叶萍和她的一伙同伴来了，可可西里的山乐了，水笑了。"

"听了你这番真言，我的感慨有二：第一，我真庆幸自己没有穿一身军装，但是我不悔不怨，我即使有一双翅膀，也不会飞到这个地方。第二，你对叶萍了解得这么深，这是我无论如何没有想到的。"

"你没有穿上这身军装，我也为你老弟庆幸，因为每个人的选择都应该受到别人的理解和尊重。至于你提到我对叶萍了解得深，实在过奖了。她是我们'临时家庭'里的一员，我想我应该做的还没有做好。"

"'临时家庭'？哼，据我所知，这个'临时家庭'已经解体了，就剩下两个人了，一男一女，马上就会变成正式的家庭了！"

"我非常佩服你调查研究的细密且快捷。如果真有你所预言那一天，我会给你留一杯喜酒。不过，我想这酒你是不会喝上的，因为这是一杯带醋味的酒。"

……

两个男人的对话中止。满屋子的臭脚丫子味，男人的脚气！

他们又变回原先的睡法，俩人颠倒了睡，所不同的是，没有抱着脚，那玩意儿太臭。

没有呼噜声。

可可西里的夜并不宁静。

火锅店的醇香

也许是男朋友没有铆足劲，也许是叶萍脚跟扎得太深，她终于没有被他拉走。当然，他此次高原之行还是有功劳的。起了催化剂的作用：胡明和叶萍的终身大事在他离开可可西里的那天夜里，就正儿八经地提上了日程。

这天的晚饭胡明和叶萍破例没有自己动手做，而是走进了医疗站左侧的楚玛尔河饭店。说是饭店，其实就是单一的涮羊肉。饭店很小，不足三十平方米的帐房里摆放着五张卓子。气派且很大，门框上"天下第一涮"五个藏汉两种文字写的字，格外引人注目。何为第一涮？

一个月前，藏家姑娘白玛拉吉带着阿爸在野马滩饲养的一群特种羊，来到青藏公路边开办了这个小饭店。羊种优良，其肉自然就有别于一般羊肉了，汤鲜肉香。贴在饭店墙壁上介绍羊肉的宣传品这样写着：野马滩的羊是个宝，它吃的是冬虫夏草，喝的是雪线矿泉水，屙的是六味地黄丸，尿的是太太口服液。吃了这样的羊肉，壮骨开胃又健脑。

胡明和叶萍看了这则女老板自制的广告，同时会心一笑。胡明说，看来这个小饭店一开张，以后有了病人就往这儿送，我们的医疗站该关门了。叶萍说，你别说，这老板娘很有文学才华，广告词不错啊！她的话音刚落，白玛拉吉就从里屋走了出来，说，二位千万别夸错了人，我可没有这本事，这广告词是特地请了你们医疗站一位才女拟写的。胡明马上追问，哪位才女？白玛拉吉回答：阿袁。胡明和叶萍久不作声，他们真思念这个"临时家庭"里的好友，她总是在人们料想不到的角落表现自己的才华。可是，她已经离开了可可西里呀！女老板诡秘地一笑：这是她在这里吃最后一次晚餐时的留念。

开涮以后，他俩边吃边聊，轻松，舒心。果然这羊肉口感极好，肉酥且嫩，香气一卜子就渗遍了全身每一个毛孔，而且弥漫在周围的空气中，使人感到整个身体仿佛都泡在了醇香中。心情爽再加了这美味的涮肉，双倍的香。

男朋友虽然走了，但是两人的话题始终没有离开他。自然瞄准的是他，射中的目标是他俩自己的事。

"叶萍，阿袁飞了，他也走了，这'临时家庭'是改朝换代还是继续维持下去？"

"别想美事了，我是准备清清静静地长期过单身生活。起码在一段时间里我不想结婚的事，好好回想回想已经过去了的日子，再考虑考虑今后的前程。"

"这样你不觉得太苦了吗？哎，对今后的日子，你能给我说个大概的轮廓吗？"

"当然可以。妈妈准备把我调回西安。"

"真有这事？"

"怎么，你已经听说了？"

"风言风语的话前一阵子就传到了我耳里，我没太在意，因为我根本不信。"

"就那么自信？"

"我也说不上是什么原因。"

"信不信那是你的事，事实确实是这样，妈妈要调我下高原。"

"我想知道，事情只是在议论中还是已经定下了？"

"妈妈说那边要人的单位是一点儿问题也没有了，只要我同意，咱们这边放人，就行。"

"那么，你是什么态度呢？"

"这不是请你帮着拿个主意吗？"

"我先要问你一句，你同意调走吗？"

"我想听听你的意见。"

这时，胡明急了，牙一咬，双眼一闭，说："你走吧！"

叶萍更急了，问："你掏句心里话，到底想不想让我留下来？"

胡明从叶萍的眼里看出了一种企盼，一种恳求，一种依赖。他便改了口气，缓慢而坚毅地说："你留下来吧！可可西里需要你！我也需要你！"

叶萍终于找到了可以歇着的靠山似的，依在胡明的臂弯里，浑身软软的，微闭着双眼，舒心地草着他……

他俩忘了吃饭，竟然睡着了，抽起了鼾声。

羊肉的香味更浓更烈。

桌上的火锅不知什么时候熄灭了……

白玛拉吉远远地站着，静静地看着，甜蜜地看着，却不近前惊扰他们。她奇怪，火锅店开涮一个多月了，很少见到军人光临。今天来了这两个军人，一男一女，为什么如此相拥，如此甜蜜，忘了吃饭？

这是在戏剧中还是在现实中，是相逢还是分别？

她始终不愿惊扰他们。

夜深了。可可西里仍然醒着。羊栏里有一只羊在吁吁躁动。它给荒原又孕育了一个蓬勃的生命。是成熟的美和力……

乌鸦也能报喜

可可西里依旧被无际的荒凉覆盖着，胡明和叶萍也一如既往地忙碌着，还是那么单调、寂寞。可是给人的感觉他们充满坚持的力量，这从走路时的双脚上能看出来，从说话时的语调卜能听出来。

因为这是收获的季节。

他们的结婚几乎是一夜之间完成的。转瞬间，全医疗站都被新婚的喜悦染得温暖了；转瞬间，这气氛又消失得无踪无影。一切又恢复了常态，可可西里寂寞得仿佛什么也没有发生过。

这是为什么？大概因为他们的结婚是那么的简单，简单到几乎没有什么先例可循。

举行婚礼的当天上午胡明还在手术台上忙着抢救一个车祸中受伤的司机。司机的伤势很重，救活的希望仅有百分之十左右。这大概是胡明能忘记自己大喜日子的足够原因。叶萍倒是请假在家——是家吗？仍然是单身楼里胡明住的那个房间，只是和他住在同屋的另一个医生搬走了。屋里男人的臭脚丫味，任叶萍把窗户开得再大，仍然不能完全消散。就在她不知道要做些什么时，忽然觉得结婚得有一张双人床，显然可可西里是买不到双人床的，去格尔木买又赶不上了。她只得把屋里的两张单人床一拼，得了。然后她才开始布置新房，打扫地面，给墙壁上贴报纸，贴窗花……

窗花？那是阿袁从拉萨特地捎来的。没有信，只是一幅喜鹊登枝的剪纸窗花。捎窗花的人说，阿袁讲了，她衷心祝贺你俩永远幸福。

窗花贴在正中的玻璃窗上，阳光洒满窗棂，那只喜鹊好像活了，正喳喳地叫着，尾巴一撅一撅的。

这使叶萍很自然地思念起了同屋女友阿袁，心中涌上一股怜悯之情，愧疚之情。她便自语道："阿袁，你回来吧，咱姐儿俩好好聊聊天，我心里有许多话要给你说！"为什么会有这样的念头呢？她也说不清。

爱情这东西就是这么自私，甚至自私到残忍的地步。要不老祖先为什么会留下一句话：情场就是战场？当然，不是说爱一个人就必然要恨一个人，乃至要杀掉另一个人，这不是规律。但是，爱和恨任何时候都摆在一起，这是毫无疑问的。另外，还有一个现象是明白无误的：一旦所爱的人到手，这时得胜者便出人意料地变得大方起来，宽容一切地大方，包括对情敌也可以表现得高姿态。

我不知道阿袁送这幅窗花时的真实心情，但有一点恐怕可以肯定：她心里不会很平静。至于接受窗花的叶萍的心情，我推测，恐怕比阿袁更要复杂一些。

不要想那么多了，过去的一切都让它过去吧！生活要从头开始了——叶萍这么想。那夜，她就是以这样的心情，扑进胡明怀抱里的。

事情发生在次日早晨。

结婚恰逢双休日，胡明和叶萍不必踩着起床号起床了，痛痛快快地睡到自然醒。睁开眼来，满屋通亮。打开窗户一看，昨晚落雪了。

这时，那幅窗花跳进俩人的眼里。叶萍心里依然像昨天贴窗花一样美滋滋的，胡明却似乎发现了什么问题，他瞅着窗花不换眼地望了好久，眉头渐渐皱起……

"叶萍，你细细看一下，那是只喜鹊吗？"

叶萍好像被提醒了似的，急忙细瞧起来……她不由得"呀"了一声，低下了头。那只在枝头鸣啼的鸟儿原来是一只乌鸦……

叶萍要伸手去捣碎窗花，被胡明拦住了：

"不必生这么大的气。被人称作'生命禁区'的可可西里，能飞来一只乌鸦也是可喜的事情。她阿衷就不懂得这一点！"

远方的天空

月亮、太阳悄悄地在可可西里轮回升落。逝去的日子把医疗站的白房子镀成了斑驳的硬壳。

贴在窗棂上的那只乌鸦也变成了白色的，如不仔细辨认，很难看出是乌鸦了。

胡明说，它还是乌鸦，一只报喜的乌鸦！

沿着医疗站门前的那条伸入戈壁的路走下去，就会抵达远方。

远方有她日夜思念的丈夫胡明。

远方的天空，会是什么样呢？

叶萍凸起的肚子，渐大，渐长，直到体内渗出光芒为止。

说来也奇，也巧。就在胡明和叶萍结婚那天，那只小藏羚羊突然从医疗站消失了。次日，牧人才满面喜色地跑来，说：藏羚羊回来给我们报喜了，你们要结婚了！

各拉丹冬遇难

人们一直在等待春天，可是收获偏偏在秋天。

在叶萍怀孕七个半月时，胡明改变了原准备回西安让她生孩子的打算。严格讲这并非他的本意，是领导派他进各拉丹冬随一个科考队执行一次医疗保障任务。领导在强调了"任务特殊，组织信任"之类的话后，拐了个弯，说了以下颇有人情味的话：

"关于叶萍生孩子的问题我们不是没有考虑到，那怎么可能呢？最后之所以下狠心让你去执行这趟任务，又是去那么艰苦的地方，确实认为只有你才能担此重任。胡明同志，你就委屈一点吧，按时保质保量地完成这次医疗保障任务。到时我们给你戴红花庆功！只有二十天的任务，你回来后我们护送你和叶萍回西安。"

这样的话，胡明听得多了，已经无法激动起来了。谁让他是医疗站的"台柱子"呢？肩膀硬朗的人，就应该挑起重担。

各拉丹冬雪山海拔 6621 米，是唐古拉山脉中的最高峰。"各拉丹冬"藏语的意思是威武雄壮、高高尖尖的山峰。在这座高且尖的雪山中，簇拥着二十多座海拔 6000 米以上的雪峰，宛如身披银甲的武士，矗立在青藏腹地。在这些雪峰肩胛之处，有近五十条现代冰川组成的冰川群。浩浩长江就是从这里起源。

胡明绝无去各拉丹冬观光旅游的雅兴，因为两年前他有过一次各拉丹冬之行，是给一个江源探险队当随行医生。但是到这样一个神秘而美丽的地方去多少回他也不会腻歪；他也不担心完不成此次科考队的医疗保障任务，因为他有这个能力，再加上他的经验。那么，为什么他是那么闷闷不乐，显得心事重重地踏上去各拉丹冬之路？

白房子的一扇窗前站着她。妻子的目光望着远方。

正是这目光牵着他的脚步，使他步履艰难。

他不是那种能被儿女情长缠绕手脚的男人，可是，此次各拉丹冬之行对他确有点勉为其难。再有两个多月就有人叫他爸爸了，怎能不心花怒放？这两个月他会舍弃自己一切应酬，好好陪着叶萍，让小宝宝平平安安地在可可西里降生。他要依偎在妻子身边，听婴儿的第一声啼哭！

他就是这时候踏上了奔赴各拉丹冬的征途。应该说他心里有许多话憋着，但是他只能默默地为自己祈祷：早点回到妻子身边，让她忧虑的脸上焕出笑容。

白房子那扇窗口的目光，天天仰望着高处的积雪，她多么想把那些狠心的日子唤回来！可是，她彻底失望了。

胡明再也回不到可可西里了……

科考队执行完任务返回可可西里途中，头车翻车，车上除司机外其他三人全部遇难，其中就有胡明。

本来只有二十天就能完成的工作，由于道路有时泥泞有时冰雪，延至一个月。胡明急于赶回医疗站，早一天出现在妻子面前。他还要陪她回西安呢。他等着坐第一辆车，可见他的心情有多急慌了。科考队一共五辆车，走在前面的车实际上就是探路车。进出各拉丹冬根本没有路，司机的感觉就是路，汽车轮子碾到哪里，哪里就是路。其实，轮印并不都是路，那一条条轮印里隐藏着探路时留下的多少"陷阱"！

一次，车子在驶过一层泛浆地时，陷进了深深的泥潭里，司机本想挣扎着把车开出去，谁料弄巧成拙，越陷越深，泥浆几乎没了车顶……

三天后，驻在山中的解放军赶到，从陷落泥浆中拖出汽车，还有三具浆成泥棒的尸体……

未出生的孩子成了孤儿

胡明的尸体是在深夜两点钟运回医疗站的。从一定意义讲这个时间是个掩耳盗铃式的好时辰。夜幕可能暂时地遮掩住这具鲜活而多情的尸体，起码在天亮之前这段时间不让叶萍发觉丈夫已经不在人世了。

雪里毕竟埋不住篝火。

事实是当天夜里天还不亮，叶萍就趴在丈夫冰冷而泥泞的尸体上哭嚎了起来。那哭声像锯齿拉在钢板上，又像有人踩踏着碎玻璃碴。整个可可西里都被叶萍的哭嚎惹得淌起了眼泪。

哭声一直延续到次日中午。

没有人去劝这位要多可怜有多可怜的女军人。医疗站的人几乎都赶来了，他们默不作声地站在叶萍身后，悄悄地流眼泪。

严格地讲，叶萍新婚的新鲜滋味还没尝够，丈夫就永远地离她而去了。她是在最需要也最能接纳丈夫柔情爱抚的时候失去了丈夫。即将出世的孩子还没感受到人间阳光就成孤儿。

她的嗓音已经被哭嚎撕扯得很沙哑了。

当她明白撕心裂肺的哭叫再也不能唤醒已经长眠的丈夫时，终于止住了哭。可是站在她身后的同志仍然热泪长流。

她开始用大家早就准备好的水为丈夫擦洗身上的泥尘、冰雪。这是他一生中的最后一次洗澡了，从此刻起他就去另一个世界生活了，那儿能不能洗上澡还很难说，她一定要把他洗得干干净净。她却不敢去洗那张她熟悉的、此时被泥雪模糊得无法辨认的脸，便先给他洗手，洗胳膊，洗脚，洗腿，洗胸脯……对啦，要把脚好好洗洗。他一直有个好习惯，每晚都用热水烫脚。洗着洗着常常会情不自禁地呼喊她，媳妇，来帮我揉揉脚心，今天的手术站了整整六个小时，脚心有些疼。

于是，她会放下手头的活儿，给他揉脚……

想到这里，叶萍忽然停下了为丈夫擦洗。丈夫此次各拉丹冬之行，一个月有余，跋涉了多少山道水路，他的脚能不疼吗？对，一定给他揉揉脚心，他又要走远路了，而且这一回是他一生中走得最远最远的路，要让他轻脚轻心地上路。她便开始给丈夫揉脚心，揉呀，揉呀……

她最终还是无法控制自己的感情，趴在丈夫身上又哭嚎起来了……

仍然无人劝阻她。

叶萍，哭吧！要哭就哭得彻彻底底，哭得痛痛快快，哭得轰轰烈烈，把心中的苦水和委屈，全部地、干净地哭出来！

夜在流动，梦在流动，整个青藏高原都在流动。都因了一个女军人这撕心裂肺的哭嚎！

这哭嚎是一片易碎的薄冰，谁听了都会陷进冰下的深潭里……

从胡明离开人世的那天开始，小藏羚羊夜夜长嘶哭叫，有时甚至跑出医疗站的小院子狂叫。

黑色的黎明

戈壁滩骆驼草上挂着莹莹露珠的那个黎明，可可西里响起了有史以来第一声婴儿的啼哭。它划破寥廓寂寞的夜空，久不消失地回荡着，仿佛要告诉全世界每一个人，这儿终于有了新生的第一代婴孩。

胡明的意外遇难，出其不意地打乱了他们夫妻俩原先回西安迎接孩子出生的计划。叶萍无可奈何地只有在可可西里坐月子。

可可西里什么时候听到过雄鸡打鸣？从来没有。今天这声声婴儿的啼哭比雄鸡的鸣叫更能唤起高原人对黎明的向往，多少人从睡梦中醒来伸长脖子，耳朵贴着窗纸倾听这比音乐还要动听的啼哭。

产房里，护士将婴儿抱到叶萍面前，满脸挂笑地说："叶姐，是个男娃。"叶萍听了，眼泪刷的一下就流了出来。儿子的出生使她更容易想起丈夫。胡明多次对她炫耀过，在可可西里这块宝地上，我不种出个男娃来，还算男子汉吗？

叶萍很快擦干了眼泪。她想，这一刻更多的应该是喜悦，起码要暂时地忘掉悲痛。她望着躺在身边婴儿车里的儿子，儿子的脸上还留痕着胎液，这脸对她是那么亲近，又是那么遥远。这张脸，还有这手这腿，昨天还是她身上的一块肉，在她体内无声地挣扎着，也许是向往可可西里那点缀着白云的碧透蓝天，也许是牵挂远在各拉丹冬的爸爸，今天就变得人模人样地躺在了她身边。真快！母亲是世界上最伟大的雕塑家，她塑造的是生命，是青藏高原的明天，是宇宙的精灵。没有哪一种诱惑能够超过从母体内分离出的小生命对母亲的诱惑力了！叶萍望着儿子粉嘟嘟的脸，足足"欣赏"了有半个小时，才把目光收回。随即，她的眼里不由得又涌出了泪花。

她怎能不想起胡明呢？在她的肚里刚有了儿子的雏形时，胡明就盼着儿子快快出生，盼着儿子叫爸爸，盼着儿子长大后也当医生，就在可可西里医疗站，接他的班。叶萍嗔怪地顶撞了他一句："看把你美的！如果生下个女娃呢，你的愿望不就泡汤了吗？"他马上改口说："生个女娃咱就让她在可可西里医疗站当护士，接你的班……"

现在，儿子出生了，就在可可西里，就躺在母亲的身边。可是，爸爸呢，却永远地长眠在可可西里冰冻的地层之下了！

在失去丈夫悲痛的时刻里，儿子的出生毕竟给叶萍带来了极大的安慰。每当她出神地望着儿子的时候，她就忘了一切，心里只剩下儿子。儿子就是她的生命，儿子就是她的幸福，儿子就是她的所有。你瞧，儿子的脸，宽宽的略带方形，确实像胡明的脸。儿子的嘴唇，尤其是下嘴唇，翘翘的，跟胡明一模一样。儿子的眼睛，不大不小，黑油油的瞳仁好可人，那不正是个小胡明吗？还有那高高的鼻梁，那肥大的耳郭，那从小就能看出将来必定很宽阔的前额……不都是活脱脱的胡明又是谁呢？

胡明在感情上的所有付出和这种付出所孕育的美好愿望，不就是有一天能听见儿子叫他一声爸爸吗？可是，儿子倒是来到了人世间，他却听不到孩子的声音了，也听不到妻子的呼唤了！

叶萍心中不灭的灯盏便是儿子那双一出生仿佛就能分辨出亲人的眼睛。

她在同志们为她临时准备的产房里，从早到晚地望着儿子的脸，望不够啊！只有在深情无限地望着儿子的时候，她才能暂时地忘掉悲伤，她才觉得自己还有活在这个世界上的必要和价值。

她已经走了太长太长的路，从西安出发去北京学习、参军，又自愿要求上青藏高原到了可可西里。她本已绝望，是儿子的出生救了她，给了几乎耗尽心力的她重新振作起来的动力。于是，她把过去的梦想收起来，丢弃在曾经闪光的里程碑下面，踽踽而行，痛苦而不屈地接近人生的另一个平静的境界。她要活下去，为了孩子要活下去！为了长眠的丈夫能够合上不甘心的双眼要活下去！

一个军人寡妇的追求，心愿？

也许在有些人看来这种追求太卑微，太渺小。但是，就是这点可怜的追求，她也没有得到。很快，命运又一次扼住了她的咽喉，使她又一次绝望。

儿子出生后的第五个黎明，大祸就降临在这个刚刚睁开眼睛却还不认识世界的婴儿头上。又一个黑色的黎明。

医生和护士同时被叶萍的惊叫声唤到了病室："快来看看，孩子怎么啦，他到底怎么啦？"

医护们看到，孩子脸色青紫，呼吸急促，身子不时地抽搐着。叶萍一边哭着一边诉说：昨晚孩子还好好的，到了今天清晨他开始躁动，啼哭，后来就发烧。我很焦急，但总觉得他不会有什么大不了的，心里总是念叨着让他快快地好起来。谁能想到，他成了这个样子……

医生给孩子做了检查后说，孩子是因为高山缺氧而得的病。叶萍忙问：那现在该怎么办？医生不语，轻轻地摇摇头。叶萍又问：快讲呀，我到底该怎么救我的儿子？

……

上午八点钟多点，出生才五天的孩子就停止了呼吸。他走时没有名字，爸爸先他一步走了，无法给他起名字，妈妈还没有来得及给他起名字。一个没有名字的男孩，一个没有户口的男孩，一个没有得到父爱母爱的男孩，就这样不声不响地走了！

长江之源的楚玛尔河，还是那么细细地、浅浅地流着，越流越瘦……

包括医疗站站长在内的全体医护人员，围着悲痛得眼睛都失了神的叶萍。与失去胡明时情形不同的是，大家都在你一言我一语地劝着叶萍，让她不要太伤心，保重自己的身体比什么都重要。叶萍怀抱儿子，反反复复地说着这样的话："我为什么没有能耐救活我的儿子？我为什么就没有这个能耐？胡明，你为什么就这样忍心地撇下我们娘儿俩要走，你走了谁管咱们的儿子？……"

就这样，可可西里出生的第一个婴儿，也成了这块荒原上夭折的第一个婴儿……

红柳作墓碑

叶萍怀抱儿子，在产房里呆坐了整整一天一夜，没吃没喝，也不讲话。你会有这样的错觉：孩子没有死，她却坐得入神了。

死亡在活着的母体中埋着。

直到次日清晨，当红红的太阳跃出雪山之巅时，她才抱起孩子，吻了吻他的额头，还有鼻尖。她没有回宿舍，也没有去食堂——那里给她准备的饭菜热了又冷，冷了再热，她一直没有动一筷头——而是走出医疗站的大门，径直向遥远的唐古拉山走去。具体到哪儿去？她不知道。去干什么？她也似乎不明白。她只是走着，走着，毫无目的地走着。

她好像听到胡明的呼唤声，胡明对她说，叶萍，这么冷的天气，你把孩子抱到哪儿去？她止步，那声音又消失了。当她再次走动时，那声音又响起了。她自言自语地说，胡明，我明明听见你对我说话，怎么看不到你人？你别跟我捉迷藏了，快出来！

胡明不回答。

叶萍坐在了冰冷的沙石地上，怀里仍然抱着儿子。

她又听见胡明的呼唤声了。起身，继续朝前走。初升的太阳把她的影子拖得很长很长，那影子也抱着一个孩子。

对影成四人，她不寂寞。

有一个人悄悄地跟在叶萍后面，始终与她保持着一定距离，跟随她向唐古拉山方向走去。

连叶萍也不知道走了多长时间，当一簇红柳出现在眼前挡住了去路时，她才停下了脚步。好像她走这么远就是为了找到这簇红柳。

整个可可西里见不到一棵树，红柳、骆驼草是这里唯一的绿荫。

那个一直尾随她的人也停下了。

叶萍回转身，发现阿袁站在身后。

"是你？！"

"怕你想不开，出什么事，我来陪你。"

"你是怎么知道我遭遇到如此难以预料的人生大难？你一定觉得自己是个胜者！"

"不，萍姐，你完全说错了。不要把阿袁想得那么可恶，我当初要求复员到拉萨去开饭店，从本质上讲不就是为了给你和胡明让路吗？当然我当时心里的痛苦是难以忍耐的，因为我太爱胡明了。我这次来可可西里是专门为胡明送别的，说心里话，我从来没有像爱胡明那样去爱一个男人……"

"阿袁，你不用说了，我们都是好姐妹，苦姐妹！"

"我来给胡明送别，没想到你们的儿子……"

"阿袁，别说了，我们一起为孩子送别吧，他出生后就没有爸爸，现在有你这么个好阿姨，孩子在九泉下也会高兴的。"

俩姐妹紧紧拥抱在一起。

她们为孩子筑造最后的家园。没有锹也没有镐，两双手在坚硬的戈壁滩刨挖着。说戈壁坚硬，是因为冻结着，是因大大小小的砂石牢牢地锈死在一块，是因为她们的手刨挖得麻木了，没有劲了。俩人谁也不吭声，只是埋着头挖，挖……

土堆逐渐变高，变大。坑逐渐变深，变小。当挖至半人深时，叶萍对阿袁说，就这样了，让孩子躺在里面，他会满意的。阿袁说，是不是再刨深一些，让孩子睡得安全、暖和。叶萍说，不，再挖下去就是永冻层了，孩子会受凉。就让他躺在永冻层之上，千年不烂，万年不化。这红柳是他的墓碑，给他做伴，还能给他遮风挡沙。

这时，阿袁从手提包里拿出一件小藏袍，说，这是我特地从拉萨买的，给孩子穿上吧，他是在藏地出生的，他又永远睡在藏地。他是半个藏族娃娃。

叶萍不说一句话，任凭阿袁给儿子穿上了藏袍。

她俩将孩子埋在了戈壁滩。红柳簇旁隆起一个小小的土包。

许久，叶萍和阿袁又将小坟包平掉了，不留坟包、不留标志。红柳就是娃的坟，娃的碑。

叶萍从衣袋里摸出一盒纸烟，抽出一支，点燃，双腿盘坐在坟前，吸起来。

阿袁用惊愕的目光看着。

叶萍不会抽烟，她是借烟消愁。她只吸了两口，就吐出了一股烟雾，同时伴随着一番对儿子的话语：

"孩子，妈是在生下你这几天才学会抽烟的，心里太闷太憋，吸口烟解解愁。没有人跟妈说话，你爸爸走了，现在你也走了，就剩下妈妈一个人，才学起了抽烟。孩子，你为什么出生五天就要走呢？肯定是爸爸妈妈在什么地方做了对不起你的事，伤了你的心。对啦，生你的时候你爸爸不在我身边，他到一个很远很远的地方，完成领导交给的重要任务去了。他这一去，到现在也没回家。孩子，你是会见到他的，他已经告诉妈妈了，他在各拉丹冬雪山等你。爸爸说他永远也不回家，就是为了和你团圆。孩子，见了爸爸替妈妈问个好，就说妈妈很想他。可是要记住一点，千万不要给爸爸说妈妈抽烟的事，他这一生从来没抽过一支烟，他最反对别人抽烟。如果他知道妈妈成了烟鬼，他会伤心的……"

听到这里，阿袁再也无法控制自己的感情了，她扑上去，抱住叶萍，声泪俱下地说：

"萍姐,你怎么就这么苦命,你不要再说了,我的心都被你撕碎了!"

俩人又紧紧地相抱在一起……

将军来信了

下班后,叶萍急步回到了家。

家?这间小平房曾经是他们三个快乐单身汉尽兴的地方,后来成了她和胡明的新婚之家。现在是什么呢?空空荡荡,女军人的单身宿舍!

她拆开一直不敢展示的那封信,心儿在嗵嗵地跳。这是北京的来信,写信人是当年倡导设立江河源医疗站的那位中将,她的叔叔。正是他把叶萍引荐到了可可西里。现在他来信了。

为什么心跳得这般厉害?叶萍说不清楚。

她拆信时双手不住地颤抖,身子也有点坐不稳。她不得不靠着墙壁开始读信。

展信,她没有把它读出声。心中的声音却很大,一个苍老的类似哭泣加上企求的声音——

叶萍吾侄:

我不知道此刻你在做什么,哭呢还是蒙着头睡大觉,或像以往一样在工作岗位上忙碌着。你做什么,叔叔我都能理解,甚至包括理解你对我的怨恨。你知道吗,这时我正躺在医院里给你写这封信。叔叔今年75岁了,老了!三天两头都住院。这些年,我自个提笔写信,这还是第一回。

说实在话,给你写这封信时,我几次提起笔又放下了。

我心里很矛盾，也无奈。真不知道该说些什么，该从何处说起。叔叔对不起你，欠了你还不清的"债"。

想当年，我也是个脚一跺，周围地面上的不少人都会跟着动起来的风云人物，要不我只说了一句话，可可西里怎么就会出现个医疗站呢？我始终为自己说的这句话而自豪，这是为群众说话！这个医疗站建立后解决了高原官兵看病难的大问题。这一点我至今不悔。令我深感不安的是另一方面的问题，这就是你今天遭遇的巨大不幸（你对自己的不幸，至今没有给我说过一个字，我还是从青藏兵站部一位退休老同志的电话里得知的）。这些日子我一直在想，如果当初我不让你去医疗站，不让你出这个风头，你今天的所有的不幸不就可以避免了吗？谁的心都是肉长的，不可能不考虑自己的利益。叔叔也一样。我当初是不是有点太无私了？你恨我吗？你就恨吧！

现在我是个退休将军，穿着便装，精瘦老头，出门时还要拉根拐杖。谁也不会认出我是当年那个威风凛凛的将军了。我还原成了普通老百姓，从本质上讲，跟咱们老家陕北黄土地上任何一个老汉没有两样。谁都会有这一天，我不认为这是苍天对自己的不公。那还是我退下来后不久，66岁时的事。一天，我骑着自行车上街。没想到家人反对，院里的人也不理解。他们都停止了行走，围观，像看怪物一样打量我骑自行车。有人还说长论短地说我这一辈子的下场好凄凉。弄得我十分尴尬，但我没理这些，照样骑我的自行车。后来骑车骑习惯了，人们也就不足为奇了。我现在是一个名副其实的普通老百姓，就是一个居民，就是个退休的老人，就是你的叔叔。平头百姓考虑问题的思路自然和高级将领不同了，我要过问油盐柴米，我要亲自跑儿女孙子们的事。叔叔向你赔个不是，也是道歉。你本来可以在别的地方为国家施展自己的才华，你原本应该拥有一个幸福的家庭。

这些日子，我半夜里常常从噩梦中惊醒。我没见过你的爱人，更没见过你的儿子，可是我在梦里都和他们见了面。他们对我怒目以视，好像仇敌一般。我不明白这是为什么。

你阿姨五年前就过世了，现在我的生活很寂寞。我和你阿姨一生有两个儿子，无女儿。阿姨盼女儿的心情直到她临闭眼还不甘心。当初把你从老家接到北京来上学，阿姨就是要把你当成亲生女儿来养育。她宠你，有时到了很过分的地步，这我不用说你是清楚的。眼下，我一个人很孤独地住在一套大房里，身不由己地常常回忆起过去的事情。当然想得最多的还是你阿姨了。你阿姨一生爱唠叨，不随她心愿的事，她可以叨叨几个小时，对她的这种唠叨我曾经很腻烦。不懂得唠唠叨叨都是爱呀！那年送你到可可西里，她是坚决反对的，说我是拿着自家孩子的前途往自己的名字上增彩。我不同意她这么说，和她争吵了好几天。现在她已经走了，要不她会因为你今天的不幸非和我急红了眼不可。可是，我又能说什么呢？此刻，我很寂寞，也很烦躁，我多希望你阿姨能对我没完没了地唠叨。这样，我的心里也许会好受些。可是不能了，她永远地离开我们了！

孩子，叔叔无能为力帮你一把了，你们医疗站站长能办到的事，我也不一定能办成。你有什么委屈可以找叔叔倾诉，有什么要求需要兑现，还得找你的领导。叔叔希望你能坚强

地挺立下去。可可西里有你的两个亲人长眠着，你是不会轻
易离开的。你好好活着，在西部大开发中，可可西里会有美
好的明天！

　　好啦，打住，不写了。等着你的回信。

你的叔叔

某月某日

信读完了。叶萍仍然将信展在面前，不肯收起。

宿舍里很静，四周没有一点儿声响。如果说寂静是可以忍耐的话，那么此刻这死一般的寂静里藏着能烧毁人心的烈火。

她不打算给叔叔回信，回信又能说什么呢？

但是，她准备回一趟北京，和叔叔好好谈谈。谈什么呢？她不知道。真的，一点儿也不知道！

为藏羚羊祈祷

可可西里有无数条腿在移动，一片踢踏声。

踏出了流水的声音。

一年一度，藏羚羊从卓乃湖、太阳湖产崽后，成群结队地返回栖息地。少者数十只，多者几百只乃至上千只。

藏羚羊的世界！生命躁动的季节。

这时候，叶萍照例会穿着合身而整洁的军装，佩戴肩章，以一个标准的中校军官妈妈的英姿站在儿子墓前，远远地瞭望着那一群又一群欢奔而过的藏羚羊。她的心里溢满喜悦，她知道长眠在地下的儿子

也一定很高兴。有这么多的藏羚羊，儿子就不会寂寞了。它们是儿子的伙伴，也是儿子的卫士。

算起来，儿子才十岁，他需要这些活泼可爱的藏羚羊。

还有，胡明在这个季节能闲着吗？他肯定带着儿子一起跟着藏羚羊奔跑！

叶萍静静地站着、看着那些藏羚羊，祈祷它们平安回家！

现在，她特别珍惜生命。

不过，她还是过早地老了。才三十岁出头的人，怎么鬓角就渗出了缕缕银丝？

……

"夜夜红"

从挡风玻璃望出去，夜幕已渐渐滑下，罩住了昆仑山高大的山峰。

这一段路，左傍山，右临水，一会儿弯，一会儿直，好像惊叹号套着惊叹号。随着夜的降临，风雪也大了，天地间迷蒙不清，眼前好像隔着一层轻纱。这样的夜里在这样的路上行车，就连我这乘车人也为驾驶员提心吊胆。车子转了个急弯，我忽然看见傍山道的崖壁上，亮着一排灯。一盏，两盏，三盏……明晃晃一长行，像楼房上一排闪光的窗口，又像城市马路上的路灯。我把头伸到窗外去看，只见崖壁上挂着一盏风灯，远远看去像天边跳动的星星，一盏一盏跳到我们眼前，变成了一堆红彤彤的焰火。每走近一盏风灯时，驾驶员梅小明就抬起油门，放慢车速。这时前面总是一个急转弯。到第五盏时，我情不自禁地说："慢点，要转弯了。"小明回过头望望我，憨厚地一笑："你也摸着规律了。是呀，这十五里山路上，每一个拐弯处都挂着灯。"说罢又专心去开他的车了。

我不知道这十五里山路上有多少拐弯的地方，但一听每个拐弯处都有一盏灯，对我这个初上高原的人来说，的确是一件很新鲜的事。

风雪铺天盖地地飞卷着。汽车留下的两道轮印，很快就被吞没了。我们的车顺着山势弯来拐去地走着。有的弯拐得简直出人意料；有时公路忽然折了回来，这样就还得走半天回头路，才能继续向前行。看看路，再看看灯，我暗想，这一盏盏风灯简直是雾海里的航标呀！

天气干冷干冷，哈出的气立刻就凝成白烟，到底是谁顶风冒寒为我们挂起了指路灯？我举目四望，搜寻挂灯人。但是跳入眼帘的除了茫茫的雪峰还是雪峰。小明大概看出了我的心思，说："一看见这灯，我就想起了昆仑山兵站的杨站长，就想起了那个难忘的风雪夜。"说到这里，他靠右边刹住了车，一面呵着冻僵了的手，一面给我唠起杨站长的故事来：

"那是前年十二月的一天夜里，我来到高原不久，我们车队从拉萨值勤回来走到昆仑山上，被暴风雪封住了。那风雪来得真快，只眨眼工夫，漫天遍地全是雪。睁着眼啥也看不清。我们不得不停下车，等风雪过去了再走。还好，不到一个小时，昆仑山就又风平浪静了。可是经过暴风雪这么一折腾，山沟填平了，公路看不见了，车子怎么走呢？反正我们是不会被困难吓倒的，就组织了五个人在前面踏雪找路，车子紧跟着走。那阵子怕都有深夜两点钟了吧！我们走着走着，抬头一看，啊，山顶上跳出了一个红点，在这静静的夜里，再加上白雪一映衬，它显得那样的鲜红，好像一颗红宝石刚从水里洗出来那样惹人爱。我们都看得发呆了。接着又隐隐约约听见有人在喊。这时只见那红点像一颗流星，嗖一下滑了下来；停一会儿，又滑下来一段……一会儿，一盏风灯就出现在我们眼前，灯后面是一张挂满冰雪的脸。多熟悉呀，这不是昆仑山兵站的杨站长吗？后来我们才知道，杨站长是专门来为我们引路的。因为那天早上我们从不冻泉兵站出发时，就给昆仑山兵站发了电报，说当晚要住在他们那里。可是还没等我们到站，暴风雪就抢到了我们头里。杨站长断定我们被风雪困在山上了，他怕冻坏我们和汽车，急得坐也不是，站也不是，连夜就提着风灯上山了。

山上白雪茫茫，借着雪光，他看见山坡上有几个黑影，知道是我们在山上找不着路正在作难。那时他来高原才一年，虽然算不上是'老高原'，但是对昆仑山里的情况还是熟悉的。这里的公路在哪里拐弯，在哪里过河，他心里都有数。所以他便凭着自己的记忆，顺着公路，冲破雪层，高举着红灯滑了下来。

"那一次，我们就沿着老站长开拓的这条路线，顺利地过了山。这也是我上高原后第一次看到的红灯。以后我每次在风雪的夜晚过昆仑山，都能看见这样的指路灯。从去年以来，这里的每个拐弯处都挂上这样的灯了。我们都亲切地把这灯叫'夜夜红'。"

听了小明一席话，我的心立即飞到了昆仑山兵站。

车子继续前进，最后一盏风灯渐渐地被甩到了身后。我有些疲倦了，便伏在车门上打起瞌睡来。但那风灯还在眼前直摇晃。不久，只听得两声喇叭叫，睁眼一看，汽车在一排土屋前停下了，到站啦。车轮腾起的两股雪烟，旋了个圈在车后消失了。随着刚才那两声喇叭，从站上低矮的门里走出来一个大高个子。他亲切地看了小明一眼，就像见了自己家里人一样很随便地说："一听那喇叭叫，准知道是你来啦。"说着就拍打小明身上的雪花，并接过我手中的行李。小明告诉我说："这就是杨站长！"我还没来得及看杨站长一眼，他已经提着风灯朝我们的来路上走去了。

我们进了屋，一直没见杨站长回来。一打问，才知道他是给山路上的那些风灯添油去了。他说今晚后半夜有大风雪，可能还有过山的车队，说什么也不能让灯灭。虽然没有见到杨站长，但是在我心里，对他更加尊重了。

我们因为要赶路，夜里四点钟就起了床。我正要下床，门"吱"的一声开了，风卷进来一个高大的人。他提着风灯，浑身冰雪。小明抢先开了腔："站长，你一去就这时才回来，我做梦还梦见你呢！"站长嘿嘿笑了笑，说："一去就碰上了五连车队，看着他们的车过完了，我才回来。"我借着灯光把站长一打量，他的手上、脚上那些凝冻了的块块雪团，显示出他是刚和风雪搏斗过的。再一看他的脸，我的老天呀，这不是杨连长吗？我急忙下了床，又是拉他的手，又是扳他的肩，激动地说："连长，听说你在北京工作，什么时候来高原的？"他听了这突然的问话，刚才还欢笑的眉毛立即锁得紧紧的，直望着我发愣。当他认出站在面前的就是他当年的战士时，眉毛一松笑开了："我的王铁旦同志呀，你也上高原啦！"说着就张开大钳子似的手，把我的手握得生疼。"怎么，就兴我在北京，不兴我上高原？革命嘛，党需要到哪里就到哪里。"说罢他放声大笑，笑声震得这土屋似乎也在晃动。

老连长呀，整整十三年了没有看见你，哪一天不把你想几次？想不到今夜在这风雪昆仑山中的小屋里见了面。可能是见面太突然，心情太激动了，我一句话也说不出来。这时，山路上的那盏风灯，忽地又跳到我眼前，和我思想上的另一盏灯联系起来了……

那是在朝鲜战场上。我们连队在深山里守卫铁路。那段路常常被敌人的飞机炸断，敌机一过，我们就冒着烟火马上把路修好。白天，连长同我们一起修路；晚上，当我们休息了以后，他还不放心，怕白天万一有检查不到的地方，火车过来发生事故。他提着马灯沿着铁路线走呀，走呀，谁也不知道哪里是他的终点，一定得检查不出问题了，才肯把风灯往路旁一挂，伏在山里随便什么地方合一合眼。深山里的寒风吹醒他以后，他又提上风灯折回身检查。我们在山里待了一年，他天天夜里都这样走。司机每次看见这深山里的红灯，就很放心地加快速度，朝着红灯奔来。老远就按响汽笛，表示对他的答谢。连长提灯的影子，印在了多少车窗上，印在了多少人的心里！……

这时连长，不，是站长捅了我一拳，看透了我心事似的说："你的思想开小差了吧，是不是在想朝鲜？"我立即从回忆中清醒过来，点点头："是呀，我是在想咱们那一段战斗的日子。连长啊，你在朝鲜战场的那盏灯还没放下，今天在青藏高原上又高高地举了起来！"

他忙打断了我的话，把脸转向小明，说："一定是你给他讲的，小家伙！"然后又朝着我说："我调到兵站工作以后，看到汽车兵夜夜在山里行车，心里总为他们捏着一把汗。这样的傍山险路，不小心就会发生事故。后来我就想了个点子，托人在西安买了二十个风灯，挂在这段险路上，好给汽车照个亮。你不要听小明净讲我如何如何，其实这灯虽然是我挂上的，可是站上其他同志比我出力更大，每当风雪夜或月黑夜，大家都争着去点灯。有一次，半夜里天突然变了脸，暴风雪大得像连昆仑山都要抬走一样。我被吵醒后，想到这阵子汽车兵照样在行车，就急忙跑到公路上去点灯，可是到路口一看，灯全点着啦。我不放心，还是顺着公路往前走，走到最后一盏灯前面，只见站上招待员李三毛正给灯里添油。霎时，我又感动又难受。你想，我这个站长还不如一个战士为工作操的心多呢！你说，有这样的好同志，多大的困难咱们不能克服！党把我派到这青藏线上来，我就要把心贴到这条路上，让来往的车辆永远畅通无阻。"

告别站长，踏上征途，天还没有亮。风雪更大了，一股一股从天上卷到地上，又从地上腾到天空。在这暴风摇撼昆仑山的夜晚，那一盏一盏的风灯还放着灿灿红光。它们用自己的光焰击退了漫天的风雪，照亮了崎岖的山路。

难忘的"报饭车"

2000 年的除夕之夜，青藏兵站部文义民政委从唐古拉山打电话告诉我，他正在山上和兵站的官兵及附近的藏族同胞举办春节联欢晚会，有个战士在联欢会上还兴致勃勃地朗诵了我的诗《唐古拉山口的兵雕》。这时，我的心立即飞往了 3000 多公里外、海拔 5300 米的雪山上……

1998 年 6 月，飞跨世界屋脊的兰州—西宁—拉萨光缆通信干线工程开通。从此，我在北京就可以和青藏线上任何一个兵站或地方的单位直通电话了。其中通话最频繁的当数被人们称为世界屋脊的屋脊——唐古拉山兵站，那里的战友们总是滔滔不绝地给我讲发生在山上的"最新消息"：大到他们如何与暴风雪搏斗使一支受阻的车队冲出困境，小到一只迷途的藏羚羊如何被他们放回深山。每每听到这些来自雪山的最新消息，我的思绪便回到了遥远的青藏线上……

1958 年我入伍到了高原，当时青藏公路通车不久，还是一条简易公路，车轮碾上去沙石乱飞。沿途的兵站十分简陋，大都是荒野上撑起一顶顶帐篷作为客房。现在汽车兵从西宁出发到拉萨只走四天的路程，那会儿要耗半个月。最使我们头疼的是通信联络极为落后，没有电话，也没有发报设备。来往联系事情就靠一辆"报饭车"。"报饭车"这个名词对今天的人们来说太陌生了，你就是憋破脑壳也想象不出它为何物。"报饭车"就是通信车，每个车队都有。它总是比车队提前半天或一天出发，赶到前一个兵站为全车队同志安排食宿，报告吃病号饭的人数。"报饭车"还有一个特殊的任务，就是探路。那个年代由于路况差，山洪、暴风雪常常破坏路面，车队不得不走便道。遇到这种情况，"报饭车"就留下一个战士为后面的车队指路。"报饭车"如果在半路上抛了锚，全车队的同志可就遭罪了，只好到兵站后临时做饭，临时收拾客房。这样既耽误了时间，又难以保证大家吃好住好，甚至会影响任务的完成。

汽车部队用"报饭车"与兵站联系工作的情况，直到20世纪70年代才开始有了变化。当时格尔木有了通信部队，青藏线上的兵站便有了手摇电话。这种电话只能在兵站之间通话，无法打长途。在我的印象中，兵站安装电话的初期，三天两头就出故障，每当这时，还得靠"报饭车"联络。后来在青藏线上流传很广的"五女峰"的故事就发生在这时候。那是一个飘着雪花的隆冬，五个通信站女战士在长江源头巡线排除故障时，在雪山中迷失了方向。天渐渐黑了，雪越下越大，她们又饿又冷，便于牵手摸索着回部队，结果走进了深山……接她们的汽车来来回回在公路上寻找，也没有找到。直到第二天傍晚，战友们才在一个山洼里找到已经冻僵的五个女兵，她们紧紧地抱在一起走完了人生最后的里程。后来，战士们就把五个女兵倒下的地方叫"五女峰"。

早期青藏线上简陋的通信设备是靠通信战士们用心血和生命维护着，才得以畅通无阻的。

改革开放的春风吹遍祖国大地的20世纪80年代初，青藏线上开通了"中转长途电话"，此时的"报饭车"才完成了它的历史使命，渐渐地绝迹，这无疑是青藏公路发展史上闪光的一页。所谓"中转长途"，就是如果你在西宁要给藏北某兵站打电话，必须经过拉萨大站总机转接；要给唐古拉山以北某兵站打电话，必须经过格尔木大站总机转接。尽管这样有些烦琐，但战士们已经很满足了。一到节假日，战友们互相打电话问候，青藏线一下子变得热闹起来了。这种"中转长途电话"存在了大约十年，军内直拨长途电话终于在各兵站出现。

如今，光缆通信工程像是一道夺目的彩虹，照亮了世界屋脊。随着军地电话联网，青藏线上任何一个兵站同祖国的绝大部分地方均可互通电话。我这个写了大半生青藏题材的军旅作家，身在北京书房，几乎每天都可以听到唐古拉的声音，昆仑山的声音，长江源头的声音，拉萨的声音……我很充实，很幸福。在这时候，我总会联想起亲历的"报饭车"时代。是的，我们终于从狭窄的胡同走进了开阔灿烂的天地。今天的一切都来得不易！

前不久，青藏兵站部部长姬成录、副政委李海乾和我通了电话。他们兴奋地说："要不了几年，青藏线装上可视电话，咱们就能面对面说话啦！"

我等着这一天，相信它不会太久。

背　心

——一封藏文信背后的故事

　　那是父亲去世的第一个清明节，1990 年 5 月上旬，恰是老人八十三周年诞辰。我从拉萨深入生活回京途中，取道秦川大地专程为父祭坟。这次祭父真的好有特殊意义，我是以我，还有父亲未曾谋过面的却称呼他阿爸的藏族俩兄妹的身份祭父的。攥在我手中的一封藏文信，就是兄妹俩写给我父亲的。我很感动，遥远的并不陌生的西藏土地上同样成长着浸润我灵魂的亲情和友情！这一切皆因为一件极为普通的毛背心引发的。一个藏族姑娘对毛背心的独到解读一下子升华了我对西藏这块高地的情感。藏汉之情，天地之灵，那是大爱啊，浓缩在一件小小的毛背心里……

　　我和这兄妹俩的相识，要追溯到 1988 年寒冬。当时，我随汽车团的车队从昆仑山下的格尔木出发，到藏北巴青县执行救灾任务。那场猝不及防的雪下得好狂，暴风卷着雪柱狰狞地吼着，整个藏北无人区被积雪覆盖成白茫茫一片雪海，所有的颜色和生命都消失在白色里，天地是一色透骨的白，找不出任何中心。不知有多少万吨焦虑和期盼囤聚在厚厚的积雪下。世界显得很单调也很害怕。牧民们面临着饥寒交迫的残酷困境，为数不少的牛羊冻死饿死在草滩上，暂时幸免活下来的牲畜由于无力拯救，在饥饿和疾病中苦苦挣扎！

一个叫强巴或者叫扎巴的八岁小男孩被冻死了！那正是他和阿姐阿哥玩捉迷藏的年龄呀！一下子就被暴雪夺走了生命。这个噩耗我们是在几千里外的昆仑山军营里听到的。我们这些兵们感到了暴雪的无情，更多的是感到了肩上责任的分量。我们的车队日夜兼程，星星被飞轮碾碎，太阳被车轮牵出。

我们的车队是奉命为牧民送棉衣、棉被、棉帽、棉鞋，所有的衣物全是刚运出军需仓库的新军品。灾区沿途牛羊尸体遍野，哀号不断，所有这些像针尖一样刺疼救灾人的心！一位军校刚毕业的大学生排长站在汽车驾驶室顶上很动情地对战友说："救命第一，包括牛羊的生命。哪怕我们的心里只剩下一块温度的地方，也要把它送给灾痛中的藏胞！"争取每一分每一秒钟的时间，使灾民得到温暖。我们不是将衣物送到县上交地方统一分发，而是在藏地当地工作人员的指点下，走一路散发一路。原先预想的目的地也许尚未到达，但已经把党对藏胞的温暖送给了他们。每把一件暖衣送到灾民手中，我们和他们总会忍不住地都要流下热泪，紧紧地相拥在一起。

那天，在茫茫雪野的一个崖头下，我们看到路边的堎坎上撑着一顶被雪挤压得扭扭歪歪的帐篷，里面空空荡荡，无水无食无衣被，锅灶和地铺上落了一层冰霜冷雪。一只藏狗蜷缩在灶膛里不肯起来。离帐篷不远处的雪地上站着两个藏族小孩，伸着冻肿的双手行乞，怯生生地望着我们，眼睛仿佛已经生锈。他们倒是都穿着藏袍，只是那藏袍太破旧，不保暖，冻得他们浑身哆嗦着。我和带车队的副连长把孩子领进帐篷，想了解一些情况。没想到四面漏风的帐篷里面比外面还冷，我们又站在了风雪之中！

跟随我们的翻译通过和孩子交谈，才知道这是兄妹俩，男孩叫顿珠，十二岁，妹妹央金小他一岁。他们是游牧之家，过着"早别冰水河，夜宿雪山下"的游牧生活。这次暴风雪卷走了他们家的上百头牛羊，阿爸阿妈追赶牛羊至今未归。眼下这兄妹俩手里只剩下拳头大的一块糌粑了，那上面还残留着阿爸阿妈的体温。他们虽然饿得饥肠辘辘，却舍不得吃一口。有阿爸阿妈的气息在身边，孩子就不会走失！在这个世界上，人最爱的灵魂无非是连着自己骨肉的那块印着胎记的躯体！

我们当即给顿珠和央金送了两件棉大衣，还将我们已经散发得所剩不多的食品尽量多地匀出一些给他们。原本我们想带他们到县城去，谁料男孩顿珠死活不肯，他说阿爸阿妈说好让他们在家等候，如果他们一走家人找不到孩子会急得发疯的。孩儿的家就是阿妈，离开阿妈还有什么家！我实在心疼冻得蔫头耷脑的女孩央金，就把自己身上的红色毛背心脱下给她穿上。我通过翻译告诉央金：这件毛衣是我父亲头年来部队看望我时从家乡小镇上顺手买来给我的。老人家知道我经常跑青藏高原，嘱咐我上雪山时一定要穿上它。顿珠兄妹听了翻译的一番话，久久地望着我，眼里饱含泪花。临走时兄妹俩要我留下姓名和地址，我只是说了一句话我是那曲兵站的，就挥手追赶部队去了。当时我是从这个兵站出发来灾区的，再加上兵站关茂福站长也在场，便顺口一说而已。

那个多雪的冬天发生在藏家兄妹身上这个温暖的故事，并没有因为我留下一件毛背心就轻而易举地结束。后来，也就是我们离开顿珠家的第三天傍晚，我们的车队已经在藏北大地上奔驰得筋疲力尽，兵们仍然坚持给在冰雪围困中挣扎的牧民送衣送食品。但是我始终没有忘记顿珠家的那顶量不出温度的帐篷，惦记着那两个在冰冷的寒冬里盼着阿爸阿妈归来的小兄妹。就是这一天傍晚，当顿珠的阿妈急匆匆地在寒风冷雪里挂着一脸热汗赶回家时，儿子和女儿已经飞得无踪无影，冷冷的帐篷里只剩下了冻得僵硬的藏狗。积雪掩埋了地灶。阿妈急得要疯了，她扯破嗓子用嘶哑的声音呼唤着两个孩子的名字，这两个名字是长在她心头上的肉啊！她喊一声顿珠，又叫一声央金，轮流喊叫着。要不是一位留守牧村的盲人老阿爷告诉她孩子被一辆军车送到县城去了，阿妈真的会发疯的。现在知道孩子坐军车进了城，阿妈悬空的心有着落了。但是为什么要送走孩子，这又让她焦急万端。病了？饿了？或是因了其他原因？盲人阿爷一概不知，他看不见，耳朵也有点背，好多话总是听不清楚。

两个小时后，阿妈骑着牦牛心急地来到县城，在解放军"军车医院"看到了正在输液的女儿。她很快知道了一切。女儿患感冒发烧，多亏金珠玛米的车队把她及时送到县上，要不将会发生什么不幸谁也难以预料。在这个虽然简陋却荡漾着暖心春意的"军车帐篷"里，母女俩有了以下的这番对话：

"阿妈，看把你急得鼻尖上都出了汗珠！我好着呢，心里热乎乎的一点也不冷！"央金说着就敞开胸怀，让阿妈看裹在她藏袍里的毛背心。阿妈惊喜得尖叫一声：

"哎！孩子，你从哪里弄这么个让阿妈眼前发亮的藏服，你都成漂亮的文成公主了！"

"阿妈，这不是藏服，是金珠玛米叔叔送给我的背心！背心，你知道吗，就是保护心脏不挨冻的衣裳才叫背心！"

央金把一切都告诉了阿妈。阿妈非要让女儿脱下毛背心保护保护她的心脏，她也要穿一穿，沾一沾金珠玛米的仙气。她幸福得眉眼儿都溢满色彩，说："咱家有了这件背心，帐篷里一百年都不用取暖的火炉了！"

背心的作用是保护心脏！这是我第一次听到对背心的功能最质朴

也是最妥帖的深刻解读。它竟然出自一位十多岁的藏族姑娘之口，意味深长！我好感动，好佩服！

阿妈和央金的这些故事，特别是她们在"军车医院"关于背心的对话，当然是后来那曲兵站的同志给我转述的。

1990年夏天，我又一次到西藏深入生活。那曲兵站张副站长一见我就说："王作家，总算把你盼来了！关站长调动工作之前给你留下一封信，让我们转交你，压在兵站已经大半年了！"这就是我在本文开头提到的顿珠和央金写的信。他们以为我是那曲兵站的军人，就把信寄到这里来了。信封上写的是我名字，内容却是写给我父亲的，用藏文写的，大意是：请老人家允许我们叫你一声阿爸，你为儿子买的那件大红大红的毛背心，我们一家人轮流穿着度过了那个多雪的冬天。是它保护了我们的心脏没有挨冻。愿阿爸扎西德勒，健康长寿……

我为父亲祭坟。他老人家虽然没有来得及看到这两个藏族孩子写给他的信，没有听到他们对他买到的背心独特而温暖的解释，但我相信他在天之灵一定能感受到西藏大地今日融融美美的阳光。地不会老天不会荒，藏家人向往的美好地方一定会到达！我们，还有藏家的父老兄妹，永远要记牢保护好我们的心脏。此刻我把这封信作为对父亲八十三岁生辰的特殊祭品献在坟前。按照藏家人的习惯，我将信蘸上青稞酒点燃，尽力抛向空中。纸灰在天地间长久地飞飘着……

我总觉得藏族兄妹送给父亲的不仅仅是一封信，而是一件还给他的背心。远去的老人在去天堂的路上也要保护好心脏……

死亡临界点上的太阳

朋友，受了你的感动，也是启发，我提笔写这篇文章。我是指你的那篇随笔《从副政委的三句话谈起》，题目实在是平了点，显得老套，很容易让人产生阅读疲劳感。为什么不像我现在这个题目呢，死亡临界点上的太阳？多爽朗，有光彩！因为是熟人，我还是读完了它，且读得很兴奋，兴奋中也有酸楚。它使我看到了一位年轻的军队干部张四望浓浓人性的胸襟，感受到了他存在的价值和失去他的痛惜。我真的被他那颗难能可贵的爱兵之心、爱高原之心打动了。他有一双执着明亮而温暖的直到生命的最后一刻仍然炯炯闪烁的眼睛，这双眼睛能看到每个人身上色彩斑斓的闪光点，当然也会发现他们身上的瑕疵，但这些瑕疵也会因了他的爱心暖成花朵。此时，我的耳畔还掷地有声地响着他那暖身润心的三句话："不要让老实人吃亏，不要让受苦人受罪，不要让流汗人流血。"我完全可以猜想得出，张四望之所以提出这三个"不要"，就是因为时下吃亏的老实人太多了，受罪的受苦人也不少，流血的流汗人总是出现。我们不也有这种感觉吗？可是熟视无睹的人多了，或者说只是把关爱两字挂在嘴边实则冷若冰霜的人多了。是的，关爱、善良这些词不知讲了多少年，今天也不知还有多少人仍在喋喋不休地讲着。可是到底爱了多少，善了几何，就另当别论。当大多数人屈从于这种表面的圆滑、说教，已经开始感受不到这种滴水不痛、八面玲珑的口头革命是对人的尊严的轻慢践踏时，抢救人类的灵魂就成为当务之急了。张四望三句话的出现恰逢其时。他在半年前已经献身在青藏高原了，可是生前经常用来约束自己和提醒部属的这三句话，永远有现实意义地活在失去他的这个世界上。

我在写这篇文章时，常常不由自主地朝着西边我曾经驻足的刻骨铭心的昆仑山方向眺望，眺望那个永远不复还我却期望他重新回到身边的生命。

作为一个曾经在青藏线上出生入死走过多年的老兵，又和张四望有多次接触得到他诸多支持帮助的作家，我对他这三句话感到渗入肺腑的亲切，对其赞佩之情油然而生。在那样一个人迹罕至、连吸口氧气都定量供应的地方，恶劣的自然环境迫使人把生命颤颤巍巍地攥在手里过日子，随时都可能丢掉。兵们，特别是终年驾车跑青藏线的汽车兵，他们承受的考验更多是由于生命的安危无法预知带来的精神压力，物质生活的匮乏还在其次。我从资料得知，1949 年至今，数｜年坚持不懈地执行给西藏运送物资的青藏兵站部就有近 800 名官兵，把宝贵生命丢在了青藏线上。如果再加上兄弟部队献身的同志，肯定超过千余人了。换句话说，四千里青藏线每 2 公里的路基下面就掩埋着一名军人的骨骸。汽车轮子是碾着战士的骨肉前进的呀！我当然不能具体地说出这些死亡的近千人有多少是人为所致，但我完全可以这样直言：有为数不少的生命，是由于活人的良知或者说活人对人的尊严失去了应有的责任而丧失的。广袤的高原本是雄鹰飞翔的天空。然而飞翔堆砌的天空比飞翔更为沉重。如果有谁断言我这样讲有点骇人听闻的话，那么我就从我收集到的数十个这类死亡档案中列举一例，就足以让你沉思万端。

那个黑色的中午，活该吴排长和通信员小孔遭殃。他俩怕是活腻歪了吧！从西藏军区总医院看完病回连队，沿着弯曲成弓背的拉萨河轻松地走着。盛夏的太阳喷洒着毒花花的刺光，大地像蒸笼似的燥闷。走出去不远他俩就浑身冒汗了。瞅着脚下清悠悠的河水，首先是小孔想到了下河去玩水。排长的心也被这河水浇得滋润了，对，游泳加洗澡，要多痛快有多痛快。连队有规定，严格禁止在统一组织游泳之外散兵玩水。这一官一兵不可能不知道这条纪律。但是此刻拉萨河对他们的诱惑，远远超过了纪律的约束。再说他们有侥幸心理，这儿没有连队的人，下水玩一会儿不会有谁发现。一时的狂热浮躁使俩人置部队的规定于脑后。在丝毫不了解下水处水情的情况下，这两个狂人扑进河里游泳了。小孔是个旱鸭子根本不会游泳，这一点吴排长倒还没有昏头迷乱，他特地用背包带系在小孔腰里，拴在河岸的树上，只限于其在浅水区扑腾。可是小孔明明不会水还要逞能，竟然挣脱了带子的约束，追逐排长而去。很快他就被浪头打得东摇西晃，漩到了深水区。排长怎敢怠慢，急三火四去救他。不料已经被水溺得失去理智的小孔，死死地搂抱着救他的排长不松手，铁箍一般。排长无法施救，怎么使劲也摆脱不了小孔的死劲搂抱。最后两人紧紧地抱在一起沉入了水底。三个小时后被人在河下游打捞上岸，两人还死死抱着。

拉萨河低声呜咽！

他们的连长和抢救他们的战友守着两具尸体呜咽！

眼泪，一滴一滴，能打疼躺在地上的两个兵吗？河水却还是欢快地流淌着。

拉萨河，它是千年前文成公主协助藏王松赞干布修筑大昭寺的见证，它是中华人民共和国成立初期迎接慕生忠将军把青藏公路从世界屋脊上牵到日光城的圣水，它是世世代代滋润西藏土地和藏胞心田的乳汁。

拉萨河，你今天吞没了两个战士年轻的生命，是有情还是无情？

男人战死战伤疆场那是顶天立地的英雄，但若是毫无意义的抛弃生命不仅自作自受还让为他活着的人羞愧难忍。吴排长和小孔就是不顾部队的规章制度丢了生命的，他们的遗体埋在了昆仑陵园里。这是青藏线上第五百多少个还是六七百多少个英魂，当时无人去统计这个数字，全连的情绪遭受了一回意想不到的万箭穿心的劫难，谁还会有这样的心思？后来，大概过了三十多年，人们才得知这是青藏线上第505个和506个走进死亡的军人。这就是说，从那以后的三十多年间，又有近500名军人入土为安。安？如何个安法？

过了多少年，后来人计算青藏公路路基下掩埋的高原军人尸骨数字里，包括了吴排长和小孔。可可西里夜夜都翻卷着萧瑟的秋风，每一缕风从公路上刮过似乎都是对这个数字冷飕飕的嘲笑。这就使我不能不想到这样一个问题：应该称赞的先烈我们会以十倍百倍的热情赞语去颂扬，但像吴排长和小孔这样的灵魂想起来就像一道道小鞭抽打我们的心。这也使我想到了张四望，如果当时那位排长还有排长之上的连长甚至营长们，能用那三句话严以律己并要求部属，吴排长和小孔的死就可以避免，类似这样的非战斗减员就会大为减少。我是从内心深处赞佩张四望对官兵们倾注的那种深厚的感情，他用尊重人生命的思想凝练、升华出来的闪烁着圣洁光芒的三句话，喂养着冻土地上的多少生命。三句话的本质是对人的关爱，对人的尊严的尊重。它在死亡临界点上放射着耀眼的生命之光，像驱散寒冷和懦弱的太阳，给人求生的向往，热爱生活的动力。暗夜里，张四望提着这盏太阳灯——那是他把积蓄多年的真诚和感情从身体里取出大部分点燃的灯，他对战友说，朝前走吧，前面的地平线上有正在初升的太阳。

　　我不会忘记，张四望在这盏太阳灯下为我照亮的那泓温泉。那是我渴望得到的草原上空的一片蓝天，他跋山涉水采集来送到我的头顶，如今还沉甸甸地装在我行进在高原的背囊里。它就是李若冰的散文集《柴达木手记》。这本书是作家1956年和1957年两年踏访柴达木盆地时创作的散文，1959年由作家出版社出版。李若冰是第一个闯进青藏高原生活的时间最长、创作的作品最丰盈的作家，他身临其境真实而深刻地记录了那个年代盆地最初的崛起：察尔汗盐湖的盐桥、茫崖石油工人的帐房、大柴旦小镇的驼场、冷湖油塔上的星星及开拓格尔木的第一代前辈慕生忠将军，等等。他用那双穿着大头毛皮鞋的脚万般辛劳地踏访盆地角角落落，写下了正在从千年沉睡中苏醒的高原山河。我步他的后尘，1958年走上青藏高原他曾经到过的许多地方，读他的散文，可想而知我的心情是多么的激动和幸福。我借阅过这本"手记"，后来又买了一本。常年奔波在高原，睡无定榻，食无定时，再加上后来"文革"的劫难，书丢了，化为了灰烬。这些年随着岁月的流逝、人生阅历的增添，我常常希望能得这本书。特别是当我有了要创作一本《青藏军人的死亡档案》长篇报告文学的打算后，更想从这本书里了解五十年前柴达木人的生存状态和朴实信念。为此，我好不容易打听到李若冰西安家中的电话，向从未谋过面的他求赠《柴达木手记》。李老很热情地告诉我，他的手头也没有了，还说广西一家出版社要重印这本散文，到时一定寄赠。后来，李老就给我寄来了《李若冰文集》5卷本，内中就有《柴达木手记》的全部散文。我的兴奋之情是理所当然的。但没有珍藏那本《柴达木手记》的单行本，我心里仍然留有遗憾。

　　我继续为创作《青藏军人的死亡档案》在高原上奔波。

　　大约是2003年夏天，或者稍早一些时候，一场六月雪，在微寒的风中像千万只羽毛饱满了夏日阳光的液汁。一天晚上我在格尔木巧遇正在青藏线上带着车队执勤的张四望。我们的话题始终没有离开我准备创作的那部报告文学。谈话中他突然问我有没有一本叫《柴达木手记》的书，想借来看看。我回答他说，你算是进了老爷庙给王母娘娘磕头，找错了门。我也正想得到这本书却一直没有着落呢。我问他怎么突然想起读《柴达木手记》？他说，阅读的书目中早就列有李若冰的这本散文，想了解一下50年代柴达木的情况，部队天天在这块土地上执行任务，了解了驻地的昨天、今天和明天，心里才亮堂。就凭他有计划地读书和读书的目的，就知道张四望是个头脑很清醒的政工领导干部。我们约定，不管谁找到《柴达木手记》，两人共享。我真的没有想到，2004年6月，我又一次重返青藏线时，张四望兴奋地把一本《柴达木手记》送到我手上。我让他先读，读后我收藏。他说，不用了，咱俩每人有一本。原来他在西宁和格尔木跑了好些旧书摊，最后在湟源县一个书商处才淘到的。我仔细看了手中这本《柴达木手记》，八成新，扉页和最后一页盖着"石家庄煤矿机械厂图书馆"的公章。我真的很感慨，世上果真有不少的有心人，走千山万水把石家庄的旧书带到了日月山下。兴许是因了青海是一块文化的穷山薄壤吧！我们当然要用最温暖的青海方言俚语感谢那位书商。

　　一本书与人的生命会有什么直接关联吗？能延长我的生命吗？大概不会的。可是，正是这本《柴达木手记》，拓展了我生命的宽度，使我通过李若冰的笔历史和立体地认识了高原。太阳依然在天的高处，但是鸟看不见。我看见了，站在山与天空衔接的地方，借助李若冰汉子的目光看见了。昨天的太阳。

　　我得到《柴达木手记》两年后，李若冰离开了我们。三年后张四望也离我们而去了。这是我当时无论如何不曾想到的。他们的死会使昆仑山的那座神女峰在每一场雨中落泪。但是我会劝他们的战友还有亲人，不要悲伤，不必怀疑，在最靠近昆仑日出的地方，终究会有一条由死亡通向黎明的阶梯。

现在这本书变得沉甸甸的仍放在我的案头，压在我的心里，更加珍贵。我常对人说，看到它我就会想到两个人的生命，一个是创作它的人的生命，一个是为着别人活得更充实更开心的人的生命。

就是那次在格尔木，张四望和我谈起了那三句话。是我先提起的，他很惊讶，问：怎么这么快就传到了你的耳里？我说，我跑了几个汽车团，官兵们都在议论，说你上任兵站部政治部主任的就职演说讲了这三句话。大家的情绪很激动，说领导这么贴心地为在基层拼搏干活的同志说话，他们还是头一回听到。张四望沉思了片刻说，我总觉得我们这支高原部队死的人太多了，从1956年上山至今，六七百条命搭进了青藏线上，快一个团的人马了！难道我们不能把死亡减少到最低限度吗？当然有些减员是难以避免的，但是我们把那些豁出命干活的官兵当亲兄弟看，给他们多一点真正的关爱，该保护时就保护，该花本钱时就花点，让大家在冰天雪地里干活也像在父母身边一样温暖，这样总归会好些。

他沉思着不再说下去了。我能看出他的心事太重，便说，我听到你这三句话心里也亮堂了许多，对于我准备写的那部《青藏军人的死亡档案》有了一种新的思路。他马上问，什么思路？我如实回答，还没有想好。但是我可以肯定地告诉你，与这三句话有关。他什么也没说，只是摇了摇头，随即又点了点头。

这就是我和张四望就那三句话唯一的对话，也是我和他人生的最后一次交流。张四望是个希望很饱满的人，他希望用爱心这个看似无形实则威力无穷的法杖去对抗死亡的恶魔进而战之而胜，这实在是从深层次上理解生命、爱护生命的高境界，是对人的尊严根本上的尊重。

一个生命已存在的那一刻起，及至终结的那一瞬间，都伴随着思想的一份功劳。因为思想的存在，我们才会有成长，才会有感情，才会有交流。思想就像润滑剂，贯穿生命的始终。在人的交往中，爱是体现人际关系最重要的思想之一。

也许在那一刻，张四望的思想里萌出了一瓣嫩芽，三句话的嫩芽。那年冬天，作为汽车团政委的他带领车队上线执行最后一趟进藏物资运输任务，行至唐古拉山口时，突遇暴风雪，盈尺厚的积雪阻塞了道路，车队停滞山上，前进不能，后退不得。最要命的是人，数十名第一次闯高原的新兵如果在这零下四十摄氏度的山上滞留下去，要遭受多大的罪。张四望第一个从车里钻出来，站在山口，指挥大家铲雪开道，经过二十多个小时的奋战，终于疏通了道路，冲出了暴风雪的围困。人员无一伤亡。

雪残酷到极致时，就只能是故乡的云。我没有理由不相信，那次唐古拉山的暴风雪在张四望的胸腔里暖成为花形，灿烂的三句话。

我手头保留着张四望主编的一本《与时俱进的"三个特别"精神》读物，二十三万字，军事科学出版社出版。这是2004年9月13日，他托兵站部保卫科小王给我捎到北京的。这本书获得全军理论研究成果二等奖时，张四望已经因病住院进入昏迷状态，无法享受获奖的喜悦了。但是，他曾说过的话还是那么清醒地响彻大家耳边："规章制度是冷的，而血是热的，人的尊严不能屈辱地趴在规章制度的脚下。只有让人格、让尊严挺立，规章制度才会有生命的温度。"

毫无疑问，张四望又在呼唤要把人的生命放在头等重要的位置上。有些时候，当然是在紧急情况下，仅仅靠法规、制度是拯救不了人的生命的，这时人性、人的感情就承担起了法规、制度难以承担的责任。

任何章程都不可能完美无缺。任何法规的执行都不能以漠视生命为代价。这个道理，懂吗？当我们在执行那些尚待改革、还需进一步完善的法律制度时，如果赋予它更人性化的内涵，就会避免一些悲剧的发生。还是张四望说得好，只有让人的尊严挺立，制度才有生命的温度。

野火烧尽每一处阴影，爱的潮汐汹涌澎湃！

朋友，亲爱的同志，我们再回过头来看看你的这篇随笔，对张四望那三句话的亲切之感就更深了。它丝丝缕缕喷散着故乡的泥土，字里行间都响着母亲捣衣的槌声。我也感觉到你对三句话的逆向解读是很有意思的："让老实人吃亏，这是鄙视竭尽全力为社会贡献的厚道人；让受苦人受罪，这是无情地把弱势群体推入苦海深渊；让流泪人流血，这是用劳苦大众的血肉构建自己的安乐窝。"爱兵、爱军营、爱高原，这就是张四望感情的基调。他把一腔忠诚和心血都融入进这三句话里了，且身体力行。他虽然离开了我们，但三句话是不朽的生命！

船

夏日正午，汽车行驶在沙漠里，毒辣辣的太阳射出万支利箭，沙漠里晃着粼光闪闪的、刺眼的热气，搅得人头昏眼花，心烦意懒。大概因为我们万分干渴的缘故吧，也大概因为沙漠里根本看不见一滴水的缘故吧，望着这闪光粼粼的热气，人们天真地想：多像水呀，要是一片水就好了。你正欣赏着"水"，忽然又看见水上漂起了船，一只，两只，三只……在眼前穿来穿去。可是等你加大了油门赶过去一看，除了刺眼的沙砾，只有一些起伏如涛的戈壁残垠，哪里有水？哪里有船？当你明白自己不过是被这骗人的幻景捉弄了以后，只好无可奈何地摇了摇头，轻轻地咂咂干巴巴的嘴唇，叹口气。

水呀！水呀！你在哪里？！

在炎热的浩瀚的沙海中，我们的车继续向前行进着。那变幻神奇的景物把我们捉弄了又捉弄，还是没有遇见一滴真实的水。"唉！这真是个怪地方！"我抓了抓渴得发疼的喉咙，把双手搁在脑后，难受地闭上眼，懒洋洋地往靠背上一躺。

"好地方！"驾驶员小马好像和我唱对台戏一样，"不跑跑这样的地方，你咋知道祖国的辽阔广大！我爱它像爱北京……"我心烦嘴懒，没有和他争辩。

　　大概是上坡路，车速慢了下来。突然小马像被蝎子蜇了一下，喊道："船！"哼！有啥了不起的事，还不是"演电影"！我没理他的话，仍然闭着眼，仰着头，微微张着干渴的嘴。

　　"同——志！真的是船！"见我无动于衷，小马把头伸到我耳边大声喊，似乎生气了。我不相信地慢慢抬起了头，朝前看去。呵，真是船，它轻飘飘地冲着我们划过来了。你瞧，连水波都看得清清楚楚的。啧啧，我贪馋地咽了一口口水。"不对吧，是不是……"我没敢再往下想，满心希望这不是魔术般的幻景。我揉了揉眼睛，仔细看看，"是船！"我不由得一击大腿，兴奋地喊了起来。水，船！船，水！多么亲切，多么湿润，多么清凉呀！我托着腮帮看呆了……不知什么时候一股热气卷着一辆汽车，在我们前面不远的地方停了下来，水和船却消失得无影无踪了。我长长地吁了一口气，小马兴奋得笑了："真妙，船成了汽车。"

　　对面车上走下来一个穿灰色工作服的大个子，一看那紫糖色的脸，就知道他是一个久经高原风沙磨炼的"高原人"。他摆着手让我们停下，其实不用他拦，我们也打算停车。因为我俩那干得发焦的嘴，和那冒着白汽的水箱现在都必须求救于他。我们的车在大个子前面停下了，他笑嘻嘻地冲着我们走来。人在想什么的时候，会把一切和他要想的东西联系起来；我一见大个子脸上的笑容，就好像见到了水波一样，心里立即又湿润了。他一手拍了拍我和小马的肩，一手指指他的车说："小伙子，动手啊！"动手干啥呀？乍一听，我们都有些莫名其妙。小马像个愣头青似的，还在那里东张西望。大个子可能从我们身上了解到了什么，满脸笑容地问道："你们是初上高原吧？"我点了点头，小马还说："就是嘛，上个月还在北京呢。"他把北京两个字说得特别响，好像生怕人家不知道他是从首都来的一样。大个子向我俩投来羡慕的目光，又笑笑说："怪不得刚才……"

"刚才还以为你要揍我们呢！"小马又活跃起来，不等大个子说完马上开了个玩笑。大个子一听，大笑一阵，真的揍了小马一拳："你真逗人，我为啥要揍你呢？"接着大个子告诉我们说，他是十七道班的养路工，每天在这戈壁滩里往返两趟，专门为路过这里的汽车和司机送水。

呵，天大的喜事！一听说是送水车，我心里那个美呀！浑身感到轻松极了，好像一下子能飞到天上去似的。水呀！水呀！我们盼着你盼着你，总算把你盼来了，你的出现好像在我们的意料之中，又像在我们意料之外。满心的喜悦，满心的谢意，可是语言已失去表达的力量，我紧握着大个子的手只是"嘿嘿"憨笑。小马比我更激动，他"蹦"的一下子跳到高个子工人的背上，抱住他的脖子，又是摇又是晃，像个孩子似的那么高兴。然后跳下来歪歪斜斜地给大个子敬了个礼，撒腿就跑了。一会儿，他从车上提来了水桶，背来了水壶，一个箭步又上了水车。灌水时，他回过头对大个子说："我们得多储藏些！"大个子工人很干脆地回答："好，就连你的衣袋里装上也没意见！"

水桶装满了，水壶也装满了，但是小马用手压压，恨不得一桶能装两桶，一壶能灌两壶才好。"现在该给你们肚里'储藏'了吧？"见我们灌好水，养路工又递来了水壶。我们接过水壶，仰头咕噜咕噜美美地喝起来。嗬，好甜啊！我从来没喝过这么甜美的水，这水，从嘴里一直甜到心里。

养路工给我们留下了水，不，是留下了前进的力量，他就继续朝前赶路了。我和小马向他挥着手，痴痴地望呀！望呀！送水车的车轮渐渐没在热气和尘烟中，只剩下车厢在蠕动着，蠕动着。看着它那远去的影子，我觉得它多么像一只船呀！对，是"船"，是送水船。直到

"船"的影子在天边和幻景融在一起了，我们才开始赶路。引擎又在戈壁滩里唱了起来，小马也哼着"车轮子飞呀飞呀……"那只歌儿。

车轮子飞呀飞呀，过了一道沙梁。小马红润润的脸又被干燥的热风吹得挂满汗水，我顺手递给他一满壶水。他却摇摇头，这一摇不打紧，甩得满驾驶室都是汗珠。我还没埋怨他，他却笑嘻嘻地说开了："沙漠里缺水，留给你些。"他又指指我手里的水壶说："现在喝水还不是时候，放在最困难的时候喝，就会更爱送水的人，战胜困难的力量也会更大。"我一听他想得周到，讲得有理，就只好不吭气了。以后好几次，我见他用舌头舔嘴唇，又想递过水壶，可是小马根本没有喝水的意思，我只好缩回拿壶的手。也有几次，我舔着干燥的嘴唇，想再美美地喝上几口水，但是看见小马那样，我也只好紧紧地咬着嘴唇，暗暗地咽着贪馋的口水。

幻景还是在风挡玻璃上变幻着，小马不再好奇地张望它。我知道刚才的那只"船"已在他心里印上了深深的影子，幻景再也引不起他的兴趣了。

就在我们快走出沙漠的时候，迎面碰上了一辆运输汽车，它在公路上。司机正在车旁向我们张望着，看上去年纪有五十开外。他仰着头，满面喜色的等待着我们。我们在他跟前停下了，他看了看我们的车子，脸上的笑容"唰"的一下不见了，现出一副焦急的愁容。咦？这是为啥来着？

"老师傅，你的车坏了？"我走上前去问他。

他抬头望了望我，摇了摇头。

"需要什么工具吗？"

又是一阵拨浪鼓似的摇斗。"你们走吧，我等的不是你们。我需要的东西你们没有，有，也……"他哽了哽，没再说下去。好生奇怪，你不讲清楚什么东西，怎么就知道我们没有呢？这个古怪的老头儿，真叫人捉摸不透。我准备找小马研究研究"对策"，一扭头，嗬，小马来了，你看他多帅气，提着桶，挎着水壶，满面春风，像对我说，又像跟老司机讲："钢要用在刀刃上，现在正是用水的时候，来，动手吧！"嘿，这一下我才算明白了。好小马，机灵鬼，真有眼力。是啊！老司机明明在这里等水，可我怎么就没有看出来？老司机在惊愕了一阵之后，这时也突然明白过来。他连忙走到小马面前，扶住水桶，口吃地说："你……你……"就在这时，他才告诉我们，当另一个车需要支援时，他把自己的水全部让给了它。可以看出，他有好多话要讲，最后只用两滴热泪代替了还没有说出的话。那两滴热泪掉在水桶里，叮当一声溅起了水花。这水花声在我心头回荡着，起伏着，久久不能平静。啊！眼前这一老一少，我感到他们的身影变得十分高大。

桶里的水加在老司机的车上，壶里的水也让他"储藏"在肚里了。小马瞅着我，我也瞅着他，虽然我们没说一句话，但是从充满笑意的眼神里，我们互相了解：我们这样做得对。这时，我们的心有说不出的舒坦。

老司机送来了感激的一瞥，我们就登车赶路了。

走了好一会儿，我回头看时，老司机还立在那里举着手望着我们。就在这时，我忽然觉得，我们的汽车不也是一只"船"吗？船啊，船啊，在沙海里行驶着，无畏地无所阻拦地行驶着。我也似乎听见老司机像小马一样兴奋地喊着："船！"……渐渐地他离我们远了。当我再次回头看时，我看见他的车也像"船"一样开动了。我正凝神看着，小马又兴奋地喊："看，'船'！"

是呀，前面又看见了"船"。我相信小马这回看到的一定不是幻景，是"船"。

茫茫的戈壁没有水，可是它每时每刻都行驶着运送革命友情的"船"。我反复思考，是什么力量浮动着这些成年累月奔忙的"船"。啊！明白了，这就是养路工、勘探队员、战士、老司机，不，是所有"高原人"兄弟般的心意汇成的巨大海洋……

雪山书简

摆在你面前的，是我们兵站部下连当兵的赵部长写给张副部长的三封信。这是信，又很像日记，更特别的是它们写在三个不同的日子，却又是同一天离开雪山，寄到我们这里来的。

第一封　六月五日

早别昆仑风雪，夜听冰河涛声。这是出发后的第二天下午，我们进入了念青唐古拉山区。这儿没有一路上那绿茵茵的草原和一望无际的戈壁了，展现在眼前的，是高耸入云的雪山。只见冰峰接着冰峰，雪岭连着雪岭，山山不断，岭岭相连。连绵起伏的雪峰犹如汹涌的海浪，我们的汽车成了行驶在浪尖上的小船。

不巧得很，我们的汽车突然发生故障，抛锚了。

我急忙打开行车地图查看了一下，此地离前面的马可兵站大约还有200公里，可我们离开尕拉兵站已经两天了，少说也有300公里。前无村后无店，怎么办？

老张，你这几年下部队不多，来高原更少，大概不了解这种情况（不是我主观，这也是我下连当兵一年多第一次遇到的"严重情况"）。卡车上是四吨多苹果，我们的任务是把它送到边境的一个新的国防工业勘测点。全程 1000 多公里，要翻越两座海拔 4000 米以上的雪山，还要穿过一大片沙漠。路，是一条刚刚开辟的便道，来往行人不多，所以只暂时设立了三四个兵站。执勤的小车队常常要吃野餐，搞野营。单车执行任务，困难就更多了。

我的两个战友是：驾驶员陆大山，助手刘小明。出发前编了个临时党小组，小明是组长。车子抛锚后，马上召开了雪山上的第一次紧急会议，决定一个人返回驻地取汽车机件，剩下的两个人看守车辆。自然，留下来任务艰巨，生活也艰苦。我是个"老兵"，应该拣重担挑，就说："我留下……"话还没讲完，小明就接上了："我也算一个！"两票对一票，大山没有办法，只得依了我俩。当天傍晚他就搭上一辆顺路车返回去了。临走前大山告诉我们，他日夜兼程，争取三天赶回来。当时，我们车上米袋里的大米有四斤，还有从前一站带来的六个大饼，紧紧张张地够吃三天。

老张呀，看着这袋大米，我不由得想起了过去我们行军打仗背的米袋。那时候，部队一年大部分时间在路上行军，每个人身上挎着一条细长细长的米袋，袋里装过江南的大米，装过北方的炒面，也装过陕北的小米……袋里粮食的数量不多，如果放开肚子吃，一天就可以腾空。可是，战士们谁也没有担心断了粮怎么办？因为大家想的是解放全中国，想的是灿烂的明天。有时，粮一时缺了，同志们就吃稀点或干脆勒紧裤腰带，照样行军，照样战斗。

我重提这件事，是说在今天物质条件丰富的情况下，我们也不能忘掉过去那种"背着一袋干粮走南闯北"的艰苦奋斗精神。如果现在因特殊情况出现过去那样的困难，那我们就应该毫不犹豫地拿出当年那股劲来。话再回到这四斤大米上。那天我们整整一天没有咽一口东西了，肚子咕咕直叫，得做点饭打发打发肚子。我和小明端着脸盆四处找水，翻山跨沟没见到一条河，最后只好在阴坡的崖头敲了一脸盆冰、铲了一脸盆雪回来。小明真能干，他三下五除二就挖了个地灶，又用三块石头架起了脸盆当锅，我在附近的草滩上扒开雪层，捡了些牛粪生着了火。一会儿，寂静的雪山夜空便升起了一缕白飘带似的炊烟。

这顿饭做得真有意思，脸盆里的雪早就成了水，坚硬的冰还囫囵个地躺在里面。小明不住地用木棍搅动着，许久许久，冰块才慢慢地小了。米下到盆里后，水都快蒸发干了，米粒还是不往一起粘，不知怎的，经过这么一折腾，大米反倒比下锅前更硬了，填到嘴里嚼半天才能下咽。尽管这样，我和小明还是吃得很香，很香。因为我们从这里品出了"战地生活"的味道，体会到了我军的光荣传统。

吃过这顿饭以后，我不禁想起了咱俩1965年吃的另一顿饭。那天咱们到一个团去检查工作，晚饭和基层的干部、战士一起吃的是馒头就咸菜。当时咱俩都觉得这饭吃得不顺心，太"寒酸"。记得你在饭后很不高兴地对我说："首长下部队，不摆上个三桌六席，也得加个菜呀！干吗这么吝啬？真少见！"我没吭声，实际上是默认了。当然，这已经是"文革"前的事了，以后咱俩在谈到改造世界观时都多次提到过它。今天在雪山上吃了这顿"抛锚饭"后，我自然而然又想起了它。前后两顿饭提出了两个发人深思的问题：馒头就咸菜，按说不错了，可是为什么却觉得"寒酸"？冰块煮米饭，应该说够艰苦了，可是为什么吃得香？

现在来到连队里，回到群众当中，从头过一个普通战士的生活，这使我的思想在变化，感情在变化，对一些事物的看法也随之发生变化。你看呢？

好久没有写信，今天一"抛锚"，倒有时间了。先谈这些吧，还不知什么时候能寄出去。

第二封　六月八日

三天过去了，驾驶室顶上落了白白的一层霜花、冰碴。陆大山该返回来了。可是，这天我们从清晨等到下午，都失望了，路上没有他的影子。我和小明分析了情况：这条路上车辆人员少，气候多变，大山不能按时回来是不奇怪的。鉴于这种情况，我们应该把在这里等他的时间设想得长一点，将困难设想得多一些，吃苦的精神准备得足一些。

这天夜里小明对我说，重车停放的时间长了，轮胎负荷太重，容易缺气，机件承受的压力也太大。我一听，马上就领会了这小家伙的心思，他怕车辆受损失，心疼。多好的同志，时时刻刻都把部队的装备、人民的财产放在心上。于是，我们决定把车上的苹果箱子卸下来一半，减轻车子的载重量。银色的月光照在白茫茫的积雪上，真亮呵，我想卸完车再给你写封信。

我俩就着月光爬上车顶，解开绳索，掀开篷布。这几十公斤重的苹果箱放上肩头，还真有些分量。加上这里海拔高，氧气稀薄，气温很低，刚搬了十几箱，我就"呼哧呼哧"地拉开风箱了。可小明呢，没事似的，一肩膀扛起两个，走路不摇晃，脸不红，气不喘，真让人羡慕。我想起咱们那阵子在东北战场爬冰卧雪时，也有这么股子"冲劲"，到底是岁月不饶人啊。可我记得还有句话是说"老将不减当年勇"，咬咬牙，我总算没有太落后。将近两吨重的苹果箱，终于用我们的肩头卸下来了。

看着汽车的负荷量减少了，车子轻松了，我和小明的心也轻松了。

老张，你大概会担心我们的米袋吧，是呵，快空啦。

可是，就在这天下午，刮了一场狂风，当时，什么也看不见，天地间只有那咆哮的狂风在吼叫着。大风过去以后，小明望了望那一长溜新近才栽起来的电线杆，忽然神秘地挤挤眼，高兴地对我说："今晚的饭可以省下大米了，你留在这儿看着，我给咱捡野味去。"说完，他沿着电线杆走了一段，掠来了五六只碰破头或撞折翅膀的沙鸡。

原来狂风一起，把它们刮晕了，撞在电杆、电线上。

还有前天下午，一位游牧的藏族阿爸赶着牦牛经过雪山，他把小帐篷撑在我们汽车旁边，准备住一夜。当老人知道我们的车抛了锚以后，说什么也要把烤得焦黄喷香的牛肉给我们留些。我们收下了老人的心意，退回了牛肉。第二天，阿爸还要到深山去放牧呢。可是等我们做饭时，发现饭盒里变魔术似的又出来一大块香喷喷的烤牛肉，老阿爸……

吃过饭，一辆地方的汽车停在了我们的车旁，年轻的司机热情地询问我们所缺的东西，凡是他能解决的，都慷慨相助。末了，他投来一种探询的眼光，不住地打量我，大概还没见过像我这样大年纪的人当司机助手，就问："同志，你是……"

我忙拍拍工作服上的四个衣袋，说："当兵的呗，战士！"

他思量了一下，似乎明白了什么，朗声一笑："我知道了，准是下连当兵的首长。解放军继承和发扬光荣传统，官兵一致嘛！"听了这话，我又受鼓舞，又感到不安。因为这几年我长期蹲机关，很少下部队实行五同。

年轻人临走前，把自己仅有的一壶水留下了。那清清的水汩汩地灌进了我们的水壶，同时也一直流进了我们的心窝。

这一块烤牛肉、一壶水也把我的思绪引进了战争年代。那时候，我们不是经常能遇到人民群众热情支援子弟兵的动人事情吗？

不错，我们米袋里的粮食是有限的，但军民团结战胜困难的深情厚谊却是无限的。莫要说一块烤牛肉、一壶白开水是微不足道的，它是鼓舞我们前进的力量啊！

第三封　六月九日

野外生活的第四天，我们的大米只够做一顿稀饭了，陆大山还没有音讯。

随着时间的推移，吃饭问题越来越尖锐地摆在我们的面前。从抛锚以来，我俩每天几乎都是数着大米粒吃的。小明担心我受不了，每次开饭都给我"打埋伏"：他悄悄地把稠米盛在我的碗底，自己却喝稀汤——当然，我是不会心安理得地接受这份照顾的。为这你推我让，"分歧"总是消除不了。我发现小明很明显地消瘦了，双眼陷了井，脸蛋贴了腮。

饥饿威胁着我们，这时，我们的生理也出现了反常现象：剩下的那点大米，我们一粒也舍不得吃，好像谁的肚子都饱饱的。小明每天还是那么乐观，白天检查、保养、修理汽车，夜里站岗放哨。和这样一个小老虎似的同志生活在一起，对我的教育、鼓舞很大。我暗暗地向他学习，每天也是精神抖擞地工作着。刚开始，对这种"战地生活"我还感到有些陌生、不习惯，现在我已经开始自觉地在这种生活中锻炼自己了。

也许有人会这样说："车上拉了四吨苹果，在这种特殊情况下，你们打开一箱吃了。领导和同志们是会谅解的。"那可说错了，只要我们眼前遇到的困难经过努力可以克服，我们就决不这样干，也不需要这样的"谅解"。如果要讲什么"特殊"的话,这就是我们革命战士的"特殊性格"。

夜来了,深远的夜幕上稀稀落落地点缀着几颗亮晶晶的星星,山山岭岭都消融在苍茫的夜色中,雪山上一片寂静。在这空旷的山野里,只有我们停车的地方燃烧着一堆红彤彤的红柳火。我和小明蹲在路边的土包上正在开党小组会,红柳火映红了我们的脸,温暖着我们的身子。我们研究着怎么战胜饥饿、严寒等困难,渡过难关,完成党交给的任务。小明谈了自己的意见,我也发了言,我们一致的决心是:困难再多,坚决克服,车上的苹果决不能动一个。我们又肩靠着肩,身挨着身,心贴着心,谈起了我军的光荣传统:从长征路上红军战士不烧老乡一根柴、不吃老乡一根葱,谈到在朝鲜战场上志愿军战士一把炒面一把雪的生活;从解放战争期间我们的战士宁肯睡在屋檐下、大街上,也不打扰老百姓休息,谈到硬骨头六连永不卷刃的战斗作风;从雷锋同志永做一颗不生锈的螺丝钉,谈到无产阶级专政下的继续革命……越谈心胸越宽阔,越谈眼睛越明亮。

这时,小明忽然问我:"你还记得我们出发的前一天晚上,看的《再次登上珠穆朗玛峰》那个电影吗?"

那才是一个星期前的事,还能忘了?我点了点头。小明便眉飞色舞地讲了起来:"那上面有这样一个叫人难忘的镜头:当登山队员收到党中央从北京给他们送来的新鲜蔬菜和水果时,一个个激动得热泪盈眶。他们得到的何止是一个水果、一把青菜,是巨大的力量呵!这力量鼓舞着他们向困难进军,向顶峰攀登!"他稍停了停,又说:"我是这么想的,我们车上的苹果,是党和人民送给边防军的,那些远离内地终年奋战在边疆的同志收到这些苹果时,他们该多么激动呵!党和人民对他们的关怀、爱护,会给他们增添使不完的干劲,你说呢?"

我被小明感染了。我想到我们执行的不是一般的运苹果的任务，而是执行一项光荣的政治任务。眼下，我们在雪山上吃点苦，受点难，正是为了让更多的人得到党的关怀和温暖。

我抬头望着小明，就在这一瞬间，我觉得他变得那样高大！尽管他的年龄、军龄、党龄都要比我短得多，可是他是我的老师！

沉思了一会儿，他从怀里掏出一个笔记本，说：

"这上面有我抄的毛主席的话，咱们学学吧。"他哗啦哗啦翻了几页，便朗声读起来：

"我们要提倡艰苦奋斗，艰苦奋斗是我们的政治本色。锦州那个地方出苹果，辽西战役的时候，正是秋天，老百姓家里很多苹果，我们战士一个都不去拿。我看了那个消息很感动。在这个问题上，战士们自觉地认为：不吃是很高尚的，而吃了是很卑鄙的，因为这是人民的苹果。我们的纪律就建筑在这个自觉性上边。这是我们党的领导和教育的结果。人是要有一点精神的，无产阶级的革命精神就是由这里头出来的。"

红柳火噼噼啪啪地燃着，不时地窜起红红的火焰。我的身子热了，心里也涌起热浪，一下子沸腾起来了。

老张，我想你看到这里，也一定会像我一样激动。因为那时我们就是行进在这支纪律严明的队伍中的两个战士。今天，在我们遇到困难的时候，刘小明——这位年轻的战士，革命的小将，领着我重温毛主席的教导。当然，他也许不知道我当年的情况。这是多么可爱的小青年呀，我们应该向他好好学习。

眼看我们已经要完全断粮了。小明留下看车，我到山里去找吃的。翻过了一座山峰，眼前出现了一片沙漠，沙原上长着一蓬蓬红柳、骆驼草、沙枣等生命力顽强的植物。就是在这里，我获得了意外的收获，多么叫人高兴呀：在一丛丛骆驼草里，我捡到了一窝窝白花花的雀蛋。

在一道沙梁上，我看到长着各种绿叶绿枝的草儿，其中有不少沙葱。

在一个低洼的湿地上，我还挖了一小捆野麻根、菅草根。这些根含在嘴里嚼，有水有甜味，可以解渴。

叫人高兴的事还有呢！我满载而归来到车前，发现地上放着一只死了的野兔。小明告诉我，刚才一只野兔撞到车上来了，他用汽车的手摇柄给敲死了。

这一天我和小明做了两个菜：沙葱爆兔肉，兔肉炒雀蛋，就着野麻根、菅草根，美美地吃了个饱。

吃罢这顿"特别的饭"，天已经黑了，夜幕由远而近地合拢了群山。这一夜，我和小明都没有睡，两个人在汽车附近站岗巡逻。后半夜，下起了雪，气温一下子降得很低。我们顶着冷风和雪花，守卫着汽车，守卫着给边防军民送的苹果……

老张，本来我还有许多话要给你写。可我们的汽车马上又要启程了。陆大山带着机件刚刚返回来。原来是因为没有进山的汽车，他在兵站整整等了两天。

经过四天的"战地生活"，我虽然有些瘦了，但我可以自豪地宣布，我得到的比失掉的多。艰苦的雪山生活，打掉了我身上的官气，焕发了我战争年代的那种热情，那种朝气。在这样的环境里，和战士学习每一段毛主席的教导，都使我有许多新的感受。我敢说，只有这样的斗争生活才能使我们真正懂得无产阶级专政下的继续革命。

老张，听说你下个月也要下连队，我等着你。我们以前工作中的最大弱点恐怕就是蹲机关多，下基层少，这种局面必须彻底改变过来。

搁笔。

我们的车又要继续前进了。

同志，看完这三封信，你一定有很多感想。你会明白，张副部长为什么要在我们机关大会上向全体同志宣读它，又为什么会同意我把它抄下来，送到你的面前。这，不用我多说了吧？

一只白鹭和另一只白鹭

受伤的白鹭来到连队

巴颜喀拉山终年积雪的银峰，把黄河源头的天映衬得格外净蓝，阳光也格外明媚。在风和日丽的日子里，人们总能看到天空飞翔着一行行一片片白鹭。美丽的白鹭扇动着漂亮的翅膀，将亮闪闪的光波捣碎，满空中飞溅着太阳的碎片。白鹭的头抚摸着太阳的胡须，它在那么高的地方欢快地唱着只有它们能听懂的歌，真爽！

终于有一天，白鹭把歌儿从蓝天唱到了地上——那是兵们引来的。

被人们称为"雪山四合院"的这户人家，其实是座军营，驻扎着一个连队，数十个兵终年守卫着富饶的源头大地。不管白天还是夜晚，也不论是深冬还是盛夏，军营的院里飘着一面鲜艳的红旗，这红旗给源头牧民带来的是安宁、和平。阿爷认识它，尕娃认识它，就连白鹭也认识它，冲着它来躲避灾难……

那天清晨，军营的起床号刚揭去源头的夜幕，战士们看见一只白鹭一瘸一拐地从营门里走了进来。它的动作和神情都很恐慌，好像后面紧追着要伤害它的猎人或别的什么动物。兵们谁也不去惊扰它，眼看着它颠颠簸簸地挪步到院子中央一块草坪上。它停下来了，用可怜巴巴的眼神望着围观它的兵们。也就在这时候，大家发现它那白绒般的翅膀上渗透着一片血迹。原来它不是腿伤，而是翅膀负了重伤。

白鹭通人性。它一定是在失去飞翔能力求生无门的时候，挣扎着以最后的体力坚持走进了军营，就在红旗下，喘息着。当然它不可能知道这些兵是热心肠的善良人，但据说它喜欢红颜色，那是吉祥的象征。

看着受伤的白鹭，兵们便轻手轻脚围上去救它。战士史军祥把它抱到了屋檐下，它一点也不挣脱，很顺从。就是从这一刻起，它成了连队一个成员。后来有人说，是那面红旗引导它来到了军营，不知此话是否当真。

白鹭你为谁流泪？

战士们看着白鹭血迹斑斑的翅膀，心疼得连饭都咽不下，当务之急是给它把伤医治好，让它重新展翅在碧蓝的天空。

卫生员小张成为战友们最关注的角色，这只受国家重点保护的白鹭能否活下来，他的肩上压着一副重担。小张给它清洗、包扎伤口时，闻到一股炸药味，枪伤！他想：肯定是那些黑心肝的偷猎者伤害了它。这些年黄河源头这个"天然野生动物园"受到国家的重点保护，偷猎者再也不敢明目张胆地猎取野生动物了。但是冷枪仍然不断。这只白鹭能从偷猎者的枪口下逃生，万幸！小张刚开始给它清洗伤口时，也许是药水刺疼了伤痕，它扑腾着身子想挣脱，并发出了不友好的惨叫声。小张停止了清洗，轻摸着它的背，还对它说："鹭鹭，听话，我是给你治伤，等伤好了，你才能重新飞上蓝天，去找你的伙伴。"小张就这么自言自语地说着，始终没有停止抚摸白鹭的背，他一直不敢用手挨它的翅膀，怕撞疼了它的伤。白鹭再也不闹腾了，老老实实地让小张包扎伤口。它微闭起双眼，看得出它在享受舒服。

治疗枪伤，对于一个军队卫生员来说不是什么难题。白鹭的伤情很快就得到了控制，结痂、愈合。每次卫生员给它换药时，它都会友好地抖抖翅膀，双脚离地，跳蹦几下，分明在说："瞧，我的翅膀可以扇动了，不久就能飞起来啦，谢谢！"之后，小张就把它抱在怀里，很顺利地换好了药。白鹭和战士们越来越熟悉了，开始还惧怕兵，特别怕背着枪的兵。现在见了战士总是主动迎上去，咕咕咕地叫几声。谁也不知道它那语言的内容是什么，可谁都明白那是友好的示意。

白鹭的伤情完全好了。但是它并不离开连队，兵们几次"放生"，想让它回归大自然，放飞后没多久就又飞了回来，落在连队的院子里。它经常畅通无阻地进出每一间兵的宿舍，那咕咕咕的叫声响在连队的各个角落。细心的兵们发现了一个奇怪的情况：白鹭常常站在连队旁边的草坡上发出凄惨的叫声。几个兵上前一看，白鹭的眼里挂着两行泪痕。有的兵出于同情，掏出手绢给它擦泪，它用长长的尖嘴狠狠地啄了一下士兵的手，它哭叫时总是变得很暴躁。白鹭呀，你为什么流泪？

一只白鹭与另一只白鹭

这只白鹭真的把连队当成自己的家了。它每天清早，从连队飞上源头的天空，傍晚又拖着疲倦的身子飞回连队。连队有战士们给它专门盖起的小木房，里面备有小鱼烂虾什么的，供它吃喝。可它就是不习惯住房子，几乎每晚都在水塘边的草丛里过夜，吃的也是水域里的虫虫草草。

当然，它也有住进木房的时候，那便是遇着刮大风飘大雪的日子，就悄无声息地钻进小木房去过夜。这儿毕竟是最理想的遮风挡寒的地方。

白鹭回到连队后，仍然经常步行到草坡上去呆望远方，泪流两行地哀鸣着，那叫声像刀一样刺戳着兵们的心。大家纳闷，白鹭，到底是什么事让你这样伤心？

直到有一天，它带着另一只白鹭回到连队旁的草坡后，兵们这才明白了其中的缘由。久别重逢的两只白鹭在草坡上嘴对嘴地亲热着，久久不分开，还不时欢快地狂叫几声。那受伤的白鹭失去了丈夫（也许是妻子），无法忍受的孤独使它变得寂寞而烦躁。这些日子它一直在呼唤它的伴侣。今天终于找到了，怎能不亲热？兵们站在连队的院子里眺望着，替它们高兴。

原来，白鹭实行终身夫妻制，一对配偶感情十分融洽，一生相依为命。白鹭大都生活在离湖岸较远的小岛上，水深草密，又无舟船相通，人们对它们的生活习性了解甚少。即使这样，黑了心的猎人也不放过它！

整个上午，两只白鹭都是嘴对嘴、脖子绞脖子地亲热着。蓝天更蓝，草地更绿，黄河源头沉浸在一片祥和、宁静的气氛中。

白鹭找到了伴侣，也没有离开连队。它们结伴翱翔在源头的蓝天下，畅游在河湖沟汊的水草中。有时每天飞回连队，有时三天五日回一次连队。兵们因为多了一对无言的伙伴，多了一份欢乐，生活也更充实了。如果有几天见不到这对白鹭，就像失去了战友一样，心里空落落的，不少战士就会站在草坡上张望，盼着白鹭早日归来。这时，连长便提醒兵们说："傻小伙子们，呆呆地望着干什么，还不快举着红旗站在草坡上摆动。说不定白鹭迷路了，它们是认红旗的！"

兵们轮流举着红旗摆动。果然，不一会儿，两只白鹭飞回到连队的草坡上。它们还是那么亲昵。谁也离不开谁地挤成一堆。亲够了，玩腻了，就一前一后地摇摇摆摆地走进连队，又拐进食堂。兵们明白了，它俩准是肚子饿了，要吃点什么东西，便把早就准备好的一盒小鱼端了过去。平时，连队开饭时，白鹭总是跟着大家一起进食堂。炊事员专门为白鹭备有"饭菜"，战士们吃饭，白鹭也在一个角落里"就餐"，吃得有滋有味。日久天长，它们习惯了，只要军营一响起开饭号，兵们排队进食堂，它们也跟在后面去"就餐"。黄河源头的天还是那么湛蓝，遍地闪烁着亮亮的水色。白鹭在蓝天上自由欢快地飞翔着。可是谁会想到就在这些白鹭中，还有两只是兵的朋友。它们早出晚归，跟兵们生活在一起！

不冻泉

大山永远在雪的下面。咬紧牙关，不是承受不了重压，是坚韧，挺拔。积雪融化了，山巅蓬拔出一棵草。一直以来，我享受着大山上这棵草的高傲！

昆仑草。

许多人记忆犹新，那个时候，50年代末60年代初，昆仑山上有一棵草，连不少孩子都知道这棵草。实际情况却是，当时昆仑山是寸草不生、高寒贫瘠的不毛之地。退役的莽原上，饱经风霜的土地，何处长草？除了西风，狂雪的光斑什么也没留下！其实那棵草指的是一个叫惠嫂的女人。惠嫂这棵草，使高原人感觉到了一片草原。这个惠嫂！

惠嫂是从老家陕北远山远水地走来昆仑山探亲，丈夫老惠是不冻泉运输站站长。这位典型的陕北农村女人，扎在头上的那块白羊肚手巾远远地就向人们传递她的干练和勤劳。当时，遥远的昆仑山上运输站是唯一的一家人，难得见到个女人，惠嫂的出现亮亮地提升了亘古莽原的彩色。她以一个乡下妇女的忠贞提纯对丈夫的思念和怀想。她原打算住上十天半月就回陕北，老家炕头的娃儿和田里的庄稼还等着她伺候呢！没想到在运输站窑洞里的热炕上待了几天，惠嫂就被在青藏公路上跑车的司机们吃苦奋斗的精神，感动得迈不开回家的腿了。

那些司机们实在太辛苦，不管白天黑夜，雪多大天多冷，他们要追着车轮给西藏运送物资。吃不好睡不好不说，如果碰上车子抛锚，三天五天就得顶着风雪在野外折腾汽车。守着孤零零一台车，夜里望着月亮思故乡，白天瞅着太阳想亲人，难得吃上一口热饭菜。汽车常常掉进冰河里，他们还得挽袖子卷裤褪地跳进去救车。惠嫂的心肠软了，是被高原建设者的激情暖软的。她打消了回老家的念头留在了昆仑山，把老惠住的窑洞变成了"司机之家"。给他们做饭，让他们在这里小憩，暖了身子又暖心。不久，北京电影制片厂根据惠嫂的故事，拍了一部电影《昆仑山上一棵草》，那棵草就是惠嫂。她耐寒耐旱，给冰天雪地增添了春色，为高原人送来了大爱。

电影归电影，现实生活中的不冻泉运输站及惠嫂更土气更原始，也更亲近。我必须把那个"司机之家"的模样，原汁原味地给大家展现出来。今天的人恐怕很难见到这样难以入耳目的建筑了。它不是房屋也算不上真正意义的窑洞，更不是当时在高原上常常可以见到的那种半地上半地下的"干打垒"。用当时惠嫂的话说那就是个简易工棚，夜里躺下可以半拉身子盖着天上的星星。一年前，初到昆仑山建站的老惠和两个养路工，踏破跑山鞋才在昆仑泉边的山崖下找到了这么一个凹进山体的天然洞穴，喜从天降，老天好像早就为这三个养路工在昆仑山安排好了家。他们用石块和土坯混掺着砌成两道墙，延伸了洞穴的面积，顶棚是苇蓆、红柳枝压成。总共就30多平方米。给人的感觉那加长的部分把自己一滴一滴铆进了山缝。站在稍远处瞧就会真实地发现，它是它，山是山，随时都会分离开来，那延长的部分好像是从另一座山飘到这儿来的。不管怎么说，这是一个家，里面有锅灶，有三张床，过往司机在此吃顿饭、打个盹儿。这也是家味！又因了三个主人都是从陕北来支援大西北建设的老党员，大家都温暖地称它是

"党员之家"。再加上这家里又添了惠嫂这位女性，就更温馨了！

作为高原汽车兵，我在"党员之家"吃过饭，歇过脚，留下的是一身的饥寒，带走的是攀闯高原的力量。这个家是空空的，又是满满的。我记住了这棵昆仑小草，她顽强、温馨，像雪莲花一样在我心里盛开！我的班长老戴讲过这样一件事：1956年他们从朝鲜战场刚到高原，正逢春节。大年初一那天他带着三台军车过昆仑山，惠嫂站在路上拦住他们，请他们进屋，给每人递上一碗热腾腾的饺子。惠嫂和她的丈夫像行驶在崎岖山路上的一辆老牛车，咣咣当当地走在风雪中，她要赶到一个地方，把车上这些吃的喝的东西卸下来给赶路人。可是她并不知道这些人在什么地方，于是就卸下来洒了一路温暖。

我们回望自己走过的路，当然离不开从"大历史"角度来审视，社会的变迁会给每个人的人生经历留下抹不掉的踪影。其实就多数人而言，是在"小历史"的环境里打发完一生的。但是你不能说没有波浪，小溪里的水滋润的也是大片田园。我是惧怕惊涛骇浪的。小浪花更适合我的心态。电影《昆仑山上一棵草》于我大概就属于此种情况。一部只能放映四十多分钟的电影会有多了不起的历史背景？可它展现的那些带着湿漉漉青藏线生活气息的镜头，把我的心搅摇得躁动不安。完全可以想象得出，作为一个在青藏公路上跑车的汽车兵，在荒郊野外行车吃尽了苦涩，突然置身于"司机之家"，受到亲人般关照，即使这位惠嫂递给你的是一碗白开水，你也会觉得甘之如饴。我在观看《昆仑山上一棵草》时之所以那么感同身受，就因为自己在那条路上开车时很少遇到像惠嫂这样的人！

我钟情于《昆仑山上一棵草》还有另外一个原因，说起来太具有戏剧性，但又似乎很必然，这与这部电影的原创作者王宗元有关。王宗元、王宗仁，一字之差，且仁和元两个字的笔画又稀少得那么相近。

四千里青藏线，猛乍乍地出现了这么两个都写昆仑山的作家，难怪人们把他们没有分辨开来。

记得是 1960 年或 1961 年夏天的某日，我接到青藏办事处宣传处文化干事李廷义的电话，他用惊喜万分的口吻向我道喜："王宗仁同志，我看到了你发表在《人民日报》上的作品，写得真好！"这个意外报喜的电话让我高兴了好久，但是我真的好纳闷。我的什么作品上了《人民日报》，不知道呀！当时我的文学创作起步不久，也在《解放军报》《解放军生活》这样的报刊上发表过作品，上《人民日报》是我梦寐以求的目标。我真不记得给《人民日报》投寄过什么作品，现在竟然刊登出来了？那个年代，在格尔木那个遥远的地方，我又是一个小战士，看到《人民日报》的机会实在不多。我费了不少劲才在图书馆找到了那份已经过期的《人民日报》。原来是王宗元写的一篇小说在《人民日报》登了一个版，题目是《惠嫂——故事里的故事》。我拿着报纸没挪地方地读了一遍。好解渴！写得真棒！我佩服这个叫王宗元的作者，他写的就是发生在我们眼皮底下的故事，高原司机，给司机送去温暖的惠嫂，我每天都在经历的事情。这个王宗元应该就在青藏线上，说不定就在格尔木。我巴不得立刻就见到他，要他给我讲讲写作的事。我满脑子装的都是王宗元这三个字。比原先想读到《惠嫂》的愿望更强烈的是想见到王宗元。我在格尔木四处奔走，打听，王宗元在哪里。可以理解当时一个业余作者这种急于求成甚至有点失态的心情，他酷爱文学创作，苦苦奋争，却是举目无亲。好比一粒撒在石板上的种子，好不容易遇到一片可以生根发芽的土壤他怎能不利用雨天伸张根须，觅寻可以扎进土壤的机会！

我终于打听到了王宗元的信息，他是青藏公路管理农场三分场的场长，只是他已经离开了青藏线。有人说他到了兰州，也有人说他到了西安，还有人说他去了拉萨，说法不一，不管他到了哪里，我是无法见到他了。一个在青藏线上执勤的汽车兵，不可能为了见到一个素不相识的作家走那么远。但是，我和王宗元的故事还会延续下去的。从主观来说，这是我的愿望。生活就是这样，总会有意外的事发生。这是后话。

见不到王宗元，但是根据他小说改编的电影《昆仑山上一棵草》，我便百看不厌。我在格尔木汽车团的广场上看过，在拉萨西郊兵站的院子里看过，后来有了电视，又多次在电视上看过。每看一遍都重温一次自己在青藏线上跑车的经历，很有回味艰苦生活时的那种幸福感觉。最难忘的当数在影片的始源地不冻泉兵站车场上看这个电影。那天晚上，天空飘散着零零星星的雪花，兵站的官兵、道班的养路工、投宿兵站的汽车兵，还有几个过往的游人，总共不足五十人，早早就坐在银幕下等盼，因为是跑片，从格尔木跑到不冻泉已经快九点钟了。这时雪也下得越来越大，可是没有一个人离开座位，人人都沉浸在那些从他们生活中提炼出来的镜头里，尽情享受高于生活的艺术境界。直到四十多分钟的片尾上出现"完"字，大家才热烈地议论着各自回到住处。

我不会忘记王宗元，仍在四处搜集、打听他的情况。这时我已经得到了关于他的更多的资料。他大我二十岁，1919 年出生，保定人。是一位老革命，毕业于延安抗日军政大学，曾任陕甘宁边区政府秘书，西北军区文工团副团长、政治部文化部创作组长、文艺科副科长。中国作协西安分会专业作家，《陕西日报》副总编辑。

我无论如何没有想到的是，这时我才得知自己看了不知多少次的电影《智取华山》，王宗元是主要执笔者。这个新的发现加深了我对王宗元的感情，也强化了我对电影《昆仑山上一棵草》的感情。一位一直将自己的命运和信仰凝托在中国革命大业上的老作家，创作出深受国人热爱的作品，是必然的。也就在这时候，我见到了王宗元。那是1964年夏天，我从高原到北京开会，在西安转车时，顺路到陕西日报社（也许是省作协）一间十分简朴的办公室见到了久盼的王宗元。当时他正要去开会，我们只能长话短说。不到半小时的交谈几乎全是格尔木、昆仑山的话题。他说他只在青藏公路管理局待了年把时间，今后如果有机会还会去的。他特别想见慕生忠将军，那是青藏公路之父，有功之臣。当我提到他的《惠嫂》被一些人误认为是我写的时候，他淡淡地一笑说："谁让咱们都是王族一家，又都是宗字起头。你前不久发表在《人民文学》上的《昆仑泉》，还有人当成是我写的呢！"我听了忙说："还有这事，那是一篇小散文，不值一提。"他说："谁让咱们都写昆仑山呢！"

匆匆见面，匆匆离开。没有相约，也没有赠言。仿佛总有一种恍惚飘摇的预感。我在仔细琢磨之后，终于醒悟，我和他惦念的还是青藏高原，还是曾经出现在不冻泉的那位惠嫂，以及惠嫂和她的丈夫营建的那个"司机之家"。每次开车或乘车经过不冻泉，有事没事我都会去看看惠嫂。她递来的一碗水，一声问候，哪怕只是招一招手，都像春风里一簇跳动的火苗，填充着我们跋涉路上空旷的生活。

1965年春，我从高原调往京城时，惠嫂已经离开昆仑山，据说跟随丈夫又在藏北落了根。荒莽的羌塘草原上，从陕北来的一对恩爱夫妻又经营起了一个温馨的家。她从昆仑山消失了，却长久地出现在高原人心里。我赴京前夕，途经昆仑山站在不冻泉边久久留恋难舍。我看着已经人去屋空的那间"司机之家"，心里涌满思念。环顾四周，雪山依然那么凝重、刚毅，那么洁净、纯美。要远走离开高原了，而我却固执地认为，心灵的归属感、个人价值的体现才是我追求的目标。

不管走到哪里，我心里一直会牵挂着高原的发展，也关注着电视台每天预报的昆仑山天气变化。收回目光，我突然看到泉边湿地的一堆石缝间长着一棵草，窄长的叶子上缀满亮亮的水珠，白生生如细线般的根须漂在浅水里。同行的人告诉我这叫扒地草，因为一条主根深深地扎在山土深层，才落得这样一个坚韧的名字。我立即想到了惠嫂，这该是她的化身吧！我小心翼翼地摘下一片叶子，带它上路。至今四十多年逝去，这片昆仑草的标本仍完整地夹在我的笔记本里。

此后，我身居京城又多次重返高原，来到昆仑山。"司机之家"是必去处。当年那个热腾腾的家灰飞烟灭，只剩下冰冷的遗址了。我和那些残留着的碎瓦乱石心照不宣，咽下同一滴眼泪。惠嫂和老惠们的呼吸犹在，锅碗瓢盆的碰撞声犹在，尤其是惠嫂手中那碗陕北小米的喷香鲜味儿犹在……凹进山体的那个洞穴还不动声色地待在原地，只是老惠们搭建的那部分延伸出来的陋屋已经不知又飘到哪座山峰去了！离遗址不远处的不冻泉，泉水依旧清洌地倒映着整个昆仑山。曾记得惠嫂每天来来往往到泉里背水，不知磨破了多少双鞋，家与泉之间的小路就诞生在她背上的木桶下。路上洒下一层水滴，水结成了冰；又洒下一层水，再结冰……一条冰路贮存了多少道不尽的温暖。现在，家消失了，这不冻泉就是"司机之家"的留守地。我站在泉边望着在水面微微颤动的雪峰，分明瞅见了惠嫂那张被高原风雪镀得红扑扑的脸庞。一直以来夹在我笔记本里的那棵草，就是惠嫂隐藏在昆仑山深处的不朽身段了吧！只要这棵草还在就会有她的故事。有她的故事，王宗元就会站在故事的后面。而说起王宗元又总会有人涉及王宗仁，我。可是这一回王宗元，离开我们了，永远地离开了。拨旺他笔下惠嫂的那炉火也难给他的生命加热，昆仑山带走了他全部体温。

我仍然不断地去格尔木，去昆仑山，去拉萨。不冻泉是必经之地，每次我都要在那里逗留许久。吸一口惠嫂遗留的气息，豪壮且苍凉。高原的路太遥远。最近的远方在眼前。跑的路越远越多，我越明白了一个道理：干旱时要自己动手浇地，冰雪挡路时要用胸膛融化酷寒。对那些高悬在远天的云和篝火不要抱太多的希望。还是要自己救自己，文学创作尤其如此。只要读读王宗元的小说《高原·风雪·青春》，你一定会喜欢他赞扬高原司机小徐的这句话："他们是铁中的钢，燃烧的火。你会感到他们的热情把冰山都会烤化。"不冻泉边有不冻泉兵站，南行有二道沟兵站，北走是纳赤台兵站，这几个兵站的吃水都由不冻泉供养。这是一片温热的土地啊，它承受着自然的恩泽，眼里噙满热泪。我多次在这些兵站落脚，生活，走近军人，了解牧民。积累素材，充实人生。当然也会有人漠视甚至远离这些源泉，我要通过自己的作品告诉这个社会，有些被人们忽视的东西其实往往是我们最需要的。我相信诞生在不冻泉的那位"惠嫂"永远不会过时，王宗元把一个不朽的背影留给昆仑山了。陕北女人惠嫂当然算不上莫斯科郊外不断打开的典籍，但是终究会有一些人相信，她留在不冻泉边的踏雪声，一声比一声激烈，一声比一声传得更远。

我是以昆仑山作为我文学创作基地。其实先我一步攀上昆仑山的作家除了王宗元，还有李若冰。完整地说，是这两个人影响了我在青藏高原文学的道路上跋涉了五十多年。如今他们都长眠在另一个世界了，我们的满世界都是太阳在赶路，满世界都是开放的鲜花。我不忍心再低下头去追问他们在昆仑山曾经的那些磨炼和苦难。我只有一个心愿：把他们没有走完的昆仑山的路走下去，让自己的脚步不断靠近他们遥远的停止心跳的地方，就像雪花靠近太阳那样，雪化冰融处便是鲜花最先苏醒的地方！

2011年我的散文集《藏地兵书》获得第五届鲁迅文学奖后，我在西安的一次文学会上又一次提到李若冰和王宗元，我说我是踩着这两位文学前辈的脚印攀上昆仑山的。没有想到李若冰的儿子李勇就坐在下面。我发言后他走到我跟前拉着我的手说，好久都没有人提到我爸爸了，谢谢你还记得他。我说，这个本是不能忘的，什么时候都不能忘。

王宗元，我又不得不提到他。

前些年，年轻的学者、散文理论家王志清，写了一本书《魂泊昆仑——走近王宗仁》。他请中国社会科学院博士生导师、中国散文学会会长林非教授作序，林老的序里第一句话就是："远在四十余年前，我就阅读过王宗仁同志描绘青藏高原的一些作品。"对此，我很觉不安，有愧。四十年前我确实没有什么可以值得进入林老视野的作品。和林老见面后我一问，他马上说出了《昆仑山上一棵草》……

打住。

我又一次来到昆仑山。

我静静地站在不冻泉边，四顾。六月雪把山中冻死的动物封裹在寒冷的白色中。我透过亮亮的泉水仍然可以看到"司机之家"遗址的倒影。怎么能说是遗址呢？你看，泉水中那个倩影：惠嫂，当年也就二十岁出头，纯素的农妇装扮。英姿勃发，像一位准备出征的女兵。时间把春天嫁得很远，日子也可以使如花的容颜枯皱。不冻泉水却能滋养高原人的青春。不冻泉沉淀着曾经的爱，也映着今天的情。昆仑山是不会老的！

静悄悄的昆仑泉边，我今夜无眠。

也是那一年的七月一日，纳赤台兵站官兵党日活动开展绿化雪山活动，我也加入。我栽的那棵树是不是成活，没人留意。我只知道全站官兵栽植的一百棵杨柳，只活了两棵。别人怎么看待，不去管了，我认定两棵活下来的树代表两位昆仑山先辈，是他们的化身。我离开兵站回北京时，再三对兵站的战友说：把太阳结结实实地钉在每一片叶子上，让那叶子变成果实！

青藏山水延续了她的故事

照片上的女兵叫刘青玲，在青藏兵站部演出队也算得上是个名演员了。她经常随队轻装上线演出，格尔木、纳赤台、沱沱河、当雄、羊八井、拉萨……这些驻扎着高原战士的地名，像诗一样被她念诵着。青藏高原是我创作生活的基地，我便有时与她"相撞"，但她真正给我留下抹不掉的印象，是她唱的那支歌：《青藏高原》……

那是 1996 年 7 月的一天，我们一同坐车从拉萨回西宁。那天天气阴霾，雪山被遮罩得朦朦胧胧，令人心情压抑。汽车整整一天都异常吃力地缓行在海拔 5000 多米的唐古拉山上，乘车人十有八九都被颠晃得蔫乎乎地耷拉着脑袋，呈昏昏欲睡状。

就在这时候，车厢里突然荡起一阵雄浑而悠扬的女声独唱：

是谁带来远古的呼唤 / 是谁留下千年的祈盼……

这是电视剧《天路》的主题歌。全车厢的人都把脖子伸得像雁一样听着。也许因为我对青藏高原有特殊的感情，也许因为我们是行进在天路上听这首唱天路的歌，此刻，这歌声灌入我耳中，除了平时听它时那种凝重、沧桑的厚重感以外，更多的是一种身临其境的亲切感。真的，我从来没有听过这样荡人心的歌曲，我感到每个细胞都随着歌声飘动起来。我断定，如果对青藏高原没有深沉而浓烈感情的人，是吼不出这样的歌声的。

这个唱歌人就是刘青玲。

我曾数十次翻越唐古拉山,但是,在翻此山中听歌唱青藏高原的歌,这还是第一次。

当我坐在北京西郊我的办公室里采访刘青玲,并谈起她在全国电视戏剧小品大赛上因演出小品《新童谣》而获得最佳女演员时,她对我说:听到主持人念我的名字说我得了最佳女演员奖时,我正在后台站着,觉得很突然,愣愣地站着,不知道该怎么办。直到别人捅了我一把,我才清醒过来,走到了台前。

这种看似偶然拿到的殊荣是由必然孕育而来。从青藏高原的冰川银岭间到首都的领奖台,刘青玲走过了一条长长的充满艰辛和乐趣的跋涉之路……

十八岁那年,刘青玲穿上一身显得宽大的军装,来到青藏兵站部演出队。她对艺术很执着,分给她的每一个角色她都全身心地投入去演出。她是队里舞蹈演员中的台柱,另外,还表演快板、相声。其实,她最钟情的还是演小品。她演的第一个小品是《幸福院》,反映了高原随军家属的苦乐生活。她扮演了一个新娘子,只有几句台词,但是她感到演得很过瘾,观众也称赞她的表演"绝了"。这个来到昆仑山下的新娘子,对忙于运输而让她守空房的丈夫又怨又恨,巴不得他日夜都在自己身边又担心他会影响连队运输任务的完成。对于新娘子这种多情、羞涩、矛盾的心态,刘青玲表演得淋漓尽致:清晨,嫂子推门进屋见新娘子孤零零呆坐床头,便为她打抱不平,问:"昨晚他又没回来?"她点点头,眼眶涌着泪水。她用力咬着嘴唇,泪水还是掉了下来。嫂子说:"你受委屈了!他今天回来,看嫂子怎么收拾这个没良心的。他不回来就不回来,不要他了!"她慌了,赶忙为他辩解:"不要!不要!

他是有事的，他会回来的。"嫂子笑了，新娘子的脸羞得绯红。刘青玲扮演的这位新媳妇从衣着到说话，全是关中乡妹子味道，很像那么回事。这个小品当然算不上她的代表作，很快就被人们淡忘了。但是，人们记住了一个会演小品的演员：刘青玲。

最显示她表演小品才华的日子是1992年在解放军艺术学院学习时。当时，这个全军最高的艺术学府在北京专门为兵站部演出队举办了一次为期三个月的轮训班。这三个月时间对刘青玲来说，播种收获全有了。她听了各路专家的讲课；比较系统地学习了表演艺术；总结了过去几年的从艺经验。他们在轮训班学习期间一共排演了七个小品，其中有四个小品里有她扮演的角色。小品《一路平安》是她学习期间的代表作，她在戏里扮演了一位高原军人的妻子——已有身孕的女性。军艺的老师们对刘青玲的表演给予了极高评价。政委乔佩娟问她："你怎么不报考军艺呢？"她答："我经常到青藏线上演出，任务很重，我走了好多节目就只好停演了。"乔佩娟又对旁边的人说："这孩子可以培养。将来出来了不亚于宋丹丹。"刘青玲俏皮地说了一句："我比宋丹丹长得漂亮！"在场的人全乐了。

轮训班结束后，刘青玲马不停蹄地回到了高原。她当然不会忘记乔政委希望她报考军艺的话，这期间确实也有几次上学的机会，但均未如愿。还是那个原因：她要经常奔赴高原各地为部队演出，上学的事挤不上日程。她舍不得扔下那些渴望看她节目的战士们；战士们也不愿意她离开高原。留下与走开，哪个对她重要，她确实无暇细想。但是有一点是真真切切的：她没有失落感。

奉献高原，把心贴在战士身上，这是她的心愿。

她第一次上青藏线是在1991年夏天。地点：昆仑山中西大滩输油泵站。

当载着演出队的大轿车刚一停下，早就等候在门前的战士们呼啦一下拥了上来，把演员们围起来。没有鲜花敬献，也没有铜管、电子乐器合奏的迎宾曲，有的只是在内地早就被淘汰了的铜锣、皮鼓，外加一副响板，战士们此刻疯敲狂打起来。他们那无风无雨的脸以及满眶的泪水，在真真切切地告诉亲人，他们已经企盼很久了。

从1978年兵站部演出队撤销后，沿线的兵们就再也没有看过演员们表演节目。十二年来的第一次演出，连昆仑山都高兴得仰起了头，让雪水河也兴奋得扬波洒下了笑语。刘青玲至今仍然不忘那次演出中的一个感人场面：一个队员在唱《十五的月亮》时，台下的战士们全哭了，唱歌的演员也控制不住自己的感情流泪了。台上台下泪水涟涟。站在一旁的刘青玲虽然有点高山反应，进站前浑身酸疼，但她也情不自禁地扬起泪声与战士们一同唱起了这支歌。这种动人的场面，使她看到了文艺对人们的激励作用，更使她深切感受到了一个文艺战士的责任。

"我会把我的足迹延伸到高原战士所到的每一个地方。"

刘青玲在日记中这样写道。

世上的事情往往做起来比想象要艰难得多，甚至事与愿违的情况也是蛮多的。刘青玲确实没有想到首先妨碍她为高原战友演出的是自己的身体。她虽然生长在日月山下的西宁市，但是当她来到四千里青藏线上时，身体仍然过不了关。她必须到海拔5300米的唐古拉山去，那儿有一个青藏线上最高的兵站，全站官兵，终年就在那块巴掌大的山间平坝上生活。演出队的全体人员还在西宁时就下了狠心：每个队员要使出浑身的解数把最精彩的节目献给唐古拉山。可是，才到了海拔不足3000米的昆仑山，刘青玲的身体就有点支撑不住了。头晕，发烧，四肢乏力。这还是小事。她的鼻子流血不止，坐下流，躺下流，有时还从眼睛里流出了血。没有任何的办法，打止血针也不大管用。

带队的领导安慰她说："小刘，你现在最主要的任务是把身体保护好。如果还继续流鼻血，那只有把你留在这里了。"

这是她绝对无法接受的事实，她着急地问："我留下来，我的节目怎么办？"

"那就由别人代替了，实在找不到替身只好割爱取消了。"

"别人替我？怕演不好；取消更不是办法。请领导放心，我一定坚持随队上线，一定要让唐古拉山兵站的战友们看上我们所有的节目！"

当时，她参加的小品有两个：《新童谣》和《绿色天使》。这是她精心排练了好久的准备献给线上指战员的节目，现在要她中途下马，这不是割她的心头肉吗？

为了能上线，她必须设法止住鼻血。打止血针不灵，她便用棉球把两个鼻孔堵得死死的，且把鼻子擦洗得干干净净，不让别人看出来。也怪，这么堵了几次，血渐渐流得少了，最后竟然不流了。她高高兴兴地上了线。

她终于攀上了唐古拉山。在这次演出中，刘青玲赢得的掌声最热烈。可以想象得出，在刘青玲走上领奖台时，电视机前唐古拉山兵站的同志们比任何其他地方的观众都要激动，都要兴奋。

她继续在青藏高原奔波着。

车子停在藏北草原的一个地方，同伴们纷纷下车扑进草滩，兴奋地叫着跳着去拔那些正在怒放的各种各样的叫不上名字的野花。刘青玲慌了，大声喊着：

"不要拔！不要拔！"

伙伴们不知道发生了什么事，都站起来，转身望着她。

她深深地吸了一口空气，让自己的心情平静下来，告诉大家："你们忘了，这儿是人们所说的生命禁区，唐古拉山兵站的战士们为养活一枝花要费多大劲，最后还是死了！"

此刻，刘青玲一定是想把这些野花全部移栽到唐古拉山上去，送给那儿的战士们。

果然再没有人拔野花了。大家都有个感觉，和刘青玲相处了这么多年，好像今天才真正了解了她。

情断无人区

风像鹰一样在藏北的上空旋转。

一轮仿佛没有任何光热的白太阳有气无力地低垂在缓缓行走的牦牛背上。

与世隔绝的羌塘无人区就这样经年累月地在寂寞中沉睡。

如果谁偶尔把这死沉沉的寂寞打破，你必然会感到更加寂寞、空寥。

突然有一天，在不知什么时候被汽车轮子轧出来的、又踏下了片片动物蹄印的坑坑洼洼的简易马路旁，悄无声息地撑起了一顶帐篷。

无人区的帐篷里也没有人。

离帐篷不远处的野滩上，遗弃着几只饿死或冻死的黄羊、藏羚羊。暴尸荒野。

整个空荡荡的世界像一张白纸。

这是一顶可以说很旧但是绝对不能说破的帐篷。起码它那说黑不黑、说灰不灰、说绿不绿的颜色给人的感觉是经久耐用的。那肯定是风吹雪扑、雷打电击、烟熏火燎留下的岁月痕迹。脏污、简陋到极致后事物反而变得不动声色的威严了。帐篷的门很奇特，是用一块看似木板实则是结了厚厚一层污秽的帆布堵在外面做门扇，之后牵一根牦牛绳拦着的。你也许难以想象的是在帐篷门一侧的木杆上吊挂着一只藏靴——女靴，靴筒和靴帮均有绣花。不是旧靴，但也不新，上面有斑斑锈迹。

为什么只有一只藏靴？避邪，还是别有说道？

当然，最叫人难以置信的是这顶帐篷的主人不知去向。从它出现在草滩的那天起，压根就没有人见过它的主人。

帐篷从早到晚飘散着一股重重的兽皮味和狗臭味。

人呢？

这是科学考察组提供的数据：在羌塘草原无人区，平均每一平方公里地面上不到一个人。

所以，完全可以这样想象：更多的时候是几十公里，甚至上百公里没有人。

无人区指的是羌塘草原（即藏北草原）的西北部。说无人区，其实并非绝对没有人烟，只是人烟极其稀少而已。它的地域包括那曲以北、阿里以东的部分地区，甚至囊括了长江、黄河源头大片的土地。由于那里极为特殊的地理位置和自然条件，许多地方没有地名。

在这样一个地方，出现那顶奇特的帐篷似乎一点也不奇怪。奇怪的倒是有一个喇嘛瞄上了它……

喇嘛叫次丹堆古。

我与他的相识非常偶然。相识后的交谈随意、自然，没有任何的准备和提防，一切都是顺其自然，他高兴谈，我乐意听。

直到二十年后的今天，我仍然觉得我们的第一次见面仿佛是在小说里。

那是那年夏天的一天，我从无人区回到靠近青藏公路的谷露村，客居一户牧人家中，休息几天，准备再到无人区去生活。当时我正在帐篷里看书，突然闯进来一个身披袈裟的人，我十分惊愕，喇嘛会有什么事？我的心霎时提到了嗓子眼。

"你到过那顶帐篷里？"他并不顺畅的汉语马上使我明白我闯祸了，我那天真不该掀开帐篷门。其实，里面什么也没有，空空荡荡。我不该多事。

喇嘛摇摇头，说，你不必介意，我不会责怪你的；我也是随便问问。

我悬空的心落到了地上。这才细细打量了一下这个不速之客——

他那件绛红色绒毯似的袈裟肯定穿了好些年，上面的绒毛已经所剩无几，卷成了一个个小绒球。分不清是尘埃还是油腻皱皱巴巴地绣着绒布面。他紫糖色的脸上涂着一层酥油闪着光亮，脸蛋上的两块紫痂高高地凸现着。我相信他曾经是一个身躯高大的汉子，但是眼下由于驼背，使他变得又矮又瘦。他的背驼得很厉害，腰弓得头都快挨着地面了。从他进屋站到我的对面起，身子一直就这么弓着。

我的心好酸楚。

不知为什么，我对他有了一种莫名其妙的同情。尽管我不晓得他的身份，也不了解他来找我的目的，甚至连他的名字也不知道。

那张弓冲着我点了一下，也许是一种虔诚吧。然后，他有点吞吞吐吐地说："其实，我来没有什么事，只是想认识认识你。"

我不相信这是他的心里话。但是，我也没介意。我是个作家，在藏地常常碰到一些想跟我聊天的闲人。喇嘛找上门来却是头一次。

"你肯定有话对我说。没关系，什么时候想说了再张口，到了火候再揭锅嘛！"我很平静。

他又是一个鞠躬，我很受不了他这种虔诚，忙扶他站好。

他无语地望着我，忧郁的眼睛固执地闪耀着一种光芒，眉毛颤动着。

给我的感觉是他的脸上好像有一种找到了救星似的那种表情。

我把头扭向一旁。他的目光有点刺我。

终于，他说话了："我跟他是很要好的朋友，他的事我都知道，我的事他也晓得。"

我知道他是指那顶帐篷的主人，便问："你能不能告诉我他的姓名，我确实很想知道。"

没想，他给我通报了他自己的名字："我叫次丹堆古。"

我觉得这个名字很古怪，也拗口，就问："你的名字藏语是什么意思？"

他只是尴尬地笑了笑，摇摇头，用恳求的口气说："请你记着我，次丹堆古。咱们认识了就是朋友，跟他也是朋友了，三个朋友。"

我又看到了他鞠躬的那个情形……

忘掉一个人或一件事的最有效的办法是另外有一个人或一件事出其不意地占据你的心。

那顶帐篷和自称了解帐篷主人的那个喇嘛，很快就被我看到的一则报道从我的脑海里挤掉了。

在我看来那是一则非常重要但是写得很笼统、因而令我深感遗憾的报道。

报道的内容梗概是：

在解放军平息西藏叛乱中 (1959 年)，有一个农奴主的女儿，背离自己的家庭，只身走进羌塘无人区，过起了普通牧民的生活。摧毁西藏农奴制的枪炮声已经使这位贵族小姐醒悟到自己过去那种吮吸农奴血汗的生活是难以饶恕的罪过，到无人区后她变得异常善良、勤劳，平静地生活着，放牧、背水、打酥油茶。一个十分偶然的日子，小姐遇到了闯进无人区的一个遇困的汉族青年。她竭尽全力救了他，两人产生了感情。由相识到相爱，最后结婚。

茫茫草原上多了一对年轻夫妻，就像夜空里添了或少了颗星星，谁也不会注意到这种变化的。没有人知道姑娘曾经是个贵族小姐，也不曾有谁知道她的丈夫是个汉族青年。

这两个身份特殊的人组成的家庭，就这样默默无声地在无人区生活着。日出日落，日落日出。一年又一年。

不知不觉，二十年过去了。

他俩曾经有过三个孩子，一男二女，但是都没养活……

这则报道刊登在全国很有影响的一本刊物上。我读了三遍，仍不解渴。文中许多该交代的关键地方没有交代，明明该详细展开的情节却一笔带过。例如，姑娘叫什么名字、她离开贵族之家的最初动因没有写；她初到无人区的日子是怎么度过的，也省略了；她和汉族青年是在什么情况下相识的，汉族青年为什么闯进了无人区，也写得十分简单；他们的三个孩子是怎么夭折的，一个字也没有提；甚至连她丈夫的名字都没有给读者留下……

为什么要制造这么多的未知数？我当时最真实也是最直接的感觉是：这么好的一个题材，硬让作者给糟践了！

话又说回来，正因为留下的未知数多，才能使人产生丰富的联想。后来，当我躺在谷露村的帐篷里顺着我列举的那些问号去寻找答案的时候，我的思绪伸得很长，很长……

于是，我"寻找"到了一个人——

1959 年春天，我所在的汽车团参加了平息西藏叛乱的战勤运输。那是一段让人回忆起来心里发烫的日子，我们的轮胎咬着青藏公路上的石子，昼夜不息地奔驰，路面上从早到晚迸着火星。

那天，我刚把一车战备物资卸在拉萨西郊兵站，排长李黑子就通知我："待命。准备马上出车。"

一小时后，我的车运载着一车俘虏碾过了拉萨河上的木桥。出了拉萨80公里，便是羊八井兵站。按原计划我们要在此地检查车辆，因为有散匪骚扰，我没停车，继续挂上高速挡飞速赶路。就在这时，突然蹦出一个人，站在公路当中拦车。

我点了一脚刹车，停驶。拦车者是个藏族姑娘。我心里涌上几分火气，摇下了车窗玻璃，谁知还没等我开口，她就说了话："对不起！我要看看我的阿爸。"

她的汉话讲得如此顺畅、准确，令我吃惊。只是，她的阿爸是谁我并不知道呀！

她指了指车上面。我马上明白了，她的阿爸是个俘虏！我的心不由得一抽搐，真不知该如何处理这件敏感而棘手的事情。

坐在我车上的副连长显得很沉着地下了车，一脸遇事不慌、胸有成竹的稳重。他和拦车人搭上了话：

"大姐，我是车队的负责人，你有什么事请给我讲。"

藏族姑娘彬彬有礼地一手提了提藏袍，一手放在胸口，嘴里念了几句祈祷的话，然后对副连长说：

"我希望你能答应我提出的这么一点要求。"说罢，她再次指了指车厢里的俘虏。

副连长明显地为难了，但是他收起了准备摊开表示无可奈何的双手，只是望着对方。

姑娘又说："难道做女儿的看阿爸一眼也算苛刻的要求吗？"

副连长只能这样安慰她："请你放心，我们会按政策对待他们的。等一切有了妥善安置以后，你的阿爸会和家里通信的……"

她打断了副连长的话："不，你说的这些我都不怀疑，可是我不想那么远了。我现在只求你一件事，让我和他说最后一句话。我的阿爸犯下了佛祖不可饶恕的罪，我要和他讲我这一生说给他的最后一句话。"

"为什么要这样悲观呢？他如果改造好了，仍然可以回到你和家人身边的。"

"不，不是这个意思。你就让我和阿爸讲一句话吧！"

这时，车厢的俘虏群里突然有个人挣脱着绳索的羁绊，叫了一声："拉姆！"站在车厢后角处的哨兵立即制止了他，他又不敢动了。我看了那俘虏一眼，他穿着十分讲究的藏袍，狐皮大帽遮着方而大的脸庞，一双眉毛像炭素描出来似的特黑特粗。不用说他就是姑娘的阿爸了。

姑娘再次提出，她要和阿爸讲话。

事情已经到了这个份儿上，副连长便果断地对她说：

"我可以答应你的要求。可是，我必须知道你对你阿爸说的那句话是什么。"

姑娘稍稍沉思一下，答复道："不但你可以知道我要说的话，大家都可以知道。"

说着，她朝前迈一步，冲着车上刚才那个挣扎的俘虏说："阿爸，你再也见不到你的女儿了！"

说罢。她就离开公路，拼命地向路边跑去。那儿是一片覆盖着积雪的无际草原。

藏北无人区。

这时，早春的一阵风雪突然飞卷而来，遮没了她的身影，也遮没了我的汽车。

我的心里压上了一块重石。汽车重新开动后，我对副连长说：

"看来，那姑娘要寻短见了。可是，阿爸当了叛匪又成了俘虏，她哪有脸见人？"

副连长摇摇头："我看不像。"

"不像？那么你说她要干什么去？"

"不知道。反正，她不像寻短见。"

我没有再问。车轮碾在公路上沙沙的声音有节奏地反弹着。我的眼前又浮现出了那个拦车的藏族姑娘。当时和现在，我始终认为她是一位长得相当漂亮的藏家女孩。我曾多次对别人这样说过：天啦，我万万没有想到在拉萨河谷竟然还有这么一位相貌出众的美女……

当她冷不丁地出现在我车前时，我只急于刹车，手忙脚乱，心不在焉，根本顾不上留意她。车停后，在副连长和她搭话的当口儿，我这才细读了她。

她穿一件镶着黑边的深红色平绒夹藏袍，袍边上的提花字是藏文"扎西德勒"，意思是吉祥如意。披一块绿缎披肩，一条二指宽的黑带紧束腰间，这使她本来就修长的身段愈发苗条。她的脸色白洁细腻，散放着淡淡的玉质光泽。丰满湿润的嘴唇缝隙间露着非常洁净的牙齿。那一对眼睛黑白两色格外分明。我永远记着的是她的那双合脚、美观的藏靴，给她平添了更多的美丽，使人觉得这双藏靴只能穿在她的脚上，才最能在男性面前显示出魅力。

像我遇到的其他藏胞一样，她的一只臂膀露在长袍外，那只臂膀轻柔如水……

我心里暗想：西藏的水土竟能滋养出这么一个活脱脱的美人！

世间有些事情的结局常常是出乎人们意料得离奇。你明明被严寒冻得浑身筛糠，但是最后你被送进医院的理由是中了暑；原本渺茫陌生的一个站在地平线上的人，一夜间成了与你朝夕相处的亲人。

这次相遇使我后来写出了散文《一只藏靴》，散文的主人公就是拉姆姑娘。

雪峰上盛开着一朵等待春天的雪莲花。

那天，我开起车甩下贵族小姐拉姆后，好长一段时间心里总也忘不掉她。同情？担心？钦佩？都有。不过，日子一长，心里皱起的那点涟漪也就被岁月的风吹干了。生活中，每个人有每个人的活法，也许拉姆认为她走的是一条阳关道。别人无法理解那是因为每个人都有自己的人生轨迹。

不久的一天傍晚，当我的车在藏北的桃儿九山抛锚以后，我真的一下子没有认出站在我面前的会是拉姆。当然，她也没有预料到她是在向一个"熟人"求援——她压根就没有印象我曾经与她有过一次交往。我想，每一个人都会是这样的。当时她只想着与阿爸说最后一句话，至于有谁站在身边她不会留心。

是我先认出了她。我直呼其名。

"拉姆，是你呀？"

她的惊愕或者说惧怕是可想而知的。她问我："你是谁，怎么会知道我的名字？"

我给她讲了事情的原委。她听了，似乎连想也没想，就很平淡地说："不提它了。我今天来是向你打听个人，也是想请你帮忙找到这个人。"

"只要我知道这个人，就一定帮你的忙。"

她说："他像你一样，也是个金珠玛米……"

拉姆在给我讲述这个人时，给我的感觉是她的脚坠着身子往下陷，她和我之间有了一段距离，由于我总是跟着她移动，我们的距离总也拉不开。于是，我和她一起走过了一段不堪回首的岁月……

拉姆在草滩的这个"小岛"上已经安家一个多月了。不言而喻，生活是异常艰难的。但是，对她来说，最难熬的不是生活这一关——她有自己的一群羊，吃的穿的都有了，牧民们祖祖辈辈不就是这么过的么——最难熬的是寂寞。每天从早到晚就她孤孤零零一人守着十多只羊，日子越嚼越寡淡。她常常觉得周围有许多无形的陌生眼睛在探究地盯着她。可是，等她睁大眼睛去搜寻时，什么也没有。"会习惯的！"她总是这样安慰自己。

一日，大约是吃罢早饭的时辰，冬草和她的帐篷像霜打了一样在寒风里呻吟着。她蜷缩在帐篷的一个角里大气也不敢出。半小时前，有一个人闯进了帐篷，那是在她没有任何提防的情况下闯进来的。身单力弱的她实在无法阻拦。就在那人临走抢掠拉姆那少得可怜的家当时，拉姆突然看见了他的脸，呀，好面熟！噢，想起来了，是她家府上的一个管家……

往日可以做她的上马镫的家奴，转过脸去变成了恶狼。

一场残酷的躁动之后，帐篷内外鸦雀无声。

她把身躯和心都紧紧地收缩起来，不敢动，害怕又有狼米。她已经没有防御的能力了，浑身酸痛。

不知过了多久，她完全没有时间概念了。忽然，她听见帐篷外有响动，好像是脚步声。她屏住了呼吸。

一切又复于寂静。

许久，才传来轻轻的叩门声。接着是一个慢声细语的男声："有人吗？"

她不敢应声。

世界变得出奇地宁静。

似乎过了很久很久，她又听见叩门声。她仍然不敢答应。

很长时间没了动静。她想，那人很可能走了。她很奇怪，他为什么不进来呢？这已经歪歪斜斜的帐篷，一脚就能踹倒。还有那敲门的动作、那说话的声音，为什么那么小心翼翼？对！他不是坏人。不会有这么规矩的坏人。她决定看个究竟。

就在她撩开挂在帐篷门上的那块氆氇布时，她惊呆了，一个浑身疲乏、满脸挂着汗水的兵站在外面，他好像在期待什么。

噢！她明白了，他是等着她来开门。

她开了门，是一个兵，他的第一句话便是："大姐，让你受惊了，实在不好意思。"

"你……"

"大姐，给我一口水喝吧，我要去追一个叛匪！"

"叛匪？……"

这一瞬间，兵军帽上的红五星把一切都告诉了她。她马上想起了刚才那个畜生，是应该把那东西追上，抓住。

拉姆忙转身拿起铜壶，摇了摇，里面还有一点水，便送给那个兵。没想，兵端起铜壶只抿了一口就不喝了，说：

"你也过得很艰难，留下自己喝吧！"

兵说着低头看了看脚，对姑娘说："谢谢大姐了，我还要去赶路。"

拉姆这才发现兵的一双赤脚站在自己面前，十个脚趾血肉模糊，脚上沾满了沙土、草屑。她的心像被刀尖碰了一下，轻轻地问道：

"你的鞋呢？"

兵尴尬地笑笑，回答："荒山野岭，走的地方没有路，鞋帮被折腾得飞了。只好光着脚丫追。"

拉姆什么也没说，再次转身进了帐篷，拿出了一只藏靴，递给兵：

"很不好意思，就剩下这一只靴子了。有一只脚不受苦总是好的。"停停，她又说，"另一只靴子被刚才从这儿逃走的一个叛匪抢走了……"

兵打断了姑娘的话：“叛匪？扎西巴朵？”

“正是他！”姑娘的口气十分肯定。因为他是她家的管家。

“大姐，你的心意我领了，但是藏靴我不能收。”

“你不要说了，眼下最急人的事是抓住叛匪！”

说着，她就把藏靴塞到兵的怀里，自己进了帐篷，撂下了那块氆氇布……

少许，只听见从里面传出一句话：“我叫拉姆，记下我的名字吧！”

兵说：“捉住了叛匪，我会来看你，还你藏靴。”

他走了，大步流星地向前跑着。

拉姆从窗口望着，兵没有穿靴子，一直背着靴子走向远方……

我很高兴有机会重见拉姆。但是，对她提出找到那个兵的要求，我却无法满足她。兵的去向及他后来是不是抓住了叛匪，我一概不知，也没法知道。我便如实地对她说：“拉姆，请你原谅，我像你一样不能找到那个兵。”

她的眉宇间闪出一缕失望的表情，说：“照你这么说我再也见不着他了？”

我没有点头，只在心里叹了口气。

本来我还想问问她现在的生活情况，可是，她走了，连头也没有回就走了。不知何故我很想大哭一场。没有时间的空间就是这么脆弱。

后来，那篇名为《一只藏靴》的散文发表在1982年第2期《白唇鹿》上。《白唇鹿》是青海省果洛藏族自治州文联办的文学季刊。

……回忆的片段，支离破碎，像流星闪过似的，曲曲折折地穿过我杂乱无章的思路。

我从回忆中走出来，回到谷露村的小帐篷里时，手里仍然拿的是那本刊登着那则报道的刊物。这则报道与我在《一只藏靴》中写的那件事太相似了。

真的，太相似了！

往事很短，现实很长……

次丹堆古喇嘛又一次出现在我面前。还像上次一样，他是突然破门而入的。我真不明白，他为什么总要用这种方式见我。给我的感觉他像要急不可待地给我讲述什么事，可是，进门后他又是吞吞吐吐地不那么利索。

与上次不同的是，他这回没穿袈裟，换了一件洗得干干净净的藏袍，手里拿着一本书。

我一看，《白唇鹿》，啊！

我必然要问他一句："你，怎么会有这本期刊？"

他的回答简直像天方夜谭：是你送给我的呀！你忘了，十五年前？

"我送的？我什么时候送的？你是说上次咱们见面的事吗？"

"你真是贵人多忘事，咱们是老朋友了！那一年，《白唇鹿》刚印出来，你亲手把这本书送给我，让我转给你指名要送的那个人。很遗憾，我没有完成任务。现在只有把它退还给你。"他说得十分认真。

我越听越糊涂了。可是，他说得那么有板有眼，我有口也难辩呀！他肯定是记错了人。不对呀！他既然认定我们是老朋友，为什么上次他来找我只字不提《白唇鹿》的事？

我把我的这个疑点提出来，他置之一笑：

"要不怎么说我糊涂呢！上回我眼看着你是我的朋友，可就是不敢认。再说，我把你的名字忘了，这样就更张不开口了。我回去看了看刊物，知道了你的名字，今天把证物拿来，你能不认我这个老朋友吗？"

我还是不敢认他。我确实没有给他送过这本刊物，在我几十年的人生经历里真的没有他这样一个朋友。他肯定是认错了人，记差了事。可是，这证物，《白唇鹿》……

好，索性不提这事了。我另找话题，免得走进死胡同，越走越出不来。我问他："你两次来找我，我看出来了，你心里有话，但始终没说出来。"

"你是说我的那位朋友吧，也就是那顶帐篷的主人。是的，我是要给你讲讲她了。她就是你这篇文章里写的那个藏族姑娘，贵族小姐……"

"你是说她是拉姆？"我脱口而问。

"没错！就是她，拉姆！"

好像漆黑沉重的夜里又下起了大暴雨，我的身躯和灵魂都被憋得难以喘息。世界在有时候为什么变得如此狭小……

这时，次丹堆古已经像上次见到我一样，双膝跪地，弓腰给我鞠躬。我看着眼前这个圆形的躯体，心酸得快要滴血了。我知道他将要给我讲的肯定是一个十分沉重的故事。我扶他在卡垫上坐好，他身体上的缺陷使他的任何行动都十分不便。

他把《白唇鹿》用拇指一页一页地捻着飞散开来，让我看着。然后他又小心翼翼地把它放在手兜里——一个羊皮做的褡裢。他向我要开水，说润润嗓子。他喝水喝得好响，满帐篷里都是嘴唇挨在碗边吮吸的声音。

生命如一缕春草的根须，随风吹到山北山南的任何一隅都会在春天的阳光里繁衍生息。然而，它又随时会被风吹折，枯萎。

飘游呀，人也像小草的根须……

"你应该接着你的《一只藏靴》往下写了……"次丹堆古这样说。

半年后，班长李湘终于找到了拉姆姑娘。或者说拉姆找到了李湘；

半年中，他们俩毫无目的地互相寻找着。不容易呀！数千里的藏北无人区，走进一个人还不是像大海里撂了根针！

感情总是储存在时间里。他们终于走到了一起。

对啦，应该交代一句，李湘就是追寻叛匪的那个兵。拉姆把自己被叛匪抢劫后剩下的一只藏靴送给他，他舍不得穿，也无法穿，直到他再次见到拉姆时，靴子还背在肩上。

这时的他已经让高原的寒风苦雪把脸镀成了赤红色。

李湘没有追上那个叛匪，尤其可怕的是他也找不到部队了。当时他身处无人区中心地带，分不清东西南北，只能是胡走乱撞，希望靠侥幸走出去。结果越走越没有方向感，越走双腿越软。他数着日落月出的轮回，计算着天数，过一天在手中的拐杖杆上刻一道印痕。一百多天过去了，他还在精疲力竭地转悠着。那些日子，他常常三天五日、有时是十天半月，才能碰上一户牧民，他向他们打听部队的方向，他们谁也不知道哪里有军营。他们给李湘说话时总是站得远远的，满脸的惊恐。

李湘无法归队，只能孤苦地流浪着。草根、野果、小动物就是他的食物，任何一个沟坎、山洞就是他的家。

在无人区里遇到任何一个陌生人，你都会像见了亲爹亲娘一样亲切。尽管人家躲着你，你也会把撕不断的目光久久地贴在那远去了的人影上。直到人影在蓝天与草原相衔的地方消失，你才收回目光，说一句：他们还会回来吗？

这天，他意外地遇到了拉姆。

"是你呀？！"他惊喜。

"是你呀？！"她也惊喜。

俩人紧紧地相抱在一起。他用粗壮的手指摸着她那落满沙尘的头发。她告诉他：“我一个人再走下去非得疯了、垮了不行。碰见一只雪狐我都想抱起它亲一口。你来了就好！”

……

从此，他俩结伴流浪在茫茫草原上。拉姆会说汉语，这样他们的交流就十分方便。

流浪的日子里男女之间最容易建立感情、爱情。他俩很快就结婚了。

新婚的日子苦也甜。

结婚的那天傍晚，他俩双双骑在一峰骆驼上，随心所欲地、漫无边际地在草滩上散步，他们说这是他俩的“结婚典礼”。

“喂！记得吗？咱俩认识有多长时间了。”

拉姆每叫李湘时都喊一声“喂”。喂——不是汉族人们习惯中的所谓非礼称呼，在拉姆心中这声“喂”有一种特殊的亲切感。她觉得，叫他名字显得生分，唤他阿哥也有些见外。就这个“喂”好，既含蓄又害羞，还带几分调皮。

李湘说：“这要看你指的是哪一次认识，不要忘了，我们的相识有两次。”

“你够傻了，当然要从第一次认识算起。就是你穿去我的藏靴那一次。”

“谁穿你的藏靴来着？一个大活男人穿着女人的靴子，怎么走路？嘻嘻，开个玩笑，实话说，我那次背着你那只靴子赶路，好有精神，身上好像安了一架马达。”

“嗨，回答我的问题，咱俩认识有多久了？”

“这，我得一点点算。半年，又一个半年，再加一个三个月……”

“你真笨，有那么算的么，来，把手伸过来，数数我这里的宝贝疙瘩，就什么都知道了。”

“什么宝贝？在哪儿？”

李湘扭过头看了一眼身后的拉姆，拉姆乘机把李湘的手抓住放在自己的藏袍里面。那里有一串疙疙瘩瘩的东西。他正要问个究竟，拉姆吆喝一声让骆驼收慢步子，她撩开藏袍让李湘看，那是一堆丝绒，上面挽了许多小蚂蚁似的小球球。

“结绳记事？”李湘好惊奇。

“太阳出来一次我就挽一个球，挽够三十个球时，便结一个大的，它代表一个月。你数数这球，一共有多少，一个大球就是一个月……”

李湘笑了，说：“我开初也在拐杖杆上画道道记天数，后来道道画得多了，数不清了，只好作罢。”

“有了这些球球,你那道道废了也就废了。来,数数看有多少日子！”

李湘根本不用数，只凭眼睛一望而知……“啊，五十个了！一年十二个月，四年就是四十八个月，噢，一共四年零两个月！”

“四年了，时间没拴缰绳，跑得溜快！”拉姆感叹。

“我自从放弃了画道道以后，确实就不知道过了多少年，我只能从自己穿衣服的薄厚上推知到了什么季节。多亏你有心，让我知道了我们在无人区已经流浪了四年多，这四年时间赛过外面的二十年，我都老了，你看，我头上的白发！”

拉姆顺从地把手指叉开，插进了丈夫的头发里。霎时，她觉得全身好温暖，丈夫头发里散发出来的男子汉那种汗腥混合着体温的味道，渗入了她的心里，她感到身子都快化了。

正是这种意味无穷的温暖伴随着她度过一个又一个寒冷的日子。冬天过去了，春天来了；又一个冬天过去了，又一个春天来了……

路边塄坎上的冻土浸出了一道道湿纹。

又一个春天来到无人区。又是一天傍晚。拉姆和李湘照例骑着骆驼走在草原上，不同的是他们已经是三口之家了。儿子小多吉的出生给这个清冷而寂寞的家庭增添了无限的欢乐。

每天，只有落日在天边燃烧的时候，他们才收牧，才外出骑着骆驼散步。不知为什么他们爱草原的晚霞，但是在落日的燃烧中，他们迎来的是一个又一个黎明。

三人骑着骆驼走着，拉姆抱着儿子，李湘抱着妻子。拉姆紧紧地依偎在他的怀里。

天完全黑了。骆驼仍在不知疲倦地颠簸着。

突然，李湘惊叫一声："看！那是什么？"

拉姆抬头一看，啊，一片闪闪烁烁的亮光。蓝莹莹，绿森森，不像空中流下来，也不像从地面平射出来，给人的感觉是从地层下钻出来的。噢，看久了，你会觉得那光其实不是蓝色，也不是绿色，总之，你很难确切地说出它是什么颜色。反正，有一点是肯定的，不可能是灯光。按说在这无人的旷野，看见任何一点亮光，哪怕是极微弱的一豆之光，都会使人十分亲切。可是，这一片荧光让李湘和拉姆有一种透骨刺心的恐惧之感。

他们让骆驼停下，静观前方。谁也不说话。

原来，前面是一片凹地。

忽然，骆驼大声吼叫着向前奔去。那蓝绿难辨的光一动，像流星似的散窜而去。

啊！狼！狼眼！……

那次，他们意外地得到了一只狼崽。

如今狼崽已经三岁半了！

这朋友意义上的狼崽，亲人意义上的狼崽，卫士意义上的狼崽，三年中，活跃了这个孤独的三口之家，给了他们局外人难以想象的安全感。可以肯定地说，如果没有狼崽，他们是很难熬过这三年的。

那夜，多亏了心爱的骆驼一声怒吼，把聚集在凹地过夜的狼群吓跑了。但是，拉姆也被吓瘫了。她从骆驼上摔下来，坐在地上，一步也不敢挪了。李湘陪她坐了一会儿，她突然像遭咬了一样，大叫起来："妈呀，有狼！"她像弹簧一样，从地上弹射而起。

李湘不知道发生了什么事，上前一看，朦胧月色下，地上蜷缩着一团毛茸茸的东西。

这就是那狼崽。它的父母受惊逃走时顾不得拖着它，它只好当了俘虏。

然而，事情没有那么便宜。就在拉姆和李湘带着狼崽走出没有半里地时，那群狼掉转头追回来了。很明显，它们要夺走狼崽。又是骆驼大声吼叫着吓跑了狼群。

从此，狼就成了他们三口之家的编外成员。家里添了一张吃饭的嘴，日子自然就过得紧巴了。本来就不富裕，肚里少一点油水并不觉得什么，完全是一种心甘情愿的、乐于为之的艰辛。一句话，有他们一家人吃的一口饭，就绝不会让狼崽饿着。

最初，狼崽夜里睡在他们脚下的一个专门为它做的小木板暖房里。后来，他们索性就让狼崽紧挨着他们的睡铺睡觉了。这样，他们夜里睡下后身上总有毛茸茸的透心暖。

从这时候起，狼崽就有了名字：甲巴。藏话是胖子的意思。狼崽确实很胖，名副其实。

甲巴极为聪明，或者说很通人性。

这几乎成了一个"定格"的图像，每天，夫妻俩赶着羊出牧后，在一面向阳坡上，要么李湘和拉姆并排坐着，懒洋洋地晒着太阳，甲巴蹲在面前，亲昵地看着主人；要么李湘怀抱甲巴，呆望着在草滩上赶羊追羊或者一边看羊群一边捻毛线的拉姆。拉姆见他看自己看久了，就会很不好意思地喊一声：

"湘子，你倒来啊！"

说罢，她咯咯咯笑得好亮。

于是他们钻进出牧时临时搭的帐篷里亲热一番后，又出来照看羊群。

这时，太阳好红！

日子就这么酸酸苦苦、甜甜蜜蜜地过着。甲巴是一粒盐，给他们的日子增添着滋味。"可是，它太小，什么时候能长大呢？"拉姆呆望着天边的落山日头这么想。其实，她是嫌自己的生活太寂寞，盼着儿子和甲巴一起长大。

甲巴的变化很有意思，出乎人们的意料。它越长越不像狼了，尤其是尾巴的变化，很耐人寻味。开初，狼崽的尾巴像一般狼尾一样，长长地拖在地上，毛紧裹着尾骨。不久，那尾上的毛就渐渐地松散开来，一松再松，一散再散，呈出扇面状。小多吉特喜欢这"扇子"，便拽着狼崽的尾巴，那毛便立即收缩起来，他赖在地上，让狼崽拖着滑行。狼崽一点也不怒，任凭小主人戏耍它。

小多吉就这样拖着狼崽的尾巴玩着，玩着，狼崽被他拖长了，拖大了。狼崽变成了大狼，小多吉却……

小多吉死得真惨！

拉姆和李湘认定那是狼们的恶性报复。

当时，刚刚吃罢早饭，李湘到远地打冬草去了，拉姆上草滩时第一次没带小多吉同行。夜里他跟着阿妈打酥油茶熬过了夜，眼下睡得正酣，阿妈不忍心捅醒他。

　　大约没过一个小时，甲巴就满身血迹地跑到草场，撕拽着拉姆的裙摆，让她回家。拉姆感觉到情况不妙，便跟着甲巴回到了帐篷。一看，小多吉不见了。帐篷里外都不见人影，她疯了一般哭喊着："我的多吉呢，他哪里去了？"

　　甲巴引着她到了离帐篷约五百米的一个沟坎下，她看到一堆血淋淋的白骨……

　　她和李湘，还有甲巴，整整守了这堆白骨三天三夜。

　　藏家女人和汉家男人混在一起的二重哭声，震得坡地上的帐篷都在发颤。

　　后来，据他们分析判断，事情的经过很可能是这样：狼群趁主人外出放牧的空当儿，来到帐篷里抢夺狼崽。没想，狼崽不仅不认它的同类（包括它的父母），还与它们厮拼了一番。狼崽毕竟力小身弱，斗不过狼们，只好跑来"报案"。

　　小多吉死了，甲巴成了拉姆唯一的"儿子"。

　　她紧紧地搂抱着甲巴，甲巴舔着她的手。她觉得那是多吉在爱抚着她……

　　终于有一天，甲巴可以独当一面地在这个家庭里显示它谁也不可替代的地位。那是在它的狼性完全消失而又绝对不像狗的情况下，一只羊被它赶着从险路回来，然后，拉姆跪倒在它面前不住地说"你真的长大了"那句话之后。

　　说起来，活该那只羊倒霉，谁让它在主人拉姆回帐篷喝水的空儿，一转眼就溜得无影无踪了呢？

　　其实，不是那只羊贪玩，而是它看见了一只狼才悄悄躲开的。这样，狼便追了上去。那狼已经在旁边蓄谋好久了。离群的羊被狼紧追不放。羊走得慢，狼也走得慢。羊快走，狼也加速走着。一直走了大约一公里地的时候，羊才在一片开着格桑花的草地上站住，狼也在十步开外站住了。

直到后来这只羊安全地摆脱了狼的纠缠以后，拉姆才明白过来，那只羊实在聪明过人，它很可能是为了把狼引开，才有意离开了羊群。

还有一个情况必须交代：当时甲巴看到了草场上发生的一切。从一开始它就一直监视着那只闯进来的狼。当狼尾随羊而去时，它便跟了上去。

羊在前面，狼随其后，甲巴在最后压阵。

将要发生什么事情，可以说它们三者都是心中有数的。羊是引火烧身。狼是寻找美餐。甲巴显然是为保卫羊而出动的。

当羊与狼对峙起来后，甲巴悄悄地隐身于一个草坎后面，竖起耳朵，瞪着双眼，等待着事态的发展。

狼终于按捺不住肉欲的诱惑了。它先是倒退了几步，然后一个凌空飞跃，冷不丁地向羊扑去。

大概狼做梦也没有想到，就在它快接近羊时，甲巴突然出现在羊身边。甲巴怒目瞪视着狼，两只前爪还不时地跃起来，完全是一副决斗、且如不获胜决不罢休的架势。一切都是始料不及的。狼还没弄清这只活物是什么，不像猎犬，也不像它的同类，只感到它高大，壮实，于是，它倒退几步，夹着长长的尾巴溜之大吉了……

也就在这时候，寻找羊的拉姆气喘吁吁地赶了来。一切化险为夷！

次丹堆古喇嘛微闭双眼，不讲了。

我问，狼崽的故事讲完了吗？我这样问的意思非常明显，故事我还要听下去。谁知，他既不说完也不说没完。只是微闭着双眼。

我没有打搅他。他一定很累，因为我也听得很累。狼吃掉了人，狼又帮人救了羊，谁听了心里都会沉重。

这时，次丹堆古很可能为了改变沉闷的气氛，有意转了话题。他给我讲了一个听起来绝对与狼无关的故事。野兔、岩鸽、地鼠和雪鸡的故事。

他怎么知道那么多无人区的事情？

他是以亲身经历者的口吻给我绘声绘色地描绘这个奇特的故事的——

一个雪后天气朗晴的中午，次丹堆古在草滩上闲走着，他眼睁睁地看到一只岩鸽从空中落到一个洞穴前，伸着脑袋张望了一下，便钻进了洞里。那洞很小，刚刚能容纳岩鸽的身子。

鸟儿进洞？太稀罕了！

他在那个洞穴前站了好久，希望岩鸽能出来。可是洞口静悄悄的，很像一个遗弃了多年的死洞，没有丝毫的动感。他是眼瞅着飞进去了一只鸟呀！

他不由自主地伸手在洞上面拍了拍，他万万没有想到，这一拍，从洞里出来了一只野兔。那兔显然受了惊，一出洞就撒腿跑了。

他不甘心只见到这只兔子，也是担心那岩鸽的命运，便又拍了拍洞，扑棱一下飞出来了，不是岩鸽，而是一只雪鸡。接着又一只地鼠蹿了出来……

他完全惊呆了。鸟进洞穴，奇事！鸟与兔、地鼠同住一起，更是奇事中的奇事。

……

听到这里，我问次丹堆古：“你也是第一次见到鸟儿在洞穴？难道在你过去几十年的生涯中一次也没见过这种现象？”

这时候，我倒好像成了一个比次丹堆古还经得多见得广的高原通了，在这个喇嘛面前也摆起了老资格。他根本不理我这种盛气凌人的架势，只是说："是的，我确实是第一次见到。"

我告诉他，这叫鸟兽同穴。他惊疑地望着我，显然对"鸟兽同穴"这四个字感到很新鲜，希望我继续讲下去。我便对他解释说："由于高原上无树少崖，鸟儿无法筑巢，只好借兽们的洞穴为家了。说是借，其实是强占。强者为王嘛，鸟兽也如此。最初，鸟兽住在一起当然会发生争斗，这种争斗非常强烈、残酷，或一方败阵，或两败俱伤。时间长了，同居的生活习惯了，洞内无形中形成了各自的天地，谁也就不管谁了。直到和睦相处。"

次丹堆古点点头，表示他懂得我讲的道理。

这时，他反问了我一句："拉姆、李湘与狼共处，这回你也该明白了吧？"

我恍然大悟，原来他给我张开了一个网，套我进网了。

他真会讲故事！

我马上想到了拉姆的"三口之家"……

如果他们早知道这里是如此美丽而富饶的"野生动物王国"，当初的第一个定居点就会毫不犹豫地选在这里。

这夫妻俩不知不觉来到这儿"定居"已经两年有余了。

这里叫什么地名，属于哪州哪县管辖，他们一概不知。只有偶尔遇到零零落落的几个赶着牛羊在荒凉草原上跋涉的游牧人，会使他们意识到自己仍然还生活在人类生息繁衍的地球上。

结痂着岁月烟尘的帐篷撑在一个向阳的山坡上，一根木杆直直地竖立在地上，系于杆上的两条绳子分别牵着帐篷的两个角，一条绳上晾晒着准备贮存的已经风干了的牦牛肉，另一条绳上缀满了各种颜色的经幡。

帐篷前面一箭地之外，就是两个湖泊，一大一小，水面清澈，明镜一般，很像一副眼镜片。

这就是他们的家以及家附近的环境。

夏天，他们总是把帐篷搬到山顶上去，在山上放牧，把山下的草留给羊过冬天。在山上住的日子里，山下的帐篷地依然竖着木杆，依然有经幡和晾晒的衣物什么的，以示这里是有主的草场，免得别人占去。

两个无名湖里自生自灭着西藏特有的无鳞鱼。这些鱼耐寒冷，抗盐碱，生长期慢，寿命却很长。祖辈千年不吃鱼的藏家人是从来不捕鱼的，因为鱼在藏家人的意识里是很神圣的，就连许多高原上的食肉动物看到鱼也是一副视而不见的漠然神态。这样，湖里的鱼就可以不受干扰地自由自在地长着，有的长到几十斤，上百斤，等到老死了那一天，不少鱼像一条小船滞留水底直至腐烂。

那是来到这儿安家后的第一个蚊虫、瞎虻乱飞的夏日的一个中午，正在草滩上看管羊羔的拉姆突然惊诧万分地对丈夫说：

"快来看，有人！"

李湘赶忙从帐篷里跑出来，一看，对面靠湖边的水面上露出了一大片西瓜似的好像人脑壳样的东西。他睁大眼睛盯了半天，也没有辨清是何物，便对拉姆说：

"不像是人。"

"那又会是什么呢？"

当然，他们最终还是弄清楚了，确实不是人，而是一群藏羚羊在"避热"哩！

这么多藏羚羊集中在一堆，还真是少见，拉姆和李湘贪婪地看着，心里好痒痒。

藏羚羊是珍稀动物，濒临灭绝。它十分善跑，每小时可以跑80公里，汽车加足油门也不一定能追上它。它跑快的奥秘全在胯下的那个"风袋"里，牧人称之为风翅膀。它跑起来时"风袋"便鼓胀，产生张力、风力。藏羚羊最痛苦最难熬的日子是夏季。原来它身上的皮下寄生着一种虫，叫背虫。这种虫在隆冬寒天化为油脂，融入羊体内，营养着藏羚羊。春天就变成了虫子，在藏羚羊的皮层下频繁地活动。它很像冬虫夏草。背虫在毛皮下日夜不停地活动，使藏羚羊奇痒难耐。于是，藏羚羊在虫子活动的夏季便不由自主地寻找凉爽清冷的地方"避热"，好使虫子处于"冬眠"状态，以减轻瘙痒。

拉姆领着李湘来到了羊们"避热"的水边。这里的水中伏卧着上百只藏羚羊，它们很坦然，一点也不怯生，只是抬起头望望岸上的两个牧羊人，望望跟随主人身后的甲巴，又埋下头。

甲巴跑出去几步远，冲着天空噑叫了几声。它为什么这般噑叫，主人不得而知，藏羚羊却抬头望着甲巴，显然它们觉得这叫声很熟悉，先是表现得有几分惊恐，随后很快又泰然处之地卧于水中了。

拉姆夫妻俩就这样和这些"避热"的藏羚羊们做了邻居。生活平添了几分热闹，几分向往！

在这些藏羚羊面前，善良的拉姆变得更加善良。她把为羊儿准备的食物匀出一部分，撒到水面上，喂藏羚羊。藏羚羊开始总是用疑惑的目光打量这个殷勤的藏家女人，有些胆怯，不敢张嘴。可是，拉姆来湖边的次数多了，它们便打消了疑虑，很香甜地吃起了她送来的食物。

从此，拉姆就多了一项额外的任务：负责喂藏羚羊吃草，有时还从不算太远的清水泉里打来干净的水给它们喝。

当然，藏羚羊也会设法回报它的主人。

那是在藏羚羊发情交配的季节：春天。

这个季节，拉姆帐篷周围的草滩成了藏羚羊的决斗场所。公藏羚羊与母藏羚羊在拼斗，决胜负。那些公羊们使出积蓄了大半年的所有锐气和精力，去占有母藏羚羊。这种占有是自私的，也是野蛮的。母藏羚羊则奋起反抗，决不轻易把自己的青春"彩球"抛出去。但是，不管怎么说，频频防守的母藏羚羊是弱者，争强好斗的公藏羚羊是强者。然而，争斗的最终结局却出人意料，弱者坐山观虎斗，战胜了强者。

决斗是在雄藏羚羊之间进行的。你只要看看那些雄藏羚羊某一方机智灵活的表现，就足以证明它们取胜是理所当然的了。每只雄藏羚羊都毫不例外地长着一双长长的刀刃般的角。双方先是用长角抵着，谁也不让谁。这时一方眼看就抵挡不过了，要输了，它突然松开长角，逃跑、猛逃。待逃者与追者拉开好长一段的距离时，逃者突然就势往地上一趴，这时它的那两只长刀般的角自然是伸向后方。乘胜而追的公藏羚羊则猝不及防，仍在猛扑向前，正好那两把利刀刺进了它的胸膛，追的这只公藏羚羊只有一命呜呼！

在这个藏羚羊交配的季节，草滩下满是公藏羚羊血淋淋的尸体。

这是藏羚羊家族的悲剧！

这么美味的鲜肉，拉姆从来不去捡拾。

这个季节她总是很少说话，差不多每天眼睛都红肿着。她夜里睡不好觉。

这天，当她看到又有几只公藏羚羊被戳死在草滩后，终于控制不住自己的情绪，惊叫一声，双手掩面地跑回了帐篷。

甲巴也凄惨地叫着跟上拉姆回到家。

李湘不知道发生了什么事，追回去问道："拉姆，你为什么这样？"

拉姆双眼紧闭，一句话也不说。

甲巴仍在狂嗥着。

这时，一只人头盖骨做的碗，像飞碟一样在她眼前旋转……

那是拉姆终生都烙于心、刀子也刮不去的伤痕。

她的部落她的家族，都会以发生这样的事而耻辱，它败坏了这个高楼深院的门风。她就是这么腐烂的，是她的良心和至高无上的佛祖教会她懂得了惨无人道是人世间最不能容忍的罪孽。

那天，她本来是无心也无兴趣跟着管家去催租的。在拉姆的意识里，谁家有牛有羊还会不给主人交租？可是她家族的贵人们几乎众口归一地说那个叫玛钦次旦的穷牧民就是有意与主人抗租，死催活催也不交租。"种主人的田，放主人的羊，有什么理由不交租？"拉姆当时确实就是这么想的。她觉得这个玛钦次旦好有胆量。可是，有胆量不交租算不得好汉。等她到了玛钦次旦的帐篷里一看，便马上改变了看法。她眼看着玛钦次旦一家人无遮无盖地畏缩在帐篷的一个角落，寒风里冻得瑟瑟缩缩，像一窝脱了毛的雪鸡。还不等她说句公正的话，管家就七手八脚地把玛钦次旦押到了庄园的刑场上。

据说，后来阿爸用来盛宝器的那个小碗就是玛钦次旦的头盖骨……

拉姆昏倒在刑场上，当她醒过来时是在第二天深夜。阿爸和阿妈站在她床头，他们整整守了她一天一夜。

她没有说一句话，她突然觉得她不认识阿爸了，也不认识阿妈了。她又闭上了疲劳的双眼。

等她再次醒来，已经没有了阿爸、阿妈的影子，她只听见外面接连不断地响着枪声。枪声就在庄园的四周响着。

这时，黎明的曙色刚刚爬上拉萨市布达拉宫的金顶……

已经三天了，拉姆基本上没吃一口饭，只是频繁地喝水。第三日，当李湘把一碗做熟的鲜嫩的藏羚羊肉端给拉姆时，她突然怒目瞪视着丈夫，几乎是吼着说："湘子，你还让我活不活？快把这藏羚羊肉给我端走！"

之后，她很平静地说出了下面一席话。

"我，一个贵族小姐，放着幸福不享受，为了什么呀？在我从那个吃人肉喝人血的世界逃出来以后，我就想着找到一块净土，过清闲平静的日子。我总算满足了，遇到了你，我们住的地方水草丰盛，又是动物的天然王国。可是，我万没想到，没有好日子伴我到永远，无人区的草原上仍然是血溅牧草，哭叫连天……"

次日，拉姆便出门了。她第一次没有让李湘陪她，而是一个人沿着一条小溪去散心。这一去她就再没回来……

在无人区的几乎每个路口，都贴着一则寻人启事。它要寻找的正是那只藏靴的主人：拉姆。

拉姆出走时，只带走了那只藏靴。

很有意思，寻人启事是用汉文写的。在藏地，识汉字的有几人？李湘不会藏文，在这个关键的时刻，他不得不露出外来户的破绽。

所以，这则寻人启事等于一张白纸。

他孤孤单单地走在空寂少人烟的草原上，有目的却无目标地走着。他希望能在突然之间看见那张熟悉的面孔，那是他心爱的妻子！他真的离不开她。

闯进无人区这些年来，他在人生征途上遇到的困境、痛苦以至灾难，无一不是她伴着他走过来的。十五年了。很快，又很慢；慢得常常使他觉得过一日就像一年那么长，快得使他觉得和拉姆的生活刚开了个头她就消失了！

十五年间，他没有见过一个汉族人，没有见过一辆汽车，没有使用一块香皂没有刷过一次牙，没有洗过一次澡……唯一可以慰藉他的是，几乎每天他都能看见飞机无声地从头顶掠过，这是联结他和外界的唯一寄托。那蓝天上的飞机把他的心提得高高的，直到飞机已经远去了，他的心还在空中旋转……

他忘了回家的路，也不曾记得家里还有什么人在等待他。他只知道有拉姆，有无人区。他不能离开这个地方，他的生活里不能没有拉姆！

还不到四十岁的人，脸上被岁月犁出的深沟和风雪镀成的赤黑色，使他看上去比实际年龄要苍老得多，说他六十岁，也有人信。失去拉姆后，他就没有家了。他需要拉姆！需要孩子！他们的第一个孩子被恶狼糟践以后，拉姆又生过两个女儿，都没有活。拉姆！你现在在哪里？快回来吧！李湘需要你，他需要孩子，需要家！……

这一天，一件喜出望外的事使他那希望一直没泯灭的心里又燃起一把炽热的火。在一个路口，他意外地看到栽在地上的一根木棍挑着拉姆的那只藏靴。他立刻上前连棍子一起抱住了藏靴，嘴里连连地说着：

"没错，是拉姆的靴子。她一定是用这只我熟悉的靴子告诉我，她还活在世上，她也在寻我。拉姆，我的好拉姆，我一定要等到你！"

他蹲在那根木棍下，怀里抱着藏靴，整整等了一天，也没有拉姆的身影。

又等了一天，仍然没有见到拉姆。

第三天，他索性把家搬到了这个路口。

于是，这里便撑起了那顶只挂着藏靴、却没有人住的帐篷。

人呢？

李湘踏遍草原，找着拉姆……

他终于见到了一个牧人，一个脸上布满沧桑的老阿爸。

他问："老人家，你见过一个女人吗？"

老人打量他，像打量一个拦路抢劫者一样不换眼地看着他。

他再问一句："阿爸，你见过一个放牧的女人吗？"

老人总算把目光从李湘身上拔出来，回答说："我除了看到你，再连一只狼也没见到！"

他不敢再问了，他相信老人说这话时的脸像凶煞一样可怕。

他告别老阿爸，走出好远了，听到老人大声对他说：

"你说的就是那位除了高贵的血统和贵族封号之外，就一无所有的小姐吗？到尼姑庙里去找吧！"

李湘的脑袋轰一下像被重炮击了一下。他回头去看时，老阿爸已经一颠一颠地走远了。

小河里，无鳞鱼逆流而上……

她那心爱的头发剪掉了，反而显得越发美丽。一套棕红的裙袍穿在她身上非常合身，仿佛这套衣服早就该她穿了，只是她穿得晚了。

拉姆在日斤寺里做了一名尼姑。

这是一座再小不过的小寺庙。一座两层楼的经堂是寺里的主要建筑，红瓦白墙，依山而立。整个寺庙很简陋，只有庙后面山坡上的大片废墟可以看出昔日的辉煌。经堂上的那些椽、木板都有些变形倒斜了，可是不知为什么总也不倒塌。小楼是棕、白、黑三色涂染的，肃穆庄严。那座佛塔白得雪亮，远看很像一朵蘑菇。寺庙的门上雕刻着各种表示吉祥如意的花纹。拉姆是这里的第十三个尼姑。她们都很坦然，每个人都是佛祖的仆人。

自从到尼姑庙后，拉姆很想把往事全都忘掉，包括在阿爸阿妈膝下她还不懂事的那些温暖的日子，和后来长大所见所悟对她心灵重创的日子，还有和李湘在一起十多年那些虽苦涩却很开心的日子，她一律都想忘得干干净净。所有的痛苦和失落，在无与伦比的佛祖面前都是微不足道的。她跪在经堂里，不是赎罪，而是要将自己的肉体，还有她的信仰和灵魂，奉献给佛祖。

尼姑庙里的生活并不像外面的人想象的那么轻闲。但是，一个从坎坷中爬出来的人，是会咽下一切苦味的。

她是新来的尼姑，庙里几乎所有的苦差都理所当然地落于她肩上：到穿庙而过的河里打水，去庙后的山墙上晒牛粪，到草滩捡拾冬虫夏草……她不抱怨生活，相反，一切重压在她眼里都习惯了。人嘛，现世的幸福与痛苦都不过是生死轮回的一个短暂瞬间。当然，她的主要时间是用来诵经超度。诵经是一件不仅寂寞而且很劳累的事情。但是，她总是百诵不厌地重复诵读着这些经文。晨经、午经、晚经，她很忙碌、很紧张。当然，她已把这些看成是一种享受。

尽管她的身体还是那么修长，尽管她那张少有笑容的脸还是十分美丽，尽管她一双眼睛总是无邪地瞅着前方，但是入尼姑庙以来，她已经苍老了一圈。不是那身棕红色僧衣使她变老，而是她确实苍老了。

她的美貌渐渐地变成了两鬓的银丝。

李湘也苍老了！

他一下变得憔悴不堪，脸色像生铁一样黑，头发一圈一圈地白了。背也驼了。

他寻找拉姆的决心仍像冰山上的雪莲一样，今年谢了，明年又开；再谢，再开……他总是这么想：只要世界上还有这个叫拉姆的人活着，我就不会也不应该泯灭找到她的愿望。

他眼看一只大鹰在雾幔中被山头撞折了翅膀，虽有心寒，但他告诉自己：不必灰心，更别回头。云之中，鹰之上，是我驰骋的天地。拉姆会在我的追求中回到我身边的。

自从听那老阿爸说拉姆进了尼姑庙以后，李湘就跑断腿似的找遍无人区的寺庙。就是这个日斤寺，他也不知到过多少次了。每次他像个乞丐一样站在庙外，倾听着从庙里传来的诵经声。他仔细地辨了又辨，洪波一般的诵经声里就是没有他熟悉的拉姆的声音，确实没有。

他走了。又返回到寺庙前。他听人说过，出家的女人不仅相貌变了样，声音也变了。说不定拉姆的声音就融进了那些诵经的声浪里。他又听了一次，再听一次，还是没有听出拉姆的声音。

苍老只是一夜间的事。无奈的李湘的确老了！

他向一僧人求到一件袈裟，披在身上，这样出入寺庙就方便多了。为了找到拉姆，他走尽了人世间所有的路。

他拄着拐杖，走向一扇太阳的大门。那里会有他善良的拉姆；他披着袈裟，走向一扇月亮的窗口，那里会有他心爱的妻子。

太阳落了又升，月亮缺了又圆；阳光挟住了春风，月光切断了大雪。河上的桥，通不到远方。

手杖发了芽。

思念和重荷压得喘不过气的老人仍一个碎步一个碎步地行进在无人区……

他已经有好些日子没回自己的帐篷里了。他的家就在寻找拉姆的路上。

寺庙的一道并不算高的墙，为什么就把李湘和拉姆的感情隔在了两个世界？他想拉姆可能就住在这座庙里，怎么总是见不到她的面？他站在庙外自己踩出来的一条小路上这么想着。

爱情也有废墟！

他每天都来到庙外瞭望那道隔墙，他希望能把这墙望倒，希望拉姆能突然从墙上出现，希望目光能穿过高墙……他就这么睁大眼睛望着，望着，他觉得眼前的墙不是高墙了，而是一片亮晶晶的黑星星，正闪闪烁烁地对着他泛着笑脸，每颗星星上都结了一个很大很大的果子。拉姆站在旁边对他说：喂——这是我送给你最后的礼物……

难道是安置在阳光下雪地上的梦？

他在一片积着厚雪的草滩上，又遇到了那个牧羊的老阿爸。没等他开口老者就说话了："你不是找那个贵族小姐？"

"是呀！你见到她啦？"

"见到了。前些日子我在后山沟里看到了她的尸体。"

"你瞎说。"李湘急了。

老牧人剜了他一眼："我没有非得要让你相信的意思。"

李湘又急了，忙说："前些日子，你不是还说她出家进了尼姑庙吗？"

"前些日子？你算错了日子的轮回，那是我两年前说的话。"

李湘失声痛哭。他手里牵着捡到的一只小藏羚羊。

老牧人并不着意理他，继续说："那尸体置落荒野一个多月竟然不烂不臭。贵族小姐睡着了！"

"现在呢，她在哪儿？"

"很奇怪，有一天早晨，我眼看着一只狼把她驮进了深山。"

"啊……"他双腿一屈，跪在地上。

他这才想起，甲巴已经丢失了快三个月了……

阳光里流动着黄金。太阳不冷不热地催人苍老，苍老！

次丹堆古终于讲完了这个无人区的故事。他讲得珠泪涟涟，令人伤感。我没有仅仅把它当成爱情故事去听，而是感受到了一种人生，清洗了一次灵魂。

我久久不语地沉思着。那本《白唇鹿》已经拿在了我的手里。它是那样的沉重，那样的虚渺和深不可测！

十五年前，我写这篇散文的时候，怎么会预料到它的续篇是如此的曲折，悲伤；十五年后，当我得知在它发表之后接着发生的这个故事，仍然难以相信生活中竟会有这样扭曲而离奇的人生。

无人区的太阳是另一种太阳。阳光下，我的心灵受到了一次难耐的撞击和洗礼；无人区的爱情也是另一种爱情，它已经被生活漂白，没有诗意和浪漫，变成了等待！

我仰望无人区的天空，阴云密布，却迟迟不肯下雪。

我等待着。因为我与这块雪域之间唯一的语言，便是洁白的雪了。

……

我抬起头，不见了次丹堆古。

眼前空荡荡的。唯见谷露村唯一的白杨树孤独地在我眼前摇晃。

我反复用舌尖模拟着两个名字：

拉姆——李湘；李湘——拉姆。……

突然，这两个章节一乱，跳入了另外两个节拍：

李湘——次丹堆古；次丹堆古——李湘。……

一对驼背老人。……

啊，我霎时有所悟。似乎明白了什么，便拿着《白唇鹿》追出了门。

无影无踪。只见满天雪片抛洒，久盼的一场雪，终于落下。

这时，那雪花把次丹堆古的话送入我耳畔："无人区就是我的家，那儿有我的拉姆，有我的藏靴，我哪儿也不去！"

生活曾经沧海，又曾经桑田；生命曾经有过辉煌，又曾经有过创伤。

古往今来，概莫能外。

这场雪比水温柔比铁坚硬！

李湘没有变，拉姆也不会变。当初走进无人区，也许是一盏模仿的灯被岁月锈蚀以后，他们的灯依然放着光芒。

光芒是不能模仿的！

唐古拉山和一个女人

一

山总是屹立在海拔百米、千米甚至数千米的地方，蓝天也仿佛被它挤得摇摇欲坠了。这时我最想说的一句话是：山是个巨人；但是，当我置身于山中，看到没有女人支撑它时，我又想说另外一句话：这个巨人是很脆弱的。

是的，越是山高的地方，往往越是女人不去的世界。

我始终认为，四十年前慕生忠将军的那句话不仅震醒了格尔木，也撼动了包括唐古拉山在内的中国西部高原。

他说："青藏线上离开了女人，是拴不住男人的！"

一句本不该他这个身份的人说的话，蕴含的人生体悟无疑更深了。他是站在一面山坎上讲这话的，本来山坎比他高得多，此刻却被他踩在脚下。

当时，是风雪放肆狂吼的 1954 年深冬。世界上海拔最高的公路——青藏公路——刚通车，西部建设需要大量人才，老将军正要动员筑路大军在世界屋脊落地生根时，没想到修路民工纷纷打点行李准备杀回老家去，有的索性连招呼也不打就拉上骆驼逃走了。

他们的老家在甘肃、宁夏、陕西，甚至还有更靠内地的省份。

民工大逃亡的事刺痛了筑路总指挥慕将军，他在说了那句石破天惊的话以后，从山坎上走下来，拦住一个扛着行李卷正走出大门的民工：

"你们干什么去？"

"回家。老婆已经第三次警告了，再不让她生娃娃，她就要另找汉子了。"

将军又拦住了一个青年人，问了同样一句话。

回答："我都三十岁了，还不知道搂着女人睡觉是啥滋味呢！总不能让我当一辈子光棍吧！"

修路人眼里流出带血的泪水。

……

这看起来难以改变的现状，迫使慕将军作了一个大胆的举措：

动员民工在格尔木娶媳妇，安家落户，生养娃娃。

他没想到这个举措仍然不见明显的成效，将军按捺不住心头的怒怨和焦虑，只好铁面无私地采取组织措施了：共产党员带头。

第一个接受"政治任务"的是来自宁夏的回族青年马珍。他回乡探亲前，将军动员他：

"回来时把婆姨搬来，在格尔木给咱种娃娃，生后代。"

老实巴交的马珍把头一扭，说："我不傻！就这地方，谁愿带婆姨谁带去。"

"让谁带？我就让你这个共产党员带头！"

马珍不吭声。"党员"这两个字比什么都圣洁。

就这样，马珍成为最早在昆仑山安家落户的人之一。把妻子留在格尔木的帐篷里，他到昆仑山中的纳赤台养路段当了段长。他是第一代格尔木人。

据说，在将军这一层高级将领中，慕生忠是较早地具体参与了国家经济建设的。正因为这样，他讲话的调门总不是那么无限拔高，而是很实际，很有人情味。

到了 60 年代初，由两顶帐篷起家的格尔木，已经发展成为一个初具规模的高原小城了，有人称格尔木为"昆仑山下的明珠"，也有人称它为"小上海"。你很难用一个具体的数字说清这里面有慕将军的多少功劳，但是你又不能不承认他无法否定的作用。

即使是到了这时候，慕将军当初提出的让女人在格尔木生娃娃的设想还是美好的愿望。青藏公路沿线的兵站和地方运输站，仍然是冷冰冰清一色的男子汉世界。不过，他已经没有能力继续实现宏愿了。正是那个年代，他被卷进了在庐山端出来的所谓的彭总那个"反党集团"里。

四千里青藏线上，没有一个女性。

骆驼草干卧在没有雨的寒风里。

那时，我在线上跑车，总觉得日子很苦，很涩。即使行驶在雪山上也有在沙漠里跋涉那种干渴的感觉。

车轮碾出了一声声叹息：

女人啊，你在哪里？

二

我很喜欢在甘、青、宁、新地区传唱得很广的独特民歌"花儿"，它具有浓郁的民族特色和高原风韵。我们汽车团在格尔木扎营后不久的一天，我沿着格尔木河向昆仑山方向散步，听到一位回族歌者在漫"花儿"，悲悲切切，让我好不酸楚：

> 镢头挖了火黄恨，
>
> 想你尕脑盖子疼，

帽子有哩戴不成。

镢头挖了菜子根，
想你眼睛珠子疼，
眼泪有了哭不成。

镢头挖了桦木根，
想你耳朵根子疼，
耳朵有了听不成。

镢头挖了石榴根，
想你脚底板子疼，
离开你了活不成。
……

这是一支想女人的歌。歌声是从黄土梁子那边传过来的，听得见漫"花儿"的声音，却瞭不见人。我能辨出那是一个老者，也许他唱了几十年情歌了。

也怪，后来我每次从这儿经过时都能听到这漫"花儿"的歌声，只是嗓音一次比一次苍老，悲凄！

高原上打光棍的男人，心里都长出荒草了！

再后来，"花儿"声断，我们就在那个地方看见了那座女兵坟……

关于那个女文工团员的故事我并没有亲身经历过，是后来的战友们讲给我听的。

那位女演员从京城出发随团去西藏边防演出，被高山反应挡在了昆仑山上，高山反应无情地袭击着体弱的她，使她连神儿都提不起了。当时的兵站根本就没有想到会有女人来住站，所以修盖的全是一个模式的可以住一个排的大房子。现在猛然间来了一个女病号，又不能及时送到西宁或兰州，只能临时给她收拾住处。

于是，在兵站那一排圆木帐房之外，便有了一顶单独存在的军用帐篷。女文工团员就在那里面休息。照顾她的只能是个入伍才一年的男卫生员。

昆仑兵站来了一个女文工团员的消息很快像长了翅膀一样飞到青藏线上的角角落落。那晚，兵站聚集了五个汽车连队。谁也不去想她是因病来到了昆仑山的，大家只知道她是个会唱歌的女人。

军用帐篷的灯亮在了兵站每一个人的眼里。那晚没有人不朝它瞭望。

最先走近帐篷的是两个从甘肃天水入伍的汽车兵。他俩久久地站在十米开外的地方，望着帐篷里的灯。他们没有走进帐篷的奢望，也没有要和女文工团员搭话的胆量，只是盼望着她能出来，看上一眼就满足了。要知道他们从来没有见过女文工团员是啥模样啊！

想看一眼女文工团员的当然不止这两个天水兵了。住站的兵都像他们一样怀揣着这样一个羞涩的美好愿望。

于是，又围上了几个兵；又围上来了几个兵……

他们只是远远地站着，谁也没有勇气近前一步。

帐篷外面的响动，自然惊动了里面的主人。女文工团员不知道发生了什么事，惴惴不安地开了帐篷门，想探个究竟。当她看到一群兵围她而站时，马上明白是怎么回事了。她不顾体虚、气喘，笑盈盈地走出来，说：

"欢迎大家到里面来坐。"

没有谁挪动脚步。

她再次诚恳邀请大家，仍然无人进去。

这时，不知谁说了一句话："我们想听你唱歌！"

唱歌？这使女文工团员有点为难，撇开她是舞蹈演员不会唱歌不说，只瞧瞧眼下她被高山反应折磨得六神不振的蔫乎样儿，能唱吗？她正犹豫着，这里又有几个兵同时起哄：

"我们要听你唱歌！"

面对这些坦率、朴实的兵们，她不能对他们说她不是歌唱演员，也不能把自己的病情讲出来。这些可爱的战士们一年间难得看到一次演出，有的甚至当了三四年兵也没有和文工团照过面。今晚，对于他们这个一点也不苛刻的要求怎么好意思拒绝呢！

女文工团员这时好像忘了自己是个病人，便张口唱起了歌儿……

这一夜，昆仑山上这个一向冷寂的兵站，变得热闹非凡。听歌人和唱歌人的交融达到了无与伦比的默契。女文工团员后来完全不像个严重的高山病患者了，随着兵们的欢呼掌声，她唱了一支又一支歌儿，而且越唱兴致越高，越唱越想唱。兵们把巴掌拍红了也不知疼。

歌者和听者都疯了。青藏线上何曾有过这样一个男女狂欢之夜？后来兵们看到女文工团员是强打起精神唱歌了，才依依不舍地离开了帐篷……

这是绝对可以想象得到的结果：女文工团员的高山病急骤加重，唱完歌后，她就躺倒了，再没起来。

第二天，她长眠在了帐篷里。

对于她的死，没有人怀疑是高山反应所致。但是，汽车兵们却都有一种负罪感，是他们没节制地让她唱歌，使本来有病的她病情加重，催着她过早地离开了人世。

她的坟就在昆仑山一个向阳的山坡上。最初，那坟很小，你如果不大注意，就很难看得到。后来，过路的汽车兵们都知道了女文工团员的故事，便每人都捧来一掬土添在她坟堆上，使它越来越大，渐渐地变成了一座小山了。

山坡上的女兵坟，是一种象征，也是一种昭示。它告诉人们，这里曾经有一个勇敢多情的女性打破了青藏高原沉寂而单调的生活；同时它也召唤那些有志气的血性女儿们，到世界屋脊上来创造多彩的生活。

女兵坟把太阳抬得很高，很高……

三

昆仑山的风雪一年四季狂吹着。今天吹走了远方的海市蜃楼，明天吹走了的还是海市蜃楼。

一切都是那么遥远，只有茫茫的雪原……

四

单调得像凝固了似的现实，突然又被一个美丽的传说唤醒。

那天，我出车刚回到营房，就接到了一个电话。是青藏办事处宣传处文化干事李廷义打来的。

"我看到《人民日报》了，写得很好，向你祝贺！"话筒里传来他抑制不住的兴奋的声音。

"你说什么呀？祝贺？"我丈二和尚摸不着头脑。

"《惠嫂》嘛，登在《人民日报》上。"

我一下子明白了，哭笑不得。

说起来这是一件令我十分尴尬的事。原来，前一天，《人民日报》

登了一篇小说《惠嫂》。作者是青藏公路管理局的王宗元。小说讲述了不冻泉养路段惠段长的爱人热心为过往司机服务的故事。王宗元、王宗仁，一字之差，且都是写青藏公路上的事，这样人们把王宗元误认为是我就不足为怪了。

说实话，《惠嫂》这篇小说的影响面毕竟是有限的，事情的爆起是后来有人把《惠嫂》改编成了电影《昆仑山上一棵草》，这个影响就海了！尤其是在青藏线上，谁能不看这部电影？

直到前两年，《北京晚报》的李凤祥还把《昆仑山上一棵草》误认为是我的作品。我不敢假王宗元的名字，赶紧声明纠正。

王宗元的贡献在于他给青藏线的男人国世界里送来了一个女性，惠嫂这个人物一夜之间在四千里青藏线上传开了，那情景绝对不亚于后来徐迟写了《哥德巴赫猜想》以后，陈景润的名字一下子被国人知道了。与陈景润不同的是，这个惠嫂是王宗元用笔塑造出来的，现实生活里根本没有惠嫂。

天国是虚无，天堂是幻影。

青藏公路沿线仍然没有女性。

我永远都忘不了，我们连队在长江源头兵站广场上第一次看《昆仑山上一棵草》时的那种充满渴望而懊丧的复杂心境。

那晚，天空飞着雪片。我们从西藏亚东执勤回来一到源头兵站，就听说了放映《昆仑山上一棵草》的消息。大家忙忙火火地整完车，扒拉了几口饭菜，就坐在了广场上。不用说，电影看得很解渴，但说句心里话，扮演惠嫂的演员长相实在平平，明显地带着陕北农村妇女的土腥味儿。可以得到安慰的是，她说话、办事利落、到位。对来往于不冻泉养路段的汽车司机那股热乎劲，真烫人心！尤其是那个她扯着调皮司机的耳朵让他老老实实去吃病号饭的镜头，把我们的心扯得痒痒的，谁都巴不得惠嫂也揪揪自己的耳朵，吃一顿惠嫂亲手做的病号饭。

那一夜，我相信我们每一个人都做了一个十分美好的梦。

次日，我们投宿不冻泉。兵站与养路段一墙之隔，我们连的驾驶员都到养路段去找惠嫂，结果没有，连个女人的影子也没有。只有几间半地上半地下的圆形帐房冷凄凄地挺立在寒风里，几个脸膛被高原风雪吹打得像牧民一样的道班工人，在昏暗的酥油灯下打扑克……

我们很失望。大家的心还沉浸在电影的镜头里，越是这样就越失望。

是王宗元"欺骗"了青藏线人，还是青藏线人的痴情太重？

我们不愿意在岩石与虚无之间看见一棵虚张声势的树，只希望汽车的轮子在冰雪地上展开翅膀时，能感受到大地的芳香。

鲜花，照样开在天幕。

月亮，也可以是归鸟的巢。

终于有那么一天，我们的生活中真的来了一位"惠嫂"时，我们却变得那样惊慌，手足无措……

<h1 style="text-align:center">五</h1>

一切美丽的故事几乎无一例外地是突然发生。

当我们在唐古拉山顶上被一场意外的大雪围困得寸步难行的时候，一位年轻漂亮的大姐走进了我们的生活，使我们这些野性的汽车兵们一时间变得像野兔见了雪豹一样规矩起来。

她以突然袭击的方式出现在她的服务对象面前，使我们始料不及，也使我们喜出望外。

当时，我们已经把横在车队前面的一道雪墙铲得所剩无几了，大家刚放下锹和镐，准备喘口气，最后来一个"冲呀"突围出雪山。这时，有消息灵通人士宣布了一个绝对属于爆炸性新闻的消息：

"战友们，太阳从西边出来了！温泉兵站来了一位女招待员，她马上就要和我们见面了！……"

他下面的话被我们随之而起的狂叫声湮没了。

一阵撼天动地的欢呼声之后，雪山突然变得鸦雀无声。大家都企盼着，等待着。

"发布消息的人呢？接着往下说呀，那位女招待员长得怎么样，能不能描画描画！"

就在这个时候，一辆小嘎斯车兜着一阵旋风"吱"的一声停在了我们车队旁边。

司机下车，随之一个女同志很麻利地一跳，站到了地上。

今天，在我凭着记忆描绘这位第一个在青藏线上出现的汉族女性时，心情仍然是抑制不住的激动。她把青藏公路那页惨淡而伤感的历史揭过去了，是她结束了西部这块高地的一个时代。她的勇敢和伟大是我不管过去和现在以至将来都十分钦佩的。我会尽量地把那天她留在我脑海里角角落落的印象都搜罗出来，展现给读者。这是珍贵的历史瞬间呀！

当她落落大方地站在我们面前时，我们立即都觉得自己进入了一个神话的环境。

她帮着司机从车上把一个用棉被拥着的保温桶抬下来，放到地上，这桶里装着足够我们十多台车驾驶员填饱肚子的饭菜。她十分麻利地掌起勺，一边给我们舀饭一边说：

"弟兄们，都先给我停下手里的活儿，喂饱肚子，身上有了劲还愁没活儿干吗？"

她完全是一家之主的说话语气，根本没有商量的余地。我们当中一个有胆量的驾驶员说了句实话：

"我们早就不干活了，在列队欢迎你哩！"

她一点儿也不气恼，笑着说："是吗？我怎么没听见锣鼓家伙响呢！对啦，我已经有了感觉，手心直痒痒，原来弟兄们惦着我。"

转眼工夫，她已经在我们还来不及擦掉手上的油腻的当儿，就把饭菜一碗一碗递到我们面前。

她说："天气冷得咬肉，肚子添一碗热饭热汤，比身上加件棉衣还管用。你们就放开肚子吃吧，不用担心饭不够吃，你们一共才十八个人，我是按加倍的人数下米炒菜。我还发愁剩下来又得让我们抬回去呢。"

就凭这一颗心，我们身上能不热乎吗？

看着我们一个个吃了个肚儿圆，她脸上溢满喜色，好像这么多饭菜是从她喉咙咽下去的。

"吃饱了，喝足了，大家一齐动手，把碗筷收拾到保温桶里，咱们准备下山。"

"篓子班长"恋恋不舍而又无可奈何地说："谢谢你的好意了，你只能先走一步了，我们还得修车呢。"

"篓子班长"说的就是他自己的车。我们铲雪开路时，他一直没有停止鼓捣车上的毛病。

她马上接上去说："车没修好我怎么能抽身就走？我陪你修车。"

她说着就撩拨掉大衣，露出了蓝地白碎花的棉袄。"篓子班长"忙把手拦在她的大衣上：

"哪能让你实打实地干，你站在旁边看就行了。"

"你真以为我会修理汽车？太抬举我了，我只能当个不够格的小工。"

她真的给"篓子班长"当起了助手，递扳手，送钳子什么的，蛮在行的。

真邪了大门，还是那个油路的毛病，刚才"篓子班长"捣鼓了快三个小时，就是来不了油。这会儿，他拿起扳手敲敲打打，只用了几分钟，通了。油"哗哗"淌得好顺畅，神了。

她一直不换眼地瞅着"篓子班长"的一举一动，使人感到她脸上那笑容是专给"篓子班长"的。

下山时，她不坐自己的嘎斯车，非要挤在我的驾驶室里不可。我说："我是个邋遢兵，驾驶室太脏了。"她一笑说："让我也蹭些光嘛。"我握着方向盘，四轮生风，一路快跑，一个小时就到了温泉兵站。

她下车时问我们："小弟兄们，肚子还提意见吗？只要想吃饭，我马上就去做夜宵。"

我们同声回答："谢谢啦，咱现在最需要的是好好睡一觉。"

她打开客房门，捅开了火炉子。

借着炉火，我看见她棉袄上那些碎白花格外耀眼。

雪停。我隔窗望去，夜空皓皓。月牙儿像一个香蕉苹果坐在唐古拉山巅……

六

半夜里，睡在我旁边的"篓子班长"，捅了捅我的胳膊："还没睡着？"

"你呢？"我反问。

"也睡不着。"

"我们都得相思病了！"

他没有再说话，寂静的夜在火炉里烤着。

他又问我："你看她长得怎么样？"

我当然知道他指的是谁。我不经意地说："我根本没看清楚她的脸。"

他说："我也是，只顾忙乎着修车。"

寂静的夜压人心胸。

过了许久，他又对我说：

"这是个很了不起的人物。也许从今天起我们青藏线上这些兵要开始一种新的生活了。"

这当然是我们所企盼的事，但是毕竟很渺茫。

他接着说："注意打听打听，她是怎么来到温泉兵站的，还有她爱人的情况……"

这之后，我就渐渐地睡着了，他也打起了呼噜……

满屋子鼾声。

鼾声抬高火炉，格外香甜。

……睡梦里，我走在穿山而过的雪路上，无声地拾起雪花，好玩地扔过去。我沿着那条大风洗不掉的车辙，又走了一回唐古拉山。

她一直陪着我。还是那句话：挤一挤，让我蹭些光。

……

一惊，我醒了。

她正用根长长的铁棍捅着火炉，我觉得一股暖流直淌进了我的心里。

"吵醒你了？"她轻声地问。

"没有。刚才做了个梦。"我当然不会告诉她做的什么梦。

她继续捅着火炉。动作轻微，几乎听不到声音。只见那铁棍被炉火映得通红通红，像刚从红颜料缸里蘸出来似的。她白嫩的脸膛被炉火镀上了一层淡淡的胭红，显得美丽动人……

我心里热热的，那烧透了的炉中炭把我从头顶暖到脚梢。

捅好炉子后，她离开炉了稍远一点儿，我才看清了她苗条的身段，还有那件蓝地白碎花的棉衣。这件合身、得体而又朴素的衣服越发使她显得紧凑、精巧、大方。我有个感觉：世界上没有任何一件衣衫比这件更能显示这位女性的魅力了！

后来，不管是冬天还是夏天，我们几乎都看到她穿的是这件棉袄。大家一看见那些碎白花就动心地说："看，那是一颗一颗的小星星哩！"

身居高原，夜空里的星星对我们总是有一种特殊的感情。夜里想家的时候常常梦见妈妈坐着星星来高原看我们。星星使我们想念远方的亲人，星星也使我们排除掉想家的牵挂，星星还能使我们感觉到明天的曙光。难怪在当时乃至今天不少作家在写到高原战士的思乡及寂寞心情时，总少不了这么一句话："白天兵看兵，夜晚看星星。"

星星，你是高原兵们悬在夜空呼唤亲人的小铃铛。

七

按照"篓子班长"的叮咛，我开始给女招待员建立"档案材料"。

我们这些走南闯北的汽车兵有"包揽天下消息"的本事，可以通过各种渠道打听到所需要知道的事情。也许这些消息有不少是"马路路透社"的，但是我们仍然感兴趣。

女招待员叫什么名字，没有人告诉我，我也不去打听。今天回想起来使我不解的是，当时运输任务很紧张，我们一年中起码有十个月的时间在路上跑，每月给我们提供了至少有三四次与她见面的机会，我怎么就没有问问她的名字叫什么？她经常对我们这些跑车的驾驶员说，你们大都是我弟弟那样的年龄，干脆都叫我大姐吧，我会知道怎样当好大姐的。我们一想，对，叫大姐好。又亲切又自然。谁能说我们这伙胎毛未落的猴娃娃不是她的弟弟呢！特别是她给我们拍掸身上的尘土或抚掉我们头发上的草屑时，我们个个顺从得尤其像她的小弟弟。

　　我们毕竟制造了一桩遗憾的事。今天我在写她和我们相处的那一年多日子里的事情时，不得不用"她"来相称。当然，更多的时候我会称她为大姐的。

　　据说，大姐为了来高原，还和家里人闹了一场别扭呢！

　　她的家在哪里？说法不一。一种说法她是冀中平原人，另一种说法她是沂蒙山区人。看来她是从革命老区出来这一点没有错，大姐的爱人叫杨孝山，温泉兵站炊事班长。这是个抗美援朝时参军的老兵。50年代中期转战到了青藏高原，调到温泉兵站先是警卫班，后又调到招待班，我们50年代末来高原执勤时他已经在炊事班蹲了两年。1960年，大姐从老家来温泉兵站探亲，看到了分别六年的丈夫。当时她二十六岁，长得秀气，水灵，很招人喜欢。两个月的假期，她把大部分时间泡在了炊事班，和丈夫一起忙着做饭、淘米、洗碗，招待过往兵站的客人。

　　我当时在格尔木地区跑短途运输，没有见到大姐，据战友们讲，那两个月温泉兵站的粮食比预定计划超了两百斤，可是上下唐古拉山的车辆事故比往年同期减少一半。谁也不敢说，这就是大姐的功劳，但是她的出现给过往汽车兵带来的朝气和鼓舞是大家有目共睹的。其实，这一点也不为怪，一个长期封闭的男子汉世界里突然闯进来一位女性，当然会发生可喜的变化。

　　大姐的假期满了，谁也舍不得她离开。站上派了两个代表送了一程又一程，不愿分手。后来他们在公路上拦了一辆去西宁的顺路车，她已经坐上车走了，送的人还立在路上像雁一样伸长脖子瞭望。

　　那次分手后，大姐留给大家的最后一句话是："你们以为我就那么甘心离开温泉吗？我跟孝山已经商量好了，这次回老家把家里的事安排一下，办个证明，就回到温泉跟弟兄们一起工作。"

第二年春天，她在丈夫的支持下，顶着家中众亲人的重重阻拦，辞掉了小学教员的工作，来高原落了户，在温泉兵站当了一名招待员。离开老家时，父亲流着眼泪对她说："孩儿，你太任性，家中这么多人，你问问爸爸妈妈、公公婆婆，谁同意你走？大家劝你的话说了一箩筐，你为什么一句都听不进去？"

她答："只要孝山不反对我上高原，我对于自己的选择永远都不后悔！"

来温泉兵站的当天夜里，送走了前来凑热闹的战友，屋里只剩下了小两口，杨孝山便实实在在地问了她一句话：

"温泉兵站海拔 5000 多米，条件这么艰苦，你到这里来，到底是爱这里的战士还是爱我？"

她故意说："我不说，要你告诉我。"

杨孝山像开玩笑又似一本正经地说："我看你是爱那些来往兵站的战士。"

她问丈夫一句："爱战士怎么样，爱你又怎么样？"

孝山说："一个不爱战士的女人，她怎么可能爱自己的丈夫呢？"

大姐撒娇地用双拳捶他的胸。

杨孝山又说："我总是担心你的身体吃不消这里的苦！"

她问："你呢，身体吃得消吗？"

"我，一个壮壮实实的小伙子，吃铁咽钢也没问题。"

"那你就帮着我吃铁咽钢，还怕它消化不了吗？"

两人紧紧地相拥……

八

我必须提醒我的读者，有关大姐的故事在后面都有意无意地和"篓子班长"连在了一起。这究竟是喜事还是祸事，当时我确实无法下断论，即使三十年后的今天，我在回忆着叙述那段往事时心情仍然难以平静，也很难用三言两语说清楚。我只能按照事情的本来进程慢慢地向前推进，你跟着前行，自然就会明白是怎么回事了。

大姐像一片彩霞出现在青藏公路通车不久的雪线上，从此，这个干渴、寂寞、单调的世界里有了色彩。人心扬起了风帆，车轮鼓起了春风。

我不认为我这样形容太夸张，凡是在那个偏远、荒芜的地方待过的人，都会感受到女性魅力的奇特作用。

我永远都忘不了我们心里淌着哗哗小溪的那些滋润而欢愉的日子。

温泉这个地方，正像杨孝山给大姐描绘的那样，海拔高，终年积雪不化，严重缺氧。人待在这儿浑身没有一块舒服的地方，头疼，气喘，耳鸣，咽不下饭，睡不稳觉。高山反应厉害的人往往越不过"温泉"这道关。

汽车兵有句口头禅：温泉不留人，留人要你命。

我们发憷的这个地方，一般情况下，停车加点油，吃一顿饭，油门一踏蹾过了山，就在唐古拉那边的安多买马兵站见了。

自从大姐的身影出现在温泉兵站以后，这个鬼地方的狰狞面目在我们眼里彻底改变了。高山反应退让了。过去躲都躲不及的地方，现在大家争着去投宿，去吃饭。

大姐用她的绚丽普照着一片又一片格桑花。

汽车兵们揣着一腔说不清道不明的愿望，像上足发条的闹钟一样不知疲倦地在风雪高原上奔驰着。车子还在阿尔顿曲克草原上行驶，开车人的心就飞到了温泉兵站。为了那顿可心可口的饭菜？为了在那生着旺旺的火炉的客房里伸展四肢舒舒服服地睡一宵？为了看上大姐一眼？

都有。

大姐每次看到我们打好饭菜，坐在桌前狼吞虎咽地吃起来，便给每个桌上端来一盆冒着呼呼热气的胡辣汤，说：

"先喝汤，再吃饭！"

"还有这个讲究？"有人故意问。

"热汤暖心哩！"

雪山上吹过了一股柔柔的春风。

有几个驾驶员蹲在墙角里吃饭，菜盘放在地上，边吃边聊，好开心。

大姐从炒菜间搬来几把方凳，加在饭桌前，然后来到那几个聊天的驾驶员眼前，说：

"坐下吃饭吧，跑了一天车，让胳膊腿放松放松，身上好受！"

有个战士跟她犟嘴，说："大姐，我们蹲在地上吃饭一点儿也不累，能喝上大姐端的一碗汤，就是扛着碌碡上山也有劲！"

大姐不语，光笑。

又一个战士说："不用说喝汤，就是闻闻汤味儿也够我们嚼三天的！"

大姐一点儿也不恼，逗笑说："下次我把汤烧得再辣一些，看辣掉你的舌头不成！"

"哇！舌头万岁！"那个跟大姐贫嘴的兵，吐吐舌头，做个鬼脸。

"篓子班长"说："大姐像我的妹妹。"

他坐在车场旁边的一个雪堆上，手里拿着一张妹妹的照片，这样自言自语地说。

他手拿照片沉思的姿势，很像一种自然景物。

我们围上"篓子班长"。有的说，你是想媳妇了吧！有的说，不是，他在想大姐呢！

他一本正经地说："我不是开玩笑，哪有拿妹妹开玩笑的。"他说她确实很像他妹妹，越看越像。说着他站起来，十分严肃地说：

"我一没结婚，二没想大姐，我就一个妹妹，她死了，死得好惨！"

我们都不吭声了，静静地听他讲妹妹的故事……

九

"篓子班长"姓戴，名承欣，"篓子班长"是他的外号，意思是他很有知识，满脑子都是故事。这么一说，你一定认为他蛮有文化的。其实不然，他只是初小毕业。我们说他有学问是指他脑子里那些歪瓜裂枣特多，举个例子，唐古拉山下有条季节河，夏天山上雪水化了后河里就溢满水。到了冬天，因为积雪结冰，没有了水，河也就断流了。这个道理我们是后来才懂的，刚上高原时我们傻乎乎的，哪里晓得呀！我便去请教"篓子班长"，他一本正经地回答："冬天河水哪里去了，你连这都不懂？你尿尿也不是一天到晚总在尿吧？只能是有了尿才尿，没了尿断尿，就是这个理！"我还真没敢笑，话丑理端，老班长也许没有瞎说。

这就是"篓子班长"的水平，你不服也得服。

"篓子班长"爱说爱笑，蛮打胡闹，给我们生活中添了不少乐趣。但是，在一个问题上他是绝对不会幽默的，那就是提起他妹妹的死，他准会一把鼻涕一把泪地给你讲起来……

他的小妹妹仅仅活了十岁，便走完了她的人生之路。

"篓子班长"大妹妹五岁，他是小妹妹的保护伞，到田里挖野菜，下河沟摸鱼虾，总是带着她。那年秋天，田野里的豌豆苗吊满了小刀刀似的豆角儿，实在馋人。"篓子班长"每天都要到地里摘半篮子豌豆，回到家里剥豌豆粒给小妹吃。那个季节正是麻疹发病的时候，一次小妹在跟着他摘豌豆角时染上了这种病。她整天躺在床上，高烧不退，不吃不喝，只是不住地哭叫着，把全家人的心都叫得酸疼酸疼。

"篓子班长"摘了好多豌豆角，堆在床头，妹妹却一粒也不想吃，病魔折磨得她啥也难以咽下。

全家人的心焦急得起火了。小妹的麻疹怎么也出不来，从早到晚地哭叫着。奶奶是过来人经得多，她说是麻疹没出来，内毒攻心，娃儿受不了。她让"篓子班长"逮个癞蛤蟆拿回来，说癞蛤蟆是凉性的，剪开它的肚子敷在小妹的肚脐上就能去火。"篓子班长"漫山遍野地跑着捉了好些癞蛤蟆，小妹的肚子上敷满了血糊糊的癞蛤蟆，把小肚兜都浆成红色了。但是，她的麻疹仍然没有出来，最后竟被可恶的病魔夺走了生命。"篓子班长"一家人抱着小妹的尸体哭了三天。

第四天，泪迹未干的妈妈送"篓子班长"上学，行至山野一片荒坟前，突然从阜丛里蹿出一只野狼，只见那狼嘴里叼着一件破碎的红肚兜。他和妈妈一眼就认出来那是小妹的肚兜，便大声哭喊着扑向小妹的坟地……

小妹得的是麻疹合并肺炎，导致心力衰竭而死亡的。当时，如果打几针青霉素就可以保住她的命。可是，缺医少药的山乡呀……

"篓子班长"的小妹已经死去十年了。他从来没有像现在这样怀念可爱而可怜的小妹。从第一眼见到大姐那天起，他就惊喜地发现，大姐就是他再生的妹妹。的确，她长得太像小妹了，眉毛，眼睛，鼻子，嘴巴，没有一处不像小妹！特别是那微微向外突出的额头，简直是一个活脱脱的小妹……

听罢"篓子班长"讲完小妹的故事，我们的心被这辛酸的往事深深震撼。我当然不会相信大姐就是小妹的再生，但是我们又不能不相信他对小妹的一片纯情。这是他对小妹沉淀了整整十年的怀念呀！

我出于安慰他，也想帮他走出沉陷的误区，便说："班长，这你就不懂啦！大姐毕竟不是你的小妹，你小妹过世已经十年了。忘掉她吧，这样对你对别人都轻松！"

我是站在另一个季节的深处看春天，这样看到的也许是朦朦胧胧的花，但是，那是真实的花。"篓子班长"听了我的话，未置可否，只说了一句话：

"真的，我现在觉得我离小妹近了！"

温泉兵站的餐桌上。

几个跑阿里的藏族司机醉成了冬虫夏草。

大姐纯洁的脚步声像雪花落地……

十

我在回忆往事的时候，老觉得眼前有一个滑轮在滚动，一会儿从食堂滚到了小河旁，一会儿又从卫生所滚到了宿舍里……这个轮子就安在大姐的脚上，她的忙碌、辛劳就像这无法安停下来的轮子，给人的感觉，她生来就是为别人操劳的。从早到晚，从站里忙到站外，从车场忙到客房……何时是她的休息日？

她对病号体贴入微的关爱和照顾，尤其令人感动。凡是报了病号饭的战士，她一概不例外地把特地做的挂面送到他们手中，若是比较重一点的病号，那挂面汤里肯定还会卧着一个荷包蛋！

大姐把这个荷包蛋做得十分讲究、别致，蛋清摊开，呈小碟状。

蛋黄半开半合地立于碟中央，几丝红萝卜绕蛋黄而放，活活的一朵荷花！

病号们吃了这个荷包蛋后，给战友们炫耀说：

"香哩！病好了，翻过唐古拉山没问题！"

真神！荷包蛋成了十全大补，补了身子还补心。

温泉兵站的病号饭有了很高的知名度，我们许多汽车兵都盼着能尝尝它，甚至有些本来就没病的兵也谎报病情，蹭一顿病号饭。于是，就有了这样两句顺口溜：

走遍四千里的青藏线，

最爱吃温泉的病号饭。

高原以外的人一定会提出疑问：一顿病号饭值得这么倾心醉倒吗？青藏线上的官兵却最清楚，这全是冲着大姐来的。其实那病号饭除了鸡蛋花样做得特别外，与其他兵站的病号饭没什么两样。

大姐征服了青藏雪域这些"野性"的汽车兵们，大姐给了他们闯荡高原的智慧和勇气。大姐是兵们心中至圣至贤的偶像。

这样，发生所谓的"篓子班长"泡病号这类本来不值得大惊小怪、却被一些人炒得沸沸扬扬的事情，就一点儿也不感到意外了。我可以肯定地说，也敢作证，那天"篓子班长"确确实实身上不大舒服。那还是没有到温泉兵站之前，途中小憩检查车，他用扳手戳着腰部对我说："他妈的，这回翻唐古拉山要出麻哒了，肚子好疼，头也像挨了砸一样不舒服！"我眼瞅着他是咬着牙把车坚持挪到温泉兵站广场，然后连车也没有保养就进了卫生所。是我扶他找到医生的，次日，带队的连长不得不临时找了个副驾驶员开上他的车走了，"篓子班长"便成了掉队的病号，"泡"在了温泉兵站。

　　这就是我不带任何主观色彩的纯客观的报道。谁还愿意得病吗？"篓子班长"确实是因病掉队了。

　　接下来，发生的故事就可想而知了：大姐像对待她遇到的每一个病号一样，用一腔热情接待了他。

　　先是把热烫烫的洗脸水、烫脚水送到跟前，随后，端来了卧着荷包蛋的挂面汤。

　　吃饱了，喝足了，两人才有下面的一段对话——

　　"你现在觉得哪里还不舒服？"

　　"哪里都没有不舒服的感觉，就是肚子有点饿。"

　　"想吃东西这是好兆头，你还想吃点什么？"

　　"鸡蛋挂面就很好了，我在哪儿也没有吃过这么可口的挂面。"

　　大姐便又端来了一碗卧着荷包蛋的挂面，"篓子班长"吃了。

　　他说还没吃饱，大姐便端来了第二碗。

　　他狼吞虎咽般地又消灭了。仍然不说饱，大姐只得再端来一碗……就这样，直到第五碗鸡蛋挂面汤下肚，他才满意地说：

　　"饱了！真过瘾！"

　　这时，他已经吃得满脸淌汗了。大姐问：

　　"你的病呢，高山反应怎么样了？"

　　"没一点儿事了，全好了！"

　　"真的好了？"

　　"是呀，一点反应也没有了！"

　　"这么说，我们温泉兵站的荷包蛋确实能制伏高山反应了？"

　　"那还有假？我可以作证。"

　　后来，"篓子班长"这一成功的"病例"传出去，使温泉兵站那本来就很神秘的荷包蛋，更加神乎其神了。几十年间，青藏线的汽车兵们为了对付顽症高山反应，发明了许多土方妙法，首屈一指的应该是大姐的荷包蛋。

我们仍然回到大姐与"篓子班长"对话的现场，他们的话题继续着。

"有句话，在我心里放了好些天，不知当说不当说？""篓子班长"突然变得腼腆起来。

"说吧，有什么不好意思的，咱们又不是第一次打交道。"大姐解除着他的顾虑。

"我总觉得你像一个人！"他转弯抹角，不敢把话说明白。

"天底下长得相像的人太多了，世界之大，无奇不有嘛！"大姐仿佛预感到了什么，也许故意不想让他说出来。

"……"

冷场。大姐耐不住了，催问：

"你说，我长得像哪一个？"

"我的妹妹！"

"你妹妹？"大姐反问一句，沉思片刻，又问道：

"你今年多大了？"

"二十五岁。"

"你怎么也不问问我的年龄？二十六岁了！天底下有妹妹比哥哥还大的道理吗？"

"篓子班长"不语。他寻思：我并没有说你就是我妹妹，只是说你长得像我妹妹罢了。

过了一会儿，"篓子班长"又说："你确实很像我妹妹。可是，我那小妹已经死了。如果活着，今年整整二十岁。"

大姐知道"篓子班长"心里难受，便安慰他说："人已经去了，提她也没有用。失去了妹妹，这当然是很难过的事了。今天又有了个大姐，你应该高兴呀！"

"篓子班长"抬头望着大姐，那目光透过睫毛喷散着希望的光芒。

大姐说："你不是说我长得很像你妹妹吗？姐姐跟妹妹本来就应该长得很像嘛！"

"篓子班长"抬脚一步，上前，叫了声"大姐"，便伏在大姐膝盖上哭了起来。当年小妹去了以后，他也哭得这么伤心。

"大姐，我还要等三天我们连队才能返回来，这三天我不干活手太痒痒了！"他有点儿犯愁地说。

"舍得流大汗还不好办！帮我背冰去！"大姐一把拽着他，快步而去。

一条冰河正好把温泉兵站绕了半个圆。银白，透亮，站上的圆木房在寒风里瑟缩。

十一

我相信，凡是那个年代走过青藏线的人，肯定会对大姐背冰的身影留下抹不去的印象。

她脚下的小路，是一个孱弱女人蹒跚跋涉的脚印。

或许人们永远也想象不出来，温泉兵站的用水、吃水全靠化冰而来，这里几乎四季冰封，每一滴水都僵在冰里。半绕兵站而过的那条小河，只有在盛夏很短的日子里山巅的雪水才会溢满河道，高原人脸上解冻的笑容还没完全展开，小河就又结结实实地封冻了。兵站雇了一名藏族临时工给站上背冰，说不上是什么原因，后来他走了。谁来背冰？炊事班的同志们，这里面就有大姐。

每逢背冰的日子，她总是天刚蒙蒙亮就起床，直到天色麻麻黑才回到站上。她背着冰走一会儿，把冰靠在塄坎上歇一歇，喘几口气，又走。有人告诉她，找个扁担去吧，挑冰比背冰省力气。于是，她又天天挑着两筐冰走在雪山上，还是那么吃力……

那天，我开着车进站，老远就看见大姐挑着一担冰迈着碎步，便加足油门鼓起一阵风，追上去，与她并行。

"大姐，上车吧！"

"不用了，你快进站早点休息。"

她依然走她的路，只是含笑向我摇摇手。

我知道，我再坚持她也是不会坐车的，便开车走了。倒车镜里映着她越来越小的身影。我总觉得她是挑着冰山在跋涉，我的心情很沉，很沉。

这时候，我似乎才想到了一个问题：我们在风雪线上的欢乐、幸福，是大姐用沉重的脚步换来的呀！

我一辈子忘不了大姐挑冰的形象。我把我的内疚心情透露给战友们，他们都说，是呀，大姐是不容易，我们都是罪人，把自己的欢乐建立在大姐的痛苦上。

是不是痛苦，不好说。反正大姐是很艰难的。

年轻娃娃是狗记性，很快就把好不容易悟出的那点人情道理扔在了脑后，又在无忧无虑地开着汽车在高原上撒欢了。那全是冲着大姐的，她是我们心中的女神！

……

现在，大姐领着"篓子班长"背冰。

大姐说，没有那么多扁担，咱们都背吧。我觉得背比挑要来劲得多。"篓子班长"说："一根扁担没关系，我来挑，你空手走着就行了。我挑一担冰肯定比咱们俩背的还要多。"大姐忙摆手："不行，不行！你是帮我干活的，我怎么好意思空着手走路？"

他们背了十二趟，二十四堆冰码成一个小山，堆放在水房里。

大姐用沾满冰碴儿的手，抹了抹脸上的热汗，对"篓子班长"说："谢谢你了。""篓子班长"忙说："别谢我，我应该感谢你，这些冰最终还是让我们这些过往的汽车兵吃了，用了！"

大姐说："我现在不是以招待员的身份对一个汽车兵说话，而是以一个大姐和小弟的关系跟你聊天。"

"篓子班长"无话可说了。

十二

这是大胆的季节。

既然温泉河不生长美女，那就让这梳理雪山的春风，带起裹着冰碴儿的水花四处飞扬，落到哪里让哪里溅起一朵如花的冰凌吧！

山巅的积雪消融了。

路边一片又一片的潮阴地浸出了水。

源头的小溪们醒了，亮起歌喉唱起来了。

盘古至今，温泉河边第一次簇拥着这么多的藏族姑娘。她们身着花花绿绿各色氆氇藏袍，像快活的鸟儿，有的站在水中，有的立在岸上，还有的坐在河心的小岛上。一个个脸上乐开了花，嘴里漫着只有她们自己可以听清的藏家情绵绵、意切切的歌调。

大姐突然出现在姑娘们中间。她还是穿着一件蓝地白碎花的衣服，不过，已经换成了单衫。下身是用同样布料做的裙子，非常合体。这时，她亮起了银铃般的嗓音：

"姐妹们，在雪化冰消这短暂的日子里，我们都忙起来吧！"她把姑娘们分成三个一组、两个一伙的小摊子，然后下达任务：有的拆洗被子，有的翻新汽车坐垫，有的冲刷篷布和工作服……

哗啦哗啦的撩水声代替了说话声，叮叮咣咣的捶衣声压住了河浪的吼叫。在姑娘们停止了说话打闹以后，河滩霎时变得静悄悄的。

一抹阳光斜射着照透了姑娘们勤巧的双手。

唐古拉山所有透着春光的窗子都是大姐打开的。

温泉兵站每年七月中旬前后不足二十天的日子，是这片冰雪世界开放的季节。这时节男人可以赤身露腿，女人可以亮怀穿裙子，实际情况是，这些只是季节年轮里的文字记载。现实生活中，人们仍然捂着油渍渍的工作服，当然已经把棉工作服换成了单衣衫。

在隆冬里结冰的岩石毕竟开出了花朵。

大姐走藏村串帐房，身后绕着阵阵春风。她好不容易把几十个放牧点上的藏家女动员到这里来，也好不容易地收集起了汽车兵们的这些必须洗洗涮涮的衣物。她对兵们说：

"雪山解冻的时候，牧人们不应该沉默。姑娘们的裙裾摆动起来的时候，小伙子们不应该缩在帐篷里。来吧，天、地、水和人都跳起来，唱起来！"

兵们便加入到了藏家女的洗衣歌声中。

衣服洗净了！

被褥刷绿了！

坐垫漂白了！

"拧干"的动作太有韵味了：男女各抓住衣物的一头，朝相反的方向拧去。于是，衣物便拧成了麻花，越拧越短，越拧两人的距离越近。这时候，藏家女的身段，特别是那腰肢处，也拧成了麻花状，美丽极了。最后，两人的距离更近，一不小心，那兵打了个趔趄，两头的人都拧倒在地上。

哈哈……一阵开怀大笑！

日偏西，河边草滩上晒着洗过的衣物。白的，蓝的，绿的，红的，那是朵朵格桑花，那是片片落雨的云。

几十个藏家的小月亮，这会儿仍然不会让自己的手闲下来，她们跟在大姐的身后，串到兵们的圆木房里，搜腾着她们能帮忙干的各种活儿。有的胆大的姑娘，竟搜出了兵们的内衣要拿去洗。兵们急得脸都涨红了，羞怯怯地说：

"这可要不得！分什么活儿嘛，这种事只有我们男人干得。"

大姐也认真地急了，说："嘴唇上茸毛还没褪干的娃儿也知道羞了，那些姑娘论年龄不都是你们的妹妹姐姐的，讲什么隔着藏着的事？去一边待着，就你们那屁屁眼儿大姐也洗得！"

古老的温泉河和今天的男男女女们终于流到了一个河道里。

这个季节，雪山上的太阳举着冬天的嫩芽儿企盼着春天；

这个季节，面对美女和春天，唐古拉山不会失掉对鲜花的比喻；

这个季节，温泉的兵站笑得最开心的要数大姐，还有大姐周围的那些兵们……

月亮，你今夜不要入睡。操琴的老阿爸没有锁在冰层下，他要给你伴奏。

唐古拉山从终生负重的背上，给温泉河里卸下一个冻不死的风景点。

十三

这绝不是夸张的话：三十多年来，大姐的容貌、身影常常栩栩如生地在我眼前浮现，一切仿佛都没有远去。

芨芨草，孤立于旷野遥远的地平线上。她望着高原，也许她没有看到我，我却永远能望见她。

今天，我坐在京城里我的借用于高原一地名而诞生的望柳庄书房里写这篇散文的时候，对大姐的怀念和敬重超过了任何时候，太不容易了！在那个年代，又是在那样一个地方，一个生长在内地脆弱的女青年，抛弃了家庭的温暖、称心的工作和对亲人的依恋，在遥远荒凉的世界屋脊，在女人不去的地方，开拓自己的人生之路，也为别人送去温馨，几人能做到？

我越是深深敬重大姐，就越对她最后的结局不平。她的死出乎人意料的凄惨且突然。重石沉沉地压在我心上。

那年月，任何一点儿树枝发出的嘎嘎响动都有可能被一些多事者渲染成狼嚎鬼叫。冬雨说来就来，根本让你躲闪不及。

谁会想到，温泉河上那幅藏家女和兵们欢乐劳动、相得益彰的美丽图像，竟然成了有损军队形象的龌龊画面，还有，"篓子班长"也因为"泡病号"与大姐称姐道弟落了个说不清道不明的关系而受到严厉的批判……

今天四五十岁的人还留着清晰印象的当年那场"兴无灭资"运动，风卷浪涌，军营高高的铁门也未能挡住它波及而来的侵袭。

个人的挣扎永远是极其有限而微弱的动作。在青藏线上被我们这些兵们捧在手心怕风吹走了、含在嘴里怕化了的一朵玫瑰，只是闪烁了一下，就灭了。

苦花开在沙漠上，沙漠显得更荒凉。

大姐作为"叛逆"的典型，准备发落回乡，离开这个女人本不该来的唐古拉山。

谁也没有想到，就在这当儿，"篓子班长"……

十四

那天黄昏，太阳的余晖把唐古拉山镀成了橘红色的世界，我们车队停在温泉河边小憩。

现在回想起来，那完全是一次不应该停车的小憩。三天前，在途中行车的我们就听到消息，温泉河的水漫上了公路桥，汽车过桥时务必十二万分小心才能保证不出问题。接着，又传来了消息，兄弟连队头一天在过桥时一台车滑到桥下，所幸人员未伤亡。明明已经亮起了红灯，"篓子班长"还要多此一举地让车队停在河岸，只能在驾驶员心里投下阴影。

河岸上，一老牧人撑着一把破伞慢慢地挪动脚步。天上并没有下雨。

"篓子班长"那天的表现确实反常。我们谁都能感觉出来他心里像着了火一样的显得六神不安。我们自然明白是怎么一回事，他对受到批判心里堵得慌，总想找个地方发泄。大家都同情他，再加上他每次做的那些在别人看来总有点邪门的事都有他的一套歪道理，他说停车小憩，我们便很顺从地跟着做了。那会儿我们是绝对不会想到后来能有一场灾难。

"篓子班长"逞能了。他站在全班的汽车前给大家壮胆：

"这尿河算个啥，龙王爷撒的一鞭尿！当年我在朝鲜过大江，在西藏平叛时跨冰河，那才叫考验呢……"我们乖乖地听着，确实谁也没有资格跟他攀比，在我们全连他都是天字第一号的开车能手，不过他把这河比作"尿尿"实在有点儿那个。开始过桥了，"篓子班长"坐镇在最后收尾。他要看着全部的车一台一台地过河，中途万一有个三长两短，有他在也会化险为夷。他开着车还不时地把头伸出驾驶室窗外，吆喝着哪台车该快哪台车该慢，如果谁不听招呼，他会吼破嗓子似的斥责几句。总指挥嘛，就该是这种气魄。别看他是班长，也有大将风度。还算顺利，全班的汽车稳稳当当地过了桥。

这时，"篓子班长"不知哪根筋没有舒展，出了个歪主意：洗车。没有一个人能理解他的决策。洗车？这不是明摆着踩地雷吗？河水会把车和人一起吞掉的！

"篓子班长"自有他的道理："这次回去，咱们要办路线教育学习班。你们一出车就成了聋子、瞎子，不听广播不看报，团里已决定停车一周办班，人人都要参加学习。没有正确的政治路线统帅手中的方向盘，会把车开到修正主义路线上去的。现在，大家拿上脸盆舀水洗车，把车洗干净了再进学习班。"

如果你觉得"篓子班长"这番话生硬，别扭，文理不通，那就对了。它是那个年代的特殊产物，过来的人都听得懂。

这是"篓子班长"留在这个世界上的最后声音，也是比较完整的体现他思想的一份宣言。他的人生历史就在他讲了这些话后没有几分钟便画上了句号。温泉河依然没黑没白地流淌着。

我们拿上脸盆正要舀水洗车时，从河面上漂来一头野驴。野驴的腿和肚子都吃进了水里，只把头露在外面。可以看出野驴不会浮水，它挣扎着，头不时地栽进漩涡里。我们发现野驴时它离我们大约还有一百米，转眼间就漂到了我们眼前。汽车兵虽然成年在高原上跑车，但绝大多数人没有见过野驴。这么近距离看到野驴的人就更少了。就在我们调动视觉的一切功能观赏野驴的时候，"篓子班长"不知出于何种考虑，扔掉手中的脸盆，大喊一声"看我的"，就扑进河里逮野驴去了。

实话说，我们当时虽然对他的行动有些惊异，却并没有考虑到会招来难以想象的恶果。"篓子班长"嘛，那么能说会道，又有丰富的与天斗与地斗的经验，还降不住一头野驴？直到他漂游到野驴跟前，那野驴疯了一样扑向他时，我们才知道，糟啦，"篓子班长"根本不是野驴的对手。本来被洪水漫溺得濒临死亡的野驴，这时不知使出了什么法术，奇迹般地站在了水面上，一抬蹄就把"篓子班长"刨入蹄下，入了水。"篓子班长"自然不会示弱，他凭借高超的水性，一个鹞子翻身，又跃出水面，正准备与那野驴搏斗时，那驴重复了如前的动作，再次把他置于蹄下的水中……就这样来回折腾了三四次，"篓子班长"已经力不从心，失去了反抗能力。

我们在岸上都急了，高声喊着要班长摆脱野驴去逃生，有的会水者已经做好了下水搭救班长的准备。可是，一切都来不及了，班长第五次被野驴溺于水中后就再没有露出来。野驴也随波逐流，浮过了桥洞……

这一切，只不过是在几十秒钟里发生的事情。

我们跟着奔腾的河水跑出几里地，也未见到班长。那头野驴倒意外地获救了，它在漂出二里地以后，在一片较宽的河面上站住了脚，凭着它的一身驴劲，硬是走出了河道。当然，它不会跑掉，被我们逮住了。我们对它进行了报复性处理：宰杀，并让全连吃了它的肉。

班长死后，部队对他做了这样的结论：违反纪律，私自下河逮野驴，致死身亡。

他走得太仓促，连四季不离身的那件皮大衣都没有穿。大衣兜里寄给妈妈的信只写了一半，信上说，他近来情绪不好，夜里老是梦见妈妈。还说，参加完路线教育学习班，他再跑一趟拉萨，就可以回家探亲了。到时他把心里的话全掏出来让妈妈听。

我们寻找"篓子班长"的尸体整整找了三天，在确认他已经不在人世后，战友们在那条河边挖了个坑，埋进了他那件大衣，这就是他的墓。

给班长送葬的人全都耷拉着脸，默默不语。大家都觉得他活着的时候就装着一肚子的苦水，死得也太冤，对他的结论更是不公，然而，谁也讲不出替他分辩的理由来。时代的烙印深深掣肘着每个人的言行。当时唯有悼念是我们高尚的专利。

当晚。夜深人静。

在"篓子班长"坟头约十米的地方，蹲着一个人影，号啕大哭。藏族老妇人的声音……

十五

冬尼亚雅阿妈是在那辆车刚刚开动时，她一下子跪在了公路中央，挡住了车轮。

车上坐着被护送返回老家的大姐。送者不是她的丈夫，而是一位保卫干事。

她的丈夫杨孝山继续留在温泉兵站工作。

就是在这时候，大姐才从冬尼亚雅阿妈嘴里得知"篓子班长"出了事。她只觉得头轰的一声像被用冻着冰的石头猛击了一下，蒙了。

冬尼亚雅阿妈常年帮助大姐背冰，她什么事都明白。

当汽车紧挨着阿妈的身子从公路上碾过的一瞬间，大姐清醒了过来，她扯破嗓子似的大声向车后说：

"阿妈，'篓子班长'是我清清白白的弟弟，你替我为他祭坟……"

孤坟。瘦月。

一连几夜，冬尼亚雅阿妈跪倒在地上，哭诉着。那是一种赤裸裸的、谁也无法抗拒的声音：

"……好人呀……你不该走……你是我们看到的第一个汉家女……

你肚里装着多少冤水……"

哭着哭着，她竟漫起了"花儿"——

蓝布袄袄装棉花，

棉花装上了压下，

头顶石头腿跪下，

大老爷你听着：

汉家女娃娃到底把啥罪犯下？

这是哭"篓子班长"吗？

不，她在哭大姐的命苦……

十六

当年，"篓子班长"遇难以至葬他于温泉河畔，我始终在现场，是见证人之一。

用他的皮大衣做衣冠冢就是我的主意。后来好长一段时间，我都不敢穿皮大衣，总觉得老班长一直在那大衣里面。当时，我对战友们说了这么一句话：班长是个冤鬼，总有一天我要为他写一篇文章。

在离开高原的几十年间，我曾经十余次重返故地，却一直没有勇气写这篇文章。他是含冤而死，死不瞑目，写他必然要涉及大姐。我们为什么要用一支笔把这么多的冤魂惊动，还是让他们安安静静地长眠吧！

90年代初，西安《女友》杂志社的刘二田女士听我讲了大姐的故事，她非常激动，对这件事很有兴趣，再三鼓动我写出来，他们发表。

我至今记得刘女士的话："写吧！打着灯笼也找不到的好大姐，你把她写出来，让全国人民都叫她大姐！"

这样，便有了发表在《女友》上的那篇散文《美丽的故事也会夭折》。

这篇散文第一次把一个被泥土掩埋了近三十年的女人的故事公布于世。然而，她并没有因为时间的消逝而失去灼灼光彩，依然如宝石一般诱人。我收到了数十封读者来信，他们都赞颂这位第一个勇敢地闯进青藏高原的汉族女人。更多的来信则是打听大姐的姓名和住址，探寻她的近况，还有一位读者给大姐写了一封信，请我转达。

这些问题或事情，我自然无法回答和做到。使我于心不安的是：在那篇散文里我把一个最重要、也最敏感的问题回避了，一个字也没有提到"篓子班长"，看了散文你会觉得仿佛地球上就没有这个人似的。我相信我的读者会理解我为什么这样做的复杂心情。那是一个当年说不清道不明的问题，在我写散文的那年仍然是说不清道不明的问题。我的读者们请你不要忘了我写的是军营生活。即使到了今天，在我把大姐和"篓子班长"的故事和盘托出后，我也不敢保证所有的读者都能理解。

我只想很真实地告诉大家：大姐从温泉兵站走了以后，青藏线上一下子变得死沉沉的。这样的气氛一直持续了好几天……

那篇散文问世后，还发生了一件我没有想到的事，一位读者帮我澄清了一个很重要的情节。

他的名字叫郭立业。

十七

那是《美丽的故事也会夭折》发表后的第二年，我重返青藏线。

一天，我在格尔木遇到二十多年未见面的朋友郭立业，他是汽车团的修理工，当时已经退休，一家老少屈居于一间平房里慢熬岁月。我们谈起了《女友》发表的那篇散文，他十分坦率地说：

"你写的有错！"

"哪儿错了？"

"大姐根本没有下高原。"

"真有这事？"

"当然啦！"

"后来呢？"

"死了，她淹死在温泉河里。唉……"

老郭长叹一声，不再往下说了。

我把老郭请到我的住处，恳求道：大姐是个苦人，她那受冤的心永远都不会平静的。我们活着的人都有责任把事情的真相讲出来。

我能看出来，让老郭讲这样的故事，他的心情是不会轻松的。最后，他还是讲了……

如果没有那天清早在温泉兵站以下50公里处巡逻的那位哨兵的机灵和勇敢，也许人们就无法知道大姐的下落了。那是个雾气蒙蒙的天气，视线不清，哨兵远远地就看见河面上漂来一个什么东西，虽然他还没有断定是什么，但是从看见它那刻起，他就觉得那是一个人。只是一瞬间，他便放下枪，扒掉衣服，跳下河里竭尽全身之力打捞上来一具女尸。那女人看上去顶多三十岁左右，身上只穿了一件粉红色的内裤，袒胸露腿，皮肤白净，长长的头发被水浸泡得湿漉漉的，散盖在脸上。哨兵用手扒拉掉头发，脸露了出来，他不由得大叫了一声：呀，大姐……

郭立业讲完了大姐的下落，他干涩的眼角含着热泪。

我有满脑子的疑点，却没有发问的力气了，这个女人悲惨的故事已经把我的心袭击得千疮百孔了！

毕竟饱经风霜的老郭比我要坚强些，他说出了有关大姐下落的各种传说以及自己的看法："你在文章中写到大姐被护送回老家离开了温泉，确有其事。但是，据说那辆送大姐的汽车走到昆仑山中的不冻泉抛锚了，停驶了一天一夜。我想，事情大概就发生在这一天一夜当中……"

我没言声，不知道该说些什么。

老郭不知为什么突然变得絮絮叨叨地健谈起来了。我根本无心去细听，恍惚中只听到他说：大姐是被认定投河自杀的，她的后事还是她的丈夫杨孝山办的，大姐的坟就在温泉河畔……

十八

1996 年的夏天，我又一次回到青藏线。

温泉兵站已经变成了一片废墟，兵站的遗址凄凄冷冷地袒露在炽白无力的太阳光下。人呢？房呢？车场呢？生活为什么荒芜得这样快？曾记得，当年我们就是在这儿泼洒了多少笑声和欢乐！

我不愿意在这里久留。我必须立即拜谒大姐和"篓子班长"的墓。铺满鹅卵石的河滩像着了火一样干渴，我浑身热辣辣地不舒服。我走出去约十分钟，就到了坟地。

出乎意料的是，我看到的是三座坟堆。再仔细一瞧墓碑，从左至右，依次写着：戴承欣之墓，大姐之墓，杨孝山之墓。霎时，如有五雷击了我头顶，麻木得几乎失去知觉。杨孝山之墓，大姐的爱人死后也葬于此地？

我久久地站在三座坟墓前，心里填满悲伤、思念和疑惑。

转而，我的心里又涌上来一缕安慰。大姐不会寂寞孤独了，有"篓子班长"和她丈夫整天整夜地伴着她；当然，"篓子班长"和大姐的丈夫，因为有亲人的相随也会欣慰。

三颗心等待着苏醒。

这时，我突然发现坟堆前面中间的地上蓬勃起三簇沙棘，郁郁葱葱，好不撩拨人心。也许这是这片荒芜的河滩地上唯一的绿色。

我相信它们在沙土的覆盖下，把根须紧紧地抱成一团。

面对这三蓬沙棘，我产生了强烈的要写大姐的愿望。

我必须把她曾经有过的辉煌生命以及因为这辉煌而带来的不幸遭遇写出来！

有谁能预料山后还会有悬崖？又有谁能发现悬崖下是一个无底的深渊？其实，生命比沙棘脆弱得多。

尽管沉默的石头还在冷笑着，尽管路边的野风与凋萎的红柳同时消失。我依然要不懈地寻找生命的支点。

温泉河呀，你浇灌了一块沉重而灾难的土地。今晚我回到阿妈的帐篷的酥油灯下。给你献上一支苍凉的歌！

这支歌也许会照亮唐古拉山最后的寂寞。

昏黄的酥油灯照出一层灰暗的天地，我提笔写下了一行字：唐古拉山和一个女人……

夜明星

傍晚，西藏高原上的山山水水都笼罩在杏黄色的晚霞里。我乘坐的解放牌汽车向投宿地马可沟飞奔。

马可沟，我并不陌生，它是唐古拉山中的一个牧村。解放初，我曾去过那里。十多年前，我当汽车驾驶员时，又经常在那里歇脚，住过阿爸的帐篷，喝过阿妈的酥油茶……马可沟，给了我们这些运输战士多少温暖呀！此刻，我回忆着那长长的帐篷街，那铺成的村道，那敦厚朴实的藏袍，那香味浓郁的酥油茶，心里涌起一股重返故乡的亲切之感。车子开得已经够快了，我还巴不得一下子就飞到马可沟才好。

汽车顺着山坡转了个月牙形的弯，忽然眼前跃出了万点灯火，银花似锦，好不豁亮！"这是到了哪里？"我努力在记忆的长河里寻找着，怎么也记不起有这么个地方。怪了！

就在这时，汽车在一幢白墙红瓦的房子前面停下了。司机从驾驶室伸出手来，向车上的人摇了摇，说："马可沟到了，下车吧。"我这才知道这个陌生的地方，原来就是我过去熟悉的马可沟。

下了车，我看见到处都是电灯：山坡上一层层，沟底里一排排，汇成一片灯海。远处近处传来各种机器的声响。

这时，从灯影里走出一个人来，这是一位藏族老阿爸。他身材高大，走起路来脚步咚咚地响。到我跟前了，他忽然止了步，惊喜地喊道：

"这不是小李子吗？"

"啊，索朗阿爸！"

老人用他那结满了硬茧的大手紧握着我的手久久地不松开。他又是扳我的肩膀，又是捶我的胸。然后，笑着说："一离开就十多年了，该把咱高原忘了吧？"

我听到这个"咱"字，心里热乎乎的，老人多会儿也不把子弟兵当外人看。我赶忙回答："看你说的，这些年，我不知道梦见你们多少回了。"

老人张开蓬满胡须的嘴，满意地笑着说："这就好，咱爷俩一个样，我也是常常梦见你和同志们。"

我问了阿爸这些年身体、生活的情况，老人爽朗地笑道："好！好！"我又问阿爸现在在生产队干啥工作，他伸出手来朝着眼前的一片灯海划了个大圈，说："你瞧，就是经管这些夜明星。"

"夜明星"，多么富有诗意的字眼！阿爸怕我不理解，又说："我的手轻轻地一合闸，马达叫了，轮子转了，机器唱了，电灯亮了。我干的就是这个工作，管电的！"

阿爸领我信步走上了旁边的土坎，指着那一片亮闪闪的电灯告诉我，松树崖是公社的磨面厂，草坝上是福音药厂，五里湾是拖拉机站，独子山是新近才成立的皮革厂……这些地方我是多么熟悉呀！它们昔日的情景还清晰地留在我的记忆里：松树崖是天葬场，草坝上是要饭街，五里湾是鬼火滩，唯有独子山富有，那是奴隶主的园林。

索朗阿爸说："咱们这条帐篷街大变样了！小李子，你还记得咱们第一次见面时这里的情景吗？"

阿爸这么一说，我的眼前立即浮现出一盏昏黄的酥油灯来。

那是西藏和平解放后不久，百万农奴仍然受着三大领主的残酷压迫。当时，马可沟是一条窄小、肮脏、破旧的帐篷街。街上满是乱石、粪便、牛角，还有一个个污水坑。白天街上空无一人，只有到了晚上，牧民们从四方要饭回来在这儿过夜，街上才响起疲惫的脚步声，凄惨的哭叫声，还夹杂着有气无力的诵经念佛声。三大领主称这条帐篷街为"邦仓"，意思是"乞丐居住的地方"。每户除了一顶夏不遮雨、冬不挡风的破帐篷和要饭的破碗，就别无所有了。

一天夜里，我们运输小分队来到马可沟，牧民们已经睡了。帐篷街一片死寂。我们没有打扰这些苦难的牧民，在街头悄悄地吃了些干粮，喝了点自带的开水，准备露宿。就在这时，一个战士忽然惊奇地叫了一声："灯！"

我们扭过头一看，街中间的路边隐隐约约地闪现出一豆灯光。我们怀着好奇心走过去，只见一段残墙上放着一个破碗，碗里放着一根细细的绳头，绳头吐着微弱的灯光。灯下，一位藏族阿爸正在铺着铺草——干草、青稞秸之类的东西。他已经摊开了大片，见我们来了，站起来，笑笑说："刚才下过一场雪，地上湿得能挤出水来，同志们睡下会闹病的。我收拾收拾，你们就睡在这儿吧。唉，没法子，家里穷呀，连个灯也没有。"就在他说话的当儿，刮来一阵风，把灯吹灭了，立时满街又变得黑洞洞的。只听"咣"的一声，老人在摸灯的时候，把放在旁边的一碗酥油茶碰翻了，碗碎了。唉，这是他专为亲人准备的仅有的一碗酥油茶呀。

那天夜里，我们躺在阿爸为我们收拾的"暖心铺"上，心情久久不能平静。这个阿爸就是索朗。

1959年3月，西藏高原上还是大雪压山，寒气袭人。武装叛乱刚发动不久，我们汽车队赶运一批军用物资到边防某地。一天傍晚我们又一次来到马可沟。因为前面的公路桥被叛匪破坏了，正在连夜抢修，我们只得在马可沟过夜。这儿，空荡荡的，满目凄凉。我走遍了帐篷街也没找到索朗阿爸。我很难过，心想：这场罪恶的叛乱给牧民带来多么深重的灾难呀！

半夜里，桥修好了，我们立即踏上征途。就在汽车要过桥的时候，忽听得桥头上有人喊道：

"同志们，别太快了，桥刚修好！"

啊，这声音多么熟悉！我赶忙刹住车，跳下来一看，原来正是索朗阿爸。我高兴极了，一把抓住阿爸的手，问："阿爸，您……"

"本来我们要在桥头挂盏灯，给同志们照路，可是前天一股该死的叛匪窜到这里，把我们的东西都抢光了，连盏灯都没留下！"

阿爸的话使我眼前突然亮堂起来。老人的心胜过多少盏灯啊！

现在阿爸提起了过去，我望着眼前马可沟美丽的串串明灯，激动地说："变了，变得我一点儿也认不出来了。"老人呵呵地笑了起来。

晚上，我特意和索朗阿爸住在一起。我们围绕着电灯谈得很晚。那明亮的电灯似乎懂得我们的心情，用金亮金亮的光芒把阿爸照得容光焕发。我静静地听阿爸讲着水电站的故事。

那是 1977 年的一天，大队老支书来到索朗阿爸的帐篷里，告诉他一个鼓舞人心的消息：

"县上决定要在咱这山沟修水电站，这月中旬就开工。"

索朗老人听了笑得合不上嘴，每根胡须都在颤动。他对老支书说："要我干什么，你就说吧。咱这肩膀说不上是钢筋铁骨，可也是苦水里磨炼出来的。"

老支书直截了当地下达了任务，"让你带一队人马把黑龙潭的水牵到山下的坝子里来。"

黑龙潭在深山的一个高崖下，它和坝子隔着两个山头。多少年来，人们总想把它引来灌溉田地，可是都没有办成。今天，索朗阿爸要制服黑龙潭，行吗？老人捻着胡须，想了一会儿，坚定地说："好，莫说'黑龙'卧在深山，就是钻进东海，我们也要把它牵出来！"

事情就这样定下了。

索朗阿爸是爆破组的组长，他提着打钎的铁锤，带领社员们在山里钻洞、装药、起爆。那轰隆轰隆的声音就像翻身农奴的呐喊，威力大着呢！工棚里，示意图上那标志开洞工程进度的红箭头，一个劲儿地往前蹿。仅仅二十天，就穿过了第一座山；五十天，又穿透了第二座山。

两座山打通了，索朗阿爸又带领人马继续投入筑坝战斗。不久，一道雄伟的拦水坝就挺立在唐古拉山下了。

那是一个多么欢乐的夜晚呀！从山下那雪白的电机房里传出了机器的轰鸣声。索朗阿爸轻轻地合上电闸，"哗"的一下，马可沟第一次缀满了金灿灿的夜明星。

夜，已经很深了。我睡不着，走出帐篷，站在一个土坡上，望着漫山遍野的夜明星，思潮起伏。我想：翻身农奴索朗阿爸，不正是一颗亮闪闪的夜明星吗？

花　雨

花雨!

哪里有!

戈壁滩上。你看，烈日像只火轮子，高悬在头顶，喷射着热流，把个戈壁烤得都"开锅"了。连空气都是滚烫滚烫的，人站着都要大汗直冒。就在这时候突然自晴空降下一阵雨来。那雨丝有绿的、黄的、红的、蓝的、粉的……像朵朵花儿拍抚着戈壁，三拍两拍，就把干巴巴的沙地拍得湿润润，每颗冒火的沙粒都浸出了水珠!

照着太阳下雨本来就够新奇了，又是花雨，真乃奇上加奇。那落地的雨点很快就汇起一个个水窝儿，水窝又串成条条小溪，小溪呀横流、竖流、斜流，最后归拢在一起，蹦蹦跳跳地跑进了戈壁菜园，去拥抱那饥渴的青苗。

密密的雨丝给戈壁滩编织起一个老大的雨帘，就在这雨帘里面，镶嵌着色彩斑斓的戈壁菜园。啊，那是一幅幅水彩画，那是一幅幅丰收景:白菜已卷心，青椒吊绿钟，茄子树上结紫桃，西红柿满架挂红彩。还有那萝卜、韭菜、大葱、豆角、丝瓜、菠菜……铺一层银，压一层金，展一层翠，叠一层绿，把昔日贫瘠的戈壁打扮得多么富有! 各种各样的蔬菜用它们艳丽的花朵、鲜嫩的叶子、肥壮的果实，把雨帘染成了五色线、七彩帘。啊，花雨就是这样而来！

其实，花雨并非从天降，它攥在治沙人的手心。

一根铁管上插着一长溜人工喷雨器，开启开关，银珠子喷呀金豆子洒。闭合开关，烟消云散，雨过天晴。

铁管通到何处？巧染花雨的人们，你们在哪里？

看见了，深山的黑龙潭边，有一间茅屋，一台机器正唱着欢歌，旁边坐着一位军垦战士。正是他操纵着这个降雨机器，把这潭千百年来的死水，变成了戈壁花雨。

此刻，他正在聚精会神地作画。面前放着调色盘，一个一个色碗像一排排酒盅，里面盛满了各色水彩，满溢溢的，仿佛随时都会流淌出来。双膝上放着一张未完成的画。他用饱蘸色彩的大笔挥画着，我看见那横的竖的、粗的细的各色线条，像一道道河流，淌进了戈壁，冲毁了东岗的沙丘，淹没了西岭的沙丘，染绿了南坡的沙山……

噢，我终于明白了！世上哪有什么花雨？它原来是从战士的调色盘里溢出来的！

调色盘，明日你又将给戈壁带来什么新奇的色彩？

远山的雪路

应该说这是我在青藏高原遇到的最好日子。虽然飞扬的雪片把昆仑山遮得面目难见。

当她穿着那身与任何一个医务工作者没有两样，而我却觉得很别样的白衣衫走进我的生命中时，春天实实在在地来到了风雪青藏线。我至今也不明白，高原上女性的脸膛儿几乎都会被强烈的紫外线照射得红里泛黑，可她的脸为什么那么白嫩？

昆仑山的雪峰上意外地蓬勃着一簇青枝绿叶。山中的小路被风吹向远方。我醉心地向山巅攀去。

阳光灿烂，蓝天碧透，白云净亮，雪峰肃立。这个世界多么圣洁！

我走在融融积雪的阿尔顿曲克草原上，咀嚼着生活的甜美。

她并没有拿体温计，也没端治疗盘，只是说："你会好的，一切都会正常的！"她没说我一切是正常的，而是说"会的"。我已经满足了，觉得我的幸福就含在她的嘴里。

我是因为高山反应引起突发性耳聋，才进了这所在青藏线上颇有声望的部队医院。

到了此刻，我才算明白了一个其实早就该明白的真理：人没灾没病地活着就是幸福。大红也好，受冷落也罢，都要努力做到宠辱不惊。

所以，无论是阅历丰富的前辈还是涉世尚浅的稚子，都要珍惜这个世界给予自己生存的权利。这个权利仅有一次。人要好好地活着，为热爱你的每一个人而活；为每天都抚摸你的缕缕阳光而活；为路边那些使你舒心的无名野花而活；为你无止境追求的事业而活……一句话，为爱而活着。你爱生活，生活给你春水。你爱朋友，朋友给你早霞。你爱女性，女性给你彩云。你爱自己，自己永远年轻。

我读了她以后才懂得了这些看似浅浅的、却也是有些人硬是一辈子也读不懂的道理。

这些都写在她极力给我推荐的一本书上，这本书我在后面的叙述中自然会提到。当然，我还要说其实她就是一部书。

我不会忘记那个时刻，我和她相识了。我作为病人，她是给我治疗的医务人员。那天高原上飘着大雪，可是太阳很红。正是从那个时刻起，湛蓝的高原上的天空在我面前变得深远而纯净，昆仑山中的漫漫长路在我眼里也变得宽坦而美好，路两边的树枝上挂满了累累金果。奇怪的是，那些树不长叶子，秃秃的枝杈净是沉甸甸的果实。

春天的不少芬芳，正被一些人扒进私囊。昆仑山里例外。

我特别喜欢六月雪。

这雪，它温暖。

从她的脸上我感觉到她像我一样喜欢雪。

我说：我永生都不会忘记我驾车走在雪山上艰难行驶的那些日子。但是，我就是爱雪。

她说：不要追悔已经逝去的时光，无论多大的挫折和委屈都是宝贵的财富。仅仅属于自己的财富。

消逝的岁月常常能洗亮人身上许多可爱的地方。

她默默地站在我的面前，笑着，望着太阳微笑。她并不看我。在我们的生活中，曾经有过让太阳心惊肉跳的白天。愿以后太阳升起的时候，人们永远都有好心情。

我望着看太阳的她。

落雪的春天我们开花。秋天过去了，花仍然开不败。

那些日子，我每天早饭后都要到医院进高压氧舱做治疗。这种治疗一直持续了两个月。

她是我去的那个科的护士，文静，眉清目秀，是很有气质的那种女性。一身洁净的白色工作服，得体，可身。头上那顶白帽子很惹人注目，我每次看到她时总是先触及那帽子，我仰望天空，看到一朵祥云从上空飘过。我始终没有弄明白，医院里每个医务人员戴着白帽子，为什么唯有她的帽子使我感到舒目？真的，我不明白。我天天都能见到她，但从未和她说过话，也很少见她和周围的人搭话。在我的印象里，她每天都要早于其他医务人员半个来小时到班上，放下手中那个小包，就忙起了她的工作。她总是不声不响地忙碌着。我很喜欢她这种忙而无语的宁静性格，致使后来我在一篇文章中对她作了这样的描绘："生活中有人用嘴走路，你却是用腿说话，悄悄地付出了一条河，默默地献出了一座山。"

她受过奖励，立过三等功，也评过先进工作者。

她把这一切看得很微，很淡，甚至说过这样的话：人要活得超脱，最好头上不要戴桂冠。当然这是后来她告诉我的。

出于一种说不清的原因，我每天也是提前半小时来到医院等候治疗。她似乎没有看到我，仍然像过去一样忙碌着，一声不响。身后留下了一条亮亮的路。

这是一个爱美的姑娘，她经常变换着穿的那些不管是花的、黑的、白的都很朴素的服装告诉人们，她不是在展示服装本身，而是在体现人的魅力。哪怕是一件普普通通的衣服，只要是穿在她的身上就对人有一种异常的吸引力。那天肯定是她的轮休日，要不她不会穿着一身便装来到病房。我留意了一下，上身是一件淡蓝色的毛衣，外面罩着一件风衣，将毛衣半遮半掩得很有诗意。不过，她很快就忙起来了，病房收了一个从唐古拉山兵站转来的危急病人，她去参加了抢救。

我有意无意地发现她的衣袋里总是揣着一本书，得闲时就翻阅着。她爱读书，这对一个忙得几乎连喘息的时间都没有的人是很难得的。

她坐在那间属于她的其实是值班室的屋子里看书时的姿势很专注，也很动人。有时我做完治疗，会悄没声地从她的房门走过，就为了看她一眼。她会看什么书呢？医学类，文学类还是历史类？我猜度着。

一种莫名其妙的感觉渐渐地注入了我的心脉。有一天她没有来上班，我心头好有几分寂寞。我悄悄地问了她的一位同事，才知道她值夜班，白天休息。

我心里不免生出几分牵挂。

其实，找还没有和她搭过话。

那天，我带着刚出版的一本散文集，想送给她。在我治病的日子里，不少病友都知道了我是个作家，互相熟悉了，他们便要谈些创作的事，要看我的书。我一一满足了他们的要求。也应该送她一本我的书。我想。

很不巧，她没来上班。我把书放在了她的桌子上。

我想她定会很快看到书的。不想，过了两天我一问，她还不知道我放书的事。

有了这本书，我们就有了说话的机会。

又过了两日，我见了她再次提到那本散文，她说："我正看呢，写得真棒。《死海里有一棵醉树》我看了好几遍……"

我马上想到了我写的那棵树：它长在沙漠里，死而复生，身子佝偻着，枯枝旁蓬起了一圈翠生生的嫩芽……

我想：她为什么对这棵树有那么大的兴趣？开始我并未闹明白，我又读了几遍那篇散文，目光久久地被那几行文字咬住：

> 也许它并没有死。只是像一个饮酒过了量的醉汉。
>
> 醉，也是一种死。但它还会醒过来的。醉后更清醒。
>
> 我并没有发现绿色，但是，我看到世界是鲜嫩的。即使在死海里，生命也不是空白的。
>
> 青蛙还在鸣叫。它不是啼死，而是唤生！
>
> ……

是否就是这些文字，着实让她感叹，高兴？我说不准。后来我还知道她把那篇散文带回家又细读了一遍，并朗诵了一次。她的举止使我不得不回忆起我写《死海里有一棵醉树》时的真实感受：我不以为在沙漠里跋涉就是绝路，也不以为那儿就没有绿色。沙海里的枯树不是死了，它只是酒喝多了，会醒的。

那片死海，那棵醉树，使我们的距离拉近了。我们的共同话题就是从这儿开始的。

应该说我是第二次坐在她的这间值班室里谈话了。我刚来做治疗时就是在这里她给我做登记、检查我的证明、发给我病号服，今天我们在这里则是谈心了。我得知她在业余时间里很喜欢读文学作品，有时有了情绪也会写一点小文章。她给我列了一长串她读过的文学名著，有《这里的黎明静悄悄》《神曲》《牛虻》《老人与海》《红旗谱》《青春之歌》，等等。说实在的，在她给我谈了她读《死海里有一棵醉树》

之后，我就已经感觉到她读书的精雅和深沉。

她问："沙漠里真的会有树吗？"

我答："像人一样，树也需要一种不怕死的精神才敢去那里扎根。"

"那里都有些什么树？"

"最常见的是胡杨。"

"胡杨不怕死？"

"活一千年不死，死一千年不倒，倒一千年不朽。"

她长叹了一声，但眼睛很明亮。这眼睛能认识黑夜里每盏灯。

生活总是不紧不慢地在一种类似企盼又类似等待中过去。无疑，人的生命是一天比一天短。一个人不在于活得多长，而是活得有值得回味的东西。生命的真正开始，应该是你对生命的认识与感知。

这是我没有想到的事。她读完了我那本散文集中的所有篇目，进度很慢。我猜想她是边读边考虑问题的。自然是读作品引起的一些联想。这是从她后来的谈话中更多的是从电话中得到证实的。

那天，我们又谈起了读书的问题，话题是我的散文《忆父》。她告诉我读《忆父》时她的心情很沉重，几次都流泪了。提起写《忆父》我心里不由得涌起了难言的痛苦。父亲过世时我不在他身边，正在拉萨河谷某兵站深入生活，赶写我的《青藏系列报告文学》。家里人都知道他这回是无论如何也过不了"险关"了，日夜守着他。可父亲呢，见不着长子就是不咽最后一口气，昏迷之中老是念叨着我的名字和格尔木。家里连发数封电报也未把我催回去。父亲昏迷了两天多以后，实在等不到我了，那日他突然变得惊人的清醒，把我的两个弟弟叫到身边，摆说了一通我为这个家所付出的心血和对老人所尽的孝心，以及数十年来走南闯北的艰辛。他再三叮嘱两个弟弟说，你哥辛苦几十年，靠自己的志气支撑着一片天地。这个家里的一切包括你们两个的命都是他给的。说毕,他便咽下了最后一口气。但是他没有咽下我的名字。就在他咽气的那一瞬间,还呼唤一声他的长子……

他是睁着眼睛远走的。

父亲过世后三个月适逢清明节,我这才回了一趟家,给他老人家扫墓。

……

她听了我讲的这些后,沉默许久,忽然说:"忠孝不能两全,这话你真的就那么坚信不疑?"

我如实回答:"我也说不上来,反正我很后悔父亲去世时我不在他身边!"

她说:"我真想去一趟你的老家,看看老人家的坟墓。"

这当然是不可能的事了。我心里滚过一股热浪。人世间,肯定有比至亲更深沉更宝贵的感情。一个素昧平生的姑娘要去看望一个老人的坟,为他扫墓,我不知道怎么接受这份沉重的厚礼。我想,九泉之下的父亲如果有知,他会把没咽下去的儿子的名字,这时咽下去的。

人间真正的"爱"是一个很干净的字。

我们通电话的次数绝对多于见面。每次在她忙完工作后的那个有限的钟点里,我会拨通电话,和她聊几句。也许就是为了听到她的声音,否则,心中的牵挂就难以放下。

我就是在这时候才知道打电话也能引出这么深长的情绪来。总是孤独、寂寞的我,对面前的这部电话机产生了一种割不断的寄托。写作之暇,我常常望着静静地卧在桌头的电话机,想,那里面有她的声音。听到她的声音我就会想象出她的形象,也等于看到了她。总会出现这样的巧事：我正呆望电话机想着，电话铃声响了，拿起听筒一听，果然是她。我便说："我一想就是你的电话。"她并不顺着我的话说下去，却说："借给我一本书读读吧！"我忙问："什么书？""《昆仑山的爱情》。"我马上明白了，前些天《解放军报》上介绍了我的这本书，她一定看过报纸了。

一天清晨 5 时，她值班的空闲时间里，我们又通电话了。她给我推荐了一本书：

"这些天我一直在读这本书，快读完了，我拿起它就放不下。这本书你一定要读，它写了一个女人一生的漫长而孤独的爱。她的经历太坎坷了，人世间的苦难好像全让她碰上了。你一定要读这本书！"

这本书就是诗人刘立云创作的长篇纪实文学《瞳仁》。不久前我们在昆仑书店里买书时，她随手拿起它，就买下了。当时给我的感觉是，她仿佛是找了好久才找到了它。

她推荐了《瞳仁》后，我就抽空细细地读了一遍。我深深为书中的主人公陈羽新的不幸命运所震动，好几天心情都无法平静下来。我好像在一个尔虞我诈的世界里走了一回，心灵留下了痛苦的创伤。于是，我很自然地想到了一个问题：她真会买书。一次，我便问她："有人给你推荐过《瞳仁》吗？"她说："没有。"我又问："那么你那天怎么一眼就看准了这本书？"她说："凭感觉。""什么感觉？""首先是书名很新奇，瞳仁。书名的旁边是一只可以洞穿一切的很大的眼睛。书的副标题是'一个女人的百年沉浮'。我拿起来一看，封面上还有这样一首小诗：她说，你呀你呀／你不要害怕毁灭／你害怕的应该是衰老／时间温柔地躺在你身边／时间它惨无人道。"她停了停，说："我本能地感到，我需要读这本书，需要了解这个女人，便买下它了。"

她说，人一生不能不吃苦，因为苦可以壮人筋骨。但是，当一个人被泡在苦水里时，就成灾难了！

她说，女人，再苦的时候都要挺起来，无论如何都应该活着。你可以偷偷地痛哭一场，也不能对那些太馋的男人下跪。说一千道一万，女人的苦楚都是男人给你的。活着真好！不为那些所谓美貌的男人活着，而是为自己活着，为你的孩子活着！

她说，这就是她读了《瞳仁》后的感想。

这番本来很激情的话，她表述得却那么平静。我想到了昆仑山巅冷冷的积雪。雪在时间里，成为一种永恒不变的颜色。

后来，她又几次给我讲过《瞳仁》这本书。她说她还会读它的。现在《瞳仁》就放在我的书橱里，我相信有一天她会拿走的。

我们每次的交流几乎都离不开书。

突然有一天，我见到她时觉得其实她就是一本书。我在慢慢地有滋味地读着她。这本书里的许多东西，对我很陌生，但我需要它的营养。

一个哲人的话：爬到山的顶峰你才能看得见上山最好的路。

我不敢说我就上山了，但我确实踩着一本书在攀高。好路已经看得见了。

应该说那个温柔的阳光洒在阿尔顿曲克草原的中午，我们度过了非常美好的一天。草滩上铺着厚厚的冻雪，没有风，阳光射在雪上折射起晃眼的白线。昆仑山动也不动地站在远处，世界很静。空空的静。我俩相隔一臂的距离走着，踏雪声很脆且有节奏，总是响到很远的地方才渐渐消失。

我们一直缄默着，如月夜的桃花，守着一树的秘密。其实，我们心里都想着该说些什么，在这个难得的时机里都想把心里最想倾吐的话倒出来。哪个人的心里没有沉闷了多少年的话，因为找不到倾吐的对象才憋得慌？倾吐肯定是一种痛快的发泄，倾吐之后留下来的却是心灵的灼痛和无限的惆怅，特别是对倾听者，他在听了你发自内心的话之后，也许会永远地为你分担起了本该由你承受的忧郁。

我们终于在一段沉默后说话了。她首先开言。她说，今天我们换换话题，不要再提与书有关的事了。什么事不能谈，为什么总是说书呢？我不同意她的话，马上作了纠正，说，不，我还是要讲一个与书相关的事。因为这个事我永生难忘。没有那本书，也许今天就不可能有这么一个人和你在阿尔顿曲克草原漫步，聊天。

她显然已经预感到我的话题不会很轻松，不吭声了。

那天，我给她讲了我在西藏当汽车兵时发生的一个故事。我说："那次我险些把命丢在了雪山上！"她闪动着长长的、美丽的睫毛望着我，等待着我讲下去……

生活中所有的不幸其实都在预料之中。

当时我已经连续开了一天一夜的车，这期间，实在乏困得难以支撑下去时，就把车靠边停片刻，用冷水擦擦脸，再走。你不必奇怪我们为什么要这么拼死拼活地赶路，因为车上运载的是一批限期送到西藏某边防的战备物资。执行这样的任务首先必须有强壮的身体，然后才谈得上驾驶技术。说句不太恰当的话，吃块石头也能消化，就需要这样的身体。可是严格说，这两条我一样也不具备。那么，我为什么还担负了这次运输任务？成连长说了，我是连队的笔杆子，到前线闯一闯，也算是作家深入生活嘛。说句心里话，我本是很不情愿却硬被拉上了火线的。惹下祸殃的是杨朔的那本散文集《雪浪花》。

中午两点来钟，车子驶入了藏北草原的谷露附近，相对而言，这里的地势比较平坦，山路不多了。我便对助手昝义成说："你来开上一会儿，让我歇口气。"小昝和我是同年入伍的兵，他没有经过汽车教导营专门训练，才给我当了助手。这时他嘴里不知嘟嘟了几句什么，很不悦地接过了方向盘。我寻思：让你开车学技术争取早点当上驾驶员，这有什么不好，你还牛什么呢牛？其实我心里却装着另一个小九九，想腾出手来看一会儿书。那本《雪浪花》揣在怀里暖得都快孵出小鸡了，还没好好读里面的一篇文章呢！小昝你又不是不知道你这个师傅爱书如命，老噘着个嘴干叼！

小昝开着车在藏北大地疾驰，我坐在一旁很入神地读《雪浪花》。我的思绪完全进入了杨朔创作的“滚滚滔滔，一浪高似一浪的”海涛里。我喜欢这篇散文，尤其喜欢杨朔写到那些奇形怪状的礁石时，说这是被浪花“咬”的，这个咬字用得多精妙，真可谓是神来之笔！此刻，我的心儿也被浪花“咬”得痒痒的、酥酥的，好不舒服！就在我的神情完全走进迷宫似的美好无比的雪浪花中时，只觉得汽车像波涛中的船一样，摇摇晃晃地颠悠起来。还没等我弄明白发生了什么事，汽车就躺在了沟里，我和昝义成都头朝下颠倒着睡在被挤压得变了形的驾驶室里，身边淌着鲜血……

翻车了！

小昝负了重伤，颅脑损伤。我是轻伤，一条腿被挤得鲜血直流。我心里憋满气恼。在医院里小昝的病床前，我六亲不认地呵斥他：

“你小子真有本事，睁着眼睛能把车开进沟里去，哪一个高明的师傅教得你这一手绝技，让我这个老司机也望尘莫及！”

他自然听出了我话里的讥讽，反驳道：

“你想推卸责任？没门儿！你的本事还不算大吗？人在曹营心在汉，既想当作家又想当司机。没错，车是我开翻的，可是你坐在我身边名义上给我当保险，实际在读小说，难道就不该负点责任吗？”

我无话可说了，望着头上裹着绷带的小昝，突然鼻子一酸，涌出热泪，说：

"小眘，别说了，都是我的错，我为了看杨朔的散文，没有尽到当驾驶员的责任，出了事故……"

小眘也流泪了，他打断我的话："再不要说了，是我的不对，车明明是我开翻的，把责任推在哪一个人身上都是我在强词夺理！"

眼泪是透明的水。掉在地上也会破碎。

不破的是映在泪里的灵魂。

我给她讲了我在藏北的这次车险以后，她没有说任何话。我相信我在给她回忆这件往事时，已经没有了置身于现场中的那种恐慌和无奈，完全是以一种"大难不死必有后福"的口吻讲话的。人就是这样，经历的任何险事、错事乃至坏事一旦变成回忆时，都是轻松的甚至美好的。可她呢，听了我的讲述后为什么不表态？我实在捉摸不透。

我俩继续在昆仑山下覆盖着积雪的草原上漫步，没有目的。她说她想走远点，远到天涯，还想走高点，高到山巅。我说，我与你同行。

这天我们一直走到黄昏，不在乎山那边还有另外一座山，河那边还有另外一条河。我们都把自己交给了远方。

她始终不提藏北翻车的事。

使我没有想到的是，这事过了好久，在另一次见面时，她突然问我：

"藏北的事情你讲完了，我也听过了，我想问你，你有什么感想？翻车总不能白翻吧！"

"你想听什么样的感想？"

"当然是真正发自内心的了。"

"我只有一个感想，这就是我恨死了当初发明汽车的那个人！"

她的眼睛睁得大大的，直逼视我，然后问："那么后来你是如何用行动来证实你诅咒的这句话？"

"我开了近四年车，1963年调到营部工作时，我当着连队指导员的面撕碎了驾驶执照。我对他们说，从今天起我再也不会摸方向盘了。"

她的头动了一下，我看不出是摇头还是点头。她说："你应该感谢这次在藏北发生的车险，正是它坚定了你从事文学创作的决心。"

"这话从何说起？"

"从一定意义上讲，藏北翻车是因为你的失职造成的。当时你是给助手当保险坐在旁边，可是你在读散文《雪浪花》，可以说读书分散了你的心，酿成了车祸。可你不恨书而去恨车，这是你与常人思考问题不一样的地方。"

"你在表扬我？"

"谈不上。我只是想说明，你爱文学的根在青藏高原这块冻土地上扎得很深，包括藏北翻车的那个地方，也有你文学的根须在蔓生。"

我思考着她的话。

藏北没有树。在黎明的天光中我却看见一截发芽的树枝悬在雪山。树上有一本书，雪很快覆盖在书本上，书本又把雪抖落……

拐过弯，前面就是谷露了。

车速慢了下来。司机按照她的指点行车。

她坐在司机旁边的位子上，我和宣传科的小曾坐在后面。我们三人同赴藏北，是去完成一次采访任务的。小曾陪我是领导安排的，她与我们同行却是她自己要求来的。事情的起源是我的那篇散文《女兵墓》。

这篇散文写了在50年代进藏的路上，一位女卫生员为护送一车新兵而献身的故事。在荒漠的藏北草原上没村没店的地方，她的身上嵌着叛匪从权子枪里射出的罪恶的子弹,永远地躺下去了。没有留下姓名,没有留下籍贯,没有留下遗嘱,只有一个孤零零的小土堆被寒风无情地扑打着。散文中我写下了这样的一段文字:

> 我不相信你会这样离开我们,绝对不相信!我太激动了,抱起你,拼命地把你呼唤!可是,我不知道你的名字,车上没有一个人知道你的名字。我只能喊:"同志!同志!"我第一次感到了"同志"二字的金贵。任我喊破喉咙,你并不睁开眼睛。我还是大声喊着。奇迹出现了,你到底被我唤醒了,睁开了美丽的眼睛,长长的睫毛闪动了几下,望着我,还有周围的同志,笑了!围着你的同志也都笑了。

> 我们太愚蠢了,也太老实了!就在你睁开眼睛时,没有抓紧时间和你说上几句话。结果你很快又闭上了双眼,再也没有睁开。我把你紧紧地抱着,我恨自己作为一个司机,未能把你送到那起死回生的地方,我巴不得让自己波动的心律传导于你身上,让自己的呼吸将你唤醒……

散文《女兵墓》最初发表在 1985 年第 7 期《解放军文艺》,后来收进了《中华人民共和国五十年文学名作文库·散文杂文卷》。她却是从另一个选本上读到的。她说她读了好几遍,每次读的时候都要流泪。我告诉她,我也是含着眼泪写它的。眼泪是我们共同的心语。让我们纵情地流泪,将眼泪渗入青藏大地的种子里面,参与种子的爆破。种子醒了,那远去了的女卫生员就会回来的!她执意要利用休假的机会跟着我走一趟藏北,要去接那位睡了近五十年的女兵回家。她说,她该睡醒了,一觉睡了五十年还不醒来?我不得不失望地告诉她,掩埋女兵的小土堆早已被岁月荡平了，难以找到她在何处了。她很果断地说："我知道，就在藏北的谷露！"我惊异地问："你怎么会肯定她在谷露？"她回答："因为你在谷露翻过车！"我听了真的一时不知该怎么回答她……

车停在了谷露。

军衣军帽领章帽徽整齐的她，直奔草滩腹地。我和小曾随后。当她站定后，从衣袋里掏出一个白皮小本子，打开，面对着草坡念起了她为女卫生员作的一首诗《阿妹的藏北》：

> 我悄悄地告诉你
> 灵芝、雪莲、格桑花
> 还有喜马拉雅山
> 都是你的亲姐妹
> 阿妹的藏北
> 你永远不会孤独
>
> 我深情地告诉你
> 雪山、冰河、青海湖
> 还有雅鲁藏布江
> 都是你的亲兄弟
> 阿妹的藏北
> 你绝对不会迷路
>
> 阿妹的藏北
> 藏北的阿妹

你永世都是十八岁

我永远做你的阿姐

看那飘在蓝天上的白云

就是藏家人送给你的哈达

天空飘起了雪花。

她挖了个小坑，把本子放在里面，雪花很快覆盖住了本子。

她说："雪呀，快快地下，天变凉了，阿妹需要加一件被子。"

她对我和小曾说："走，咱们陪阿妹散散步。"

我们三人继续向草原腹地走去。

停在公路上我们的汽车渐渐看不见了。

我问她还要走多远？

雪越下越大。大雪封了山，才是我们最好的途径。

雪，雪原，雪峰，无边无际的雪。

雪里潜伏着阿妹的呼吸。

路从雪中穿过，我们不断地靠近缥缈的目的……

可可西里有这样一只狐狸

几栋素雅、白亮的房子，静静地安坐在可可西里荒原上，使这亘古山野显得格外耀眼、高尚。这就是索南达杰自然保护站。

这位为保护藏羚羊与盗猎分子真枪实弹搏斗时英勇献身的县委副书记，成了世界屋脊上的一座丰碑，让人敬仰。用他的名字命名的房子是雪域高原新诞生的人文景观。

英雄的鲜血唤醒了多少沉睡的人。这些年来，数以千计的志愿者从全国各地来到遥远的可可西里，捐款赠物，用真心和爱意建起了保护站。他们轮流驻守白房子，义务巡山，甘当藏羚羊的保护神。

国人关注的视线越来越多地被牵到了这几栋白房子。凡是穿越可可西里的游人，大都会停车走进保护站，瞻仰索南达杰的遗像遗物，聆听他的故事，体验志愿者的艰辛。

就在这时候，有一只狐狸成了保护站的常客。大家都没大留意，不知从哪一天开始，它打深山里走出来，站在离白房子百米远的坡梁上，笑容可掬地望着出出进进的志愿者。

真的，这是一只会笑的狐狸，而且笑得很生动。唯其生动，才迷惑人。

那个霞光四射的早晨，保护站小杨最先发现了那只狐狸，他惊喜万状地喊了一声："快来看，有客人到！"也许长期生活在内地的人，无法理解这些身居偏远地区的人的那份孤独、寂寞难耐的心情，从日出到月升，他们难得见到个人影。大家听小杨喊有客人到，自然喜形于色，都争先恐后地跑出来看稀客。

结果，他们失望了。哪里是什么客人，只有一只狐狸拖着尾巴在坡梁上散步。不过谁也没有抱怨小杨的大惊小怪，来只狐狸也好嘛，单调的生活中可以多一点情趣。

灿烂的霞光给狐狸浑身镀上了一层熠熠光彩，楚楚动人。有人开始逗狐狸了，又是口哨又是手势。起初狐狸无动于衷，只是用敌意的目光瞅着人们的挑逗。

其实，狐狸你错了。你虽然是个狡猾的家伙，但是这里的人们却把你视为友好的邻居。大家并不计较你的恶习，只要能与他们这些孤独的人和平相处，就认你做朋友。

狐狸的聪明不仅仅在于它的狡猾，还有它的善变。次日，那只狐狸又来到了那个地方。当巡山归来的志愿者又向它逗乐时，它的目光失去了敌意，换上了和善的笑容。它笑时眼睛眯着，嘴张着，尾巴在轻轻地摆动。

"看，狐狸笑了！"几个年轻人高兴得简直要手舞足蹈了。

狐狸对人发笑，这绝对是个新鲜事。真的好新鲜！死气沉沉的可可西里缺少的就是新鲜。没有新鲜的食品，没有新鲜的草芽，没有新鲜的泉水，没有新鲜的笑容。现在志愿者找到了乐子，狐狸向人发笑。这一天他们好开心，几乎每个人都逗了那只狐狸，谁逗它它就对谁笑。

天黑了，夜幕渐浓。坡梁上的狐狸回家了，奔波了一天的志愿者这才回到白房子。这晚他们舒舒坦坦地睡觉，甜甜美美地做梦。

第二天巡山回来，志愿者又看到了那只狐狸，还在老地方。这回还没等人们逗它，它就主动地送来了笑。不但笑，还带着作揖的动作。太好玩了，狐狸的笑，换来了大家的笑。

此后，每当志愿者巡山回来，那只狐狸准会在老地方迎候他们。有些好心的队员还给它扔去一块剩肉，它也不客气，逮住就吃，边吃边笑。

时间长了，一切都习以为常，但新鲜感依然还在。狐狸风雨无阻天天来，大家天天看着它笑。人们乐得尽兴，狐狸也笑得舒展。人和狐狸互依互存，似乎双方难以分离。

这天上午，一辆汽车给保护站运来了足够吃半个月的食品：大米、白面、肉类、蔬菜……

让人痛心的事就发生在这一天。志愿者巡山回来时，发现屋里遭到抢劫，所有的肉，猪肉、羊肉、牛肉，全都不翼而飞，只留下满地的骨头，狼藉一片。

门仍然上着锁。窗户大开……

盗贼入室！

大家如梦初醒，都不约而同地想到了狐狸，那只会笑的狐狸。没错，是它！肯定是它！

不过，不是一只，而是来了一群狐狸。

会笑的狐狸，狡猾的狐狸，奸诈的狐狸！

不去说狐狸了，那是它的本性，永远也改不了的本性。小杨的话发人深思，因为他从狐狸说到了人。"我们被它的笑捉弄了！从它第一次向我们笑时就揣上了鬼胎。它之所以狡猾，它之所以聪明，是因为我们糊涂。"

谁也无心收拾又脏又乱的屋子，有人拿起猎枪想去迎候狐狸，只是它恐怕不会再来了。没关系，那就追到深山去！

和平女神

——北平和谈中的傅冬菊

1989年8月，解放军出版社出版了我的长篇报告文学《历史，在北平拐弯》。这部长篇报告文学纪实了和平解放北平的全貌和细节，展现了这场战役的背景、进程和结局。从历史背景中再现各种人物的命运和归宿。傅作义和他的女儿傅冬菊是我重笔描写的人物之一。

大约是90年代中期的某天中午，我接到市内一个电话，女人的声音："你是王宗仁吗？"我应承后她自报家门："我是傅冬菊！"我马上回答："你是傅作义将军的女儿！"她笑声爽朗："没见过面的老朋友！"

我告诉她，创作《历史，在北平拐弯》那些年，我多方打听她，就是联系不上，太遗憾了！

她说：留些遗憾是好事，修改书稿时有余地！

接着，她给我讲了一些我没有写进作品和写得不清楚的关于她和她父亲的事。电话里不可能细说，我边听边速记了些内容。

北平在1949年1月31日和平解放。傅作义当时的头衔是"华北剿匪总司令"，和平解放北平协议书上当然是他签的字。一年前当蒋介石交给他这个重任时，他没有一个明确表示接受的态度，竟然也没有强烈地感到，等待自己的将是由于本人力所不能及可能招致的难以收拾的局面。不可排除的是，不管他当时是多么复杂的心情，在重任压在肩头时他左右摇摆怀有万幸的希望还是会有的。

一年后，北平和平解放，避免了战争对千年古都的摧残。当然傅作义是有功之臣，后人称他"和平将军"。和平起义这是他当时必须选择的光明之路。但是，不可忽视这样一个前提：他最后下决心在和谈协议上签下"傅作义"三个字的那一刻，面对的是国民党摇摇欲坠的倾斜江山，又有众多的外力助阵他才果敢地做出这样的选择。隐蔽在他身边的中共地下党员、她的女儿傅冬菊，就使傅作义起义多了一种可能。

傅冬菊用女儿千回百转的亲情和愁国忧民的赤胆感化父亲，逐渐把将军的钢盔铁甲换成了贴心的小棉袄，人们赞誉她为"和平女神"。

傅冬菊是傅作义的大女儿，上中学时就加入了党的外围组织"民主青年联盟"。1944年入党，当时她的公开身份是天津《大公报》记者。1948年9月，她来北平组稿，任务完成后，她已经坐上了火车，要回天津。就在火车即将启动时，在北平工作的地下共产党员李炳泉上车找到她，一把将她从火车上拉下来，说："天津那边来电话了，叫你留下来，以照顾你父亲生活的名义，多向党组织提供一些你父亲思想动向方面的情况。"李炳泉还说："天津方面还让我转告你，北平的党委书记佘涤清近日会找你接头，详细情况他给你谈！"

傅冬菊就这样调到北平工作。随后，也是地下共产党员的她的爱人周毅文，也来北平工作了。落脚北平的次日中午，佘涤清如约在北海公园一棵松树前和她见面。短短几分钟，他把傅冬菊和父亲应该如何相处，她与几个接头人在几个点怎样交流的事项，交代得精微却很隐蔽，冬菊仿佛置身于朦胧的月光深处，又好像走在太阳的边沿。佘涤清举的虽是一盏油灯，冬菊却觉得黑夜里有了生命。

她去山那边一朵花里结果何惧征途崎岖！

佘涤清最后说了一番儿女情长的家常话："你就和你父亲一起住在中南海。你就是尽孝的他的女儿。在这个前提下，你要密切地观察将军的言行，根据他的言行分析他在想什么，他准备要干什么。记住，是察言观色，不是打听，更不能辩论，不能激动！"

傅冬菊想说什么，佘涤清一个手势阻止了："就这些，记住你是将军的女儿，其他什么头衔都不是就行了！只有先做女儿，然后你才可以完成一个共产党员的任务！"

她心领神会，告别佘涤清。

走进中南海大铆钉牢牢箍着的红漆大门那一刻，她总有一种好像去迎接暴风雨的感觉。她在心里一直叮嘱自己："我是女儿，是来看望父亲的！"这般想着，她得到安慰，即使面对暴风雨，那也是太阳雨，于她和父亲都是如我所愿的暖心！

此后，傅冬菊差不多隔日都要到东皇城根胡同共产党员李中同志家里，和佘涤清见面。有时佘涤清有事来不了，就由崔月犁秘书长替他来接头。她把能观察到的父亲的情绪表现，都会如实地报告给党组织。

他们要用心中的光亮，去唤醒一个半睡半醒的人。

这中间，有个插曲：傅冬菊第二次入党。

她本来是到北平来出差的，党的组织关系自然还在天津。佘涤清不知道呀，以为她是"民青"盟员，还没有加入党组织，于是一次交谈完工作，对她说：

"冬菊，你写个自传，党组织准备发展你入党。"

傅冬菊听了，先是一愕，想解释一下。转而又一想，不妥。佘涤清是出于不了解情况还是别的考虑，她自己解释都不妥。于是她便答应马上写个自传。这是她第二次入党。这样的事只能发生在那个特殊的年代。

傅冬菊不高不低的适中个头显得干练，轻盈，透明，一眼仿佛就能看到她体内装着一片白云，蓝天。她的少年时代是在太原开始的，初中没上几天，日军就从北平到了河北与山西交界的娘子关一带。战争的炮火很快就波及了太原。于是，她和弟弟、妹妹跟着母亲辗转逃到西安。西安并不安宁，日军的飞机三天两头就来轰炸。他们又逃到重庆，进入南开中学读高中。当时，每逢星期天、节假日，她经常和同学到新华日报社去玩，这样就有机会见到了周恩来。他总愿意和孩子们聊天，问他们读了些什么书，学生们都有些什么活动，对抗战有什么想法，家长们有些什么情况，等等。他经常教育孩子们要多读书，不光读书本的书，还要读好"社会"这本大书。所以，从那时候起，傅冬菊就特别热爱周叔叔，觉得他和蔼可亲。冬菊第一次叫他"周伯伯"时，他立即纠正说："不能这样叫，就叫周叔叔，你父亲比我大三岁！"周叔叔说过，冬菊，你可以做做你父亲的工作嘛！就是周叔叔的这句话起了作用，以后，她父亲来重庆办事，她总会拿上几本精心挑选的解放区出版的书放到父亲的桌子上。当然，有时也是随手抓几本花花草草之类的书。这些挑选来的书对父亲来说是很新鲜的事了。看不看这些书和材料，傅作义从来没有在女儿面前透露过，只是有一次，当他一进屋又瞅见桌子上有几本书时，笑着对冬菊说："我知道又是你放的！"

现在傅冬菊进了北平，这个老习惯仍然不改。像过去一样放的书刊都是父亲喜欢看的，或者是需要他逐渐喜欢看的。这就多了一些有共产党消息的书刊，当然内容特别敏感的她不放，时机不到。

这天，傅作义进屋来，落座。他看到桌子上照样有几份书刊，另外餐桌上的饭菜也摆好了。他既没翻阅书刊，也没动筷子吃饭。好像有什么心事压在心里。

冬菊说："爸爸，你回来的正是时候，该吃饭了！都是你最喜欢吃的，家乡荣河的小吃，刀削面！"

傅作义仍然没搭女儿的话茬，却问她：

"冬菊，你是共产党员吗？"

傅冬菊几乎不假思索地回答："不是，我觉得我不够资格！"

父亲不再问了，女儿也不说话了。

陡的，父女之间好像垒起了一堵墙。

屋里的气氛变得有些严肃了。一边是共产党员傅冬菊，一边是国民党上将傅作义。

是高墙吗，是对垒吗？是，又不是。起码最终不会是。

看得出，傅作义要用女儿的清纯填充自己空虚的时机到了！

就是这一次，即父亲问了她是不是共产党以后，她觉得有些话该给他说了。于是，她郑重其事地给他传达了佘涤清代表党组织对父亲提出的希望，用起义的方式解决北平的战事。当然，她尽量把话说得委婉些，不要一下子使父亲难以接受。

父亲听了，没有明显的接受或不接受的表情，只是慢腾腾地夹了一筷头菜放到嘴里，未嚼几下就咽下。然后问道：

"你说的是真共产党还是'军统'？现在挂羊头卖狗肉的有的是，你可别上当！要是遇上假共产党，那就麻烦大了！"

冬菊有些急了："爸，看你说得多玄乎，我又不是三岁小孩，就那么容易上当？"毕竟是女儿对父亲，还是有撒娇的时候。

气氛似乎有所缓解，不过，女儿接下来的话很严肃："爸爸，他们都是我的同学，是真共产党，不是'军统'！"

父亲又问："是毛主席派来的还是聂荣臻派来的？"

父亲逼望着女儿。

冬菊是个诚实的姑娘，从来不撒谎，尤其在父亲面前，又是这样一个严肃的问题，她如实地对父亲说："这事他们没有说，我也没问，明天我弄清楚了再告诉你。"

第二天，傅冬菊和佘涤清约定在中山公园一棵古槐树前见面。她对佘涤清说：

"我爸爸问我，要和他和谈的共产党是谁派来的，毛泽东还是聂荣臻？"

佘涤清笑了，问："你是怎么回答的？"

"我对他说，我不知道。"

"那你就告诉他，是毛泽东派来的！"

傅冬菊回到中南海，把佘涤清的话如实地转告给了父亲。他听罢，稍思考了一下，手拍到桌子上，说：

"那好吧，我有一件十分机密的事，能不能请他帮忙办一下！"

"能！当然能！"冬菊回答得很干脆。

于是，傅作义说："请他以我的名义给毛泽东发个电报！"

冬菊说："好！"说着她就去拿笔、纸。

父亲伸手拦住了冬菊："一个字也不能用笔写，只得记在脑子里。对你的同志也只能口授，口口相传，绝不能字传。一点痕迹也不能留下！你听着，我口述，你心记！"

电报的原文（大意）是这样的：

毛泽东先生：

　　我不愿再打内战了。为了保卫北平的古迹，为了人民生命财产免遭损坏，我愿意接受毛主席的领导，接受和谈。请求派南汉宸先生来谈判。我手下现在还有几十万军队，200架飞机。过去我幻想以蒋介石为中心，来挽救国家于危亡，拯救人民于水火之中。现在我已经认识到这种想法、做法是彻底错误的了。今后我决心要以毛主席和共产党为中心来达到救国救民的目的……

傅冬菊听着父亲口述这封信的语气，分明是长期压抑后的心情松绑和释放。完毕，他让女儿复述了两遍确实无误时，才说："好！就这样！你马上把它发出去，一定要办成！"

"爸，你放心！我一定办成！"

转身，傅冬菊就把电报口述给了地下党的另一个负责人王汉斌。王汉斌也是她经常联系的领导。她感到一阵轻松。那刻，她脑中除电报，别无所思，别无所想，她信步走上长安街路旁草坪边，总觉得每滴露珠都很干净。

同时，她的心头也袭上一股焦虑，甚至可以说很沉重的焦虑。父亲企盼得到心满意足的结果，现在这个结果正走在路上呢！路上会遇到什么意外吗？汹涌的浪头还是荒蛮的沙海？

她得到了一只大船，又盼望能有一个救生圈。

傅作义焦虑的心情肯定比女儿有过之而无不及！翘首而盼。

欢乐与焦虑，有时候其实没有本质的区别。

一天过去了！

三天过去了！

一个星期过去了！

没有任何回应。

傅作义纳闷，冬菊也纳闷。她去问王汉斌，王汉斌也纳闷。

远方的远方，仿佛都是哑谜。

中南海他们住的屋外，有一棵正在开花的芙蓉树。记得父亲说是醉芙蓉，"三醉芙蓉"，随着太阳东升西落变化颜色，清晨开白花，中午花能转成淡红色，傍晚又变成深红色。

傅冬菊望着芙蓉树想：我是不是也遇到了醉芙蓉？她忽然觉得自己企望得到的那么远，不想看见的怎么那么近！

傅作义迁怒于女儿，但他也明白这绝不是女儿的问题。他不得不把女儿叫来，说：

"你把地下党的负责人叫来，我派代表和他们面谈！"

傅冬菊觉得此刻全世界似乎都没有她的去处了。怎么办？她只能把爸爸的意见报告给了党组织。很快就约定双方代表见面的时间、地点。

傅作义的代表如约前往。

可是，对方的代表没有影儿。

所有的墙壁似乎都没门！

季节已经进入冬季，人心难道也冷了？

傅作义的心思乱极了。本来他的心就够乱了。他把怒气全发到女儿身上：

"让你办事，你没办成。你认识的是假共产党！"

冬菊说："不，是真共产党！"

连她自己也知道这样的辩解非常苍白。最后，她只能求父亲：

"爸，你可不能抓人！"

"我哪能抓人？我什么时候抓过人？"

这期间，发生的一件似乎意料不到又仿佛在意料中的事，让傅作义魂飞魄散，基本上炸毁了他那顶"剿匪总司令"的头衔：一天夜里凌晨3时，锡拉胡同十一号前北平市长何思源家的屋顶，两颗定时炸弹轰然爆炸，何思源和夫人受伤。何思源是一位爱国市长，近一个时期，他为了催促傅作义走和谈的道路，四处奔忙。定时炸弹粗野、鲁莽地撞进市长家里，是蒋介石指派特务暗中干的，要阻挠傅作义与中共和谈。

何思源给傅作义传话：生命只有一次，要万分珍惜！

谁能断言定时炸弹不会撞进傅作义的住所！

……

这天，傅冬菊从外面一回来就发现屋里的气氛有点异样：父亲坐在屋里大发脾气，好像在和谁吵架。可是，屋里明明就他一个人呀！她看到父亲坐的椅子下，扔了许多咬断了的火柴棍。咬火柴棍，发泄！

这时，父亲站起来，心急火燎地在屋里踱了几圈，又叨叨起了电报为什么换不来回讯的事。当然少不了对女儿一通埋怨。

他坐下又咬着火柴棍。

谁能理解他？

傅冬菊有些手足无措，她的心猛地收缩起来。父亲的这些异常情绪和动作，也许会酿成一场大祸，造成难以挽回的后果。

她立即把看到的这一切报告给了党组织。

这时，傅冬菊才得到消息，负责和她接头的佘涤清已经暴露了身份，被国民党"军统"逮捕。现在和她接头的是崔月犁。难怪父亲给毛主席的电报无回音。

傅冬菊很快和崔月犁联系上，把父亲近来的异常情绪报告给了崔月犁。她说：不好了，我父亲不想活了！

崔月犁听了大惊，他明白眼下安慰傅作义的唯一办法，是尽快把他给毛主席的电报发出去。他随手拿起一张窄窄的纸条，让冬菊重述了电报内容。

崔月犁转手就把电报稿交给了他的妻子徐书麟。徐书麟在师范大学中学训练部工作，是崔月犁的义务地下交通员，她立即把电报稿送到了北大红楼后面的一条胡同里，那里住着译电员何剑。何剑即刻把电报稿翻成密码，又送到东单洋溢胡同交给发报员艾珊。

艾珊迅速办理，通过地下电台，把消息发到解放区河北沧州泊镇，直接交给了平津前线总部林彪、罗荣桓、聂荣臻。

春暖心安……

1949 年 1 月 14 日，傅作义的谈判代表邓宝珊、周北峰按照和解放军约定的时间，出城赴解放军平津前线总部北平通县宋庄，傅作义亲自送他们启程。林彪、罗荣桓、聂荣臻在离宋庄不远的五里桥迎候。这是双方第三次和谈。

邓宝珊是傅作义在和谈中派出的最高级代表，也是毛泽东先前所示的那种"有地位，能负责"的代表。邓宝珊是甘肃天水人，辛亥革命时期参加了著名的新疆伊犁起义，还在陕西参加过讨伐袁世凯的斗争。1924 年，他参加冯玉祥领导的国民军，拥护孙中山的"联俄、联共、扶助农工"的三大政策。西安"双十二"事变中，他拥护中共和平解决西安事变的主张。他很早就任过国民党甘肃和绥远省主席。抗战期间，他率部驻军榆林，和陕甘宁边区建立了良好关系，曾三次途经延安，每次都受到毛泽东、朱德、周恩来、林伯渠、贺龙等领导的热情接待。毛泽东数次与邓宝珊长谈，彼此知情知心。眼下，邓宝珊的头衔是华北"剿匪"副总司令，兼任陕绥边区总司令。

邓宝珊抵达解放军平津前线后，毛泽东即发电表示欢迎。1 月 14 日的会谈使北平和平解放的趋势不可逆转，"通县和谈"作为平津大战中国共双方军队高级将领在战场上的最后一次正式接触被载入史册。

1949 年 1 月 22 日，傅作义发表公告，对外正式公布了北平和平解放的实施条文。

北平大街小巷拥满人群，大家争看公告，都在探询解放军入城的消息，等着看揭开北平崭新历史一页的壮观场面。一连三天，入城的解放军队伍络绎不绝。

我在创作《历史，在北平拐弯》的近三年中，总想尽量多找一些当年的当事人，特别是和傅冬菊接触过或了解她的人。就这样，我见到了崔月犁，他已经从国家卫生部部长的岗位上退下来了。我特地请他带我看了那年他和傅冬菊交换给毛主席电报稿的东皇城根胡同李中的家。我们去了，却找不到那个地方，当年弯弯的胡同变直了，那个泥土砌的门楼换成了砖瓦屋檐。唯门前的那棵银杏树还在，却也老态龙钟了。人在回忆往事包括看曾经熟悉的地方时，当时的关注点同回望时的关注点迥然不同。崔月犁感叹说："那个时候我们这一刻还能见面，兴许另一天的这一刻我们会毫无准备地离开北平，甚至离开这个世界！那时我们都像傅冬菊一样，总是小心翼翼。早晨心里还揣着黎明，指不定傍晚就可能戴上了敌人的手铐。"

那次，傅冬菊给我打电话，我特地求证崔月犁这番话，她听了不吭声，久久地，久久地才说了一句话：我总觉得那次带着给毛主席的电报，走到皇城根好像跋涉了半生的光阴……

三进"将军府"

我分明已经站在北京村 51 号门前了，但怎么也不敢相信这会是她的家——一位驰名中外的女将军李贞的住所。它不是我想象的高墙深院，幽静、宏伟，它是普普通通的一户人家。墙皮脱落了，瓦块也残缺不全。两扇油漆剥落的黑门紧关着，两个小铁环静静地吊着，似乎已经多日不曾有人动过它了。街上一个玩耍的小娃儿，主动上来跟我搭话："叔叔，是找李奶奶吗？"说着就上去帮我按响了门铃。

院里一阵响动。

开门的是一位身材消瘦，着藏青色中山装的老年女同志。衣领上、胳膊肘处都留着缝补过的针迹。她穿的拖鞋，式样也很古老，大概是用布鞋改的，或是来自乡间的土产。她的头发花白，很整齐地往脑后梳着。脸上那多而密的皱纹，给她平添了几分老人的慈祥、和蔼。只有那副绛色架镜使她显出了几分威风，让人意识到她就是曾经在疆场上冲杀了大半生、有过非凡经历的女将军。

纯美和朴实，女性的慈祥和男性的刚强，有机地糅合在一起。

我说明来意，告诉她我是经过组织介绍来采访她的。

"我就是李贞。欢迎，欢迎！"她　口浓重的湖南腔，用含笑的目光望望我，伸出了手。那手青筋突暴，很是结实。

"首长，我是来向您学习的。"我站在这位女将军面前，有点拘谨。

她看出来了，说："别老站着呀，走，屋里坐！"

这一下子缩短了我和她的距离。

她领我进了屋，在会客室里坐下。这间房子以及里面的陈设，像我刚接触的主人一样朴实。一台电视机，一个五斗柜；四张沙发看来已经用了好多年了，上面的包布磨蹭得发了毛，却很干净。她床上的被褥、床单没一件可以称得上高档品，那个枕头就更没有"时代气息"了，绣在上面的花以及四周的镶边，是50年代我在老家看到的样式。还有写字台，不客气地说，比我这个小干部的强不了多少。我曾听说二级部以上领导的写字台和座椅是特制的。也许一般是这样，可李贞同志的确并非特制。

中国将军的家原来就是这个样儿！进城三十多年了，李贞还没有改变"战地之家"的生活。

她的桌面上摆满了书籍和报纸，那翻开了的书本，用铅笔画着道道的报纸，和一支脱了笔帽的钢笔放在稿纸上，说明刚才她还在伏案读书、写东西。其他空间便是些装药物的瓶瓶罐罐。此刻，我心里涌满了对李贞同志的深深敬意。

来之前，我从别人那里得到的有关李贞住房的情况是：

"文革"中被赶到外地的李贞，1976年落实政策才回到北京。但她原先和爱人甘泗淇上将住的那套房子早被别人占了。她只好长期住招待所，打"游击"。一年过去了，两年过去了，没有人过问，似乎她成了被遗忘的人。

军委总部的一位领导人知道了李贞的处境，很生气，把有关部门的头头找来，说：

"解放军几百万人都管，为什么李贞的住房却没人过问？明白吗？

她是个将军，全军就她一个女将军！"

在这位领导的关心和督促下，李贞才搬进了香山北辛村这处平房里。不管怎么说，她有落脚处了，有家了。但这是一个大杂院，几家合住，房子比较破旧，冬天暖气常常"断气"。工作人员看到她在这冬冷夏热的房子里受罪，担心她的身体吃不消，想给组织反映整修一下，她都制止了，说："有个住处就不错了。大家都难嘛，我怎么好去搞特殊。"就这样，一年又一年过去了，李贞仍然住在这房里，工作人员觉得这样下去实在对她太苛刻了，便又提出让她搬到城里去住，她硬是不同意，说："我不愿一个人住独院，那太寂寞了！这儿多好，几家人住在一起，多热闹！"

没有任何其他意思，完全是心里话。

她一直没挪"窝"，和这套平房较上了劲，在这儿住上瘾了。

她的对门是一位离休的师职干部。师职与老将军之间，相差多少台阶，李贞从来不去计算。她只知道，自己应该踏着脚下的台阶朝前走，而不应该站在这里向党伸手，要这要那。

李贞到隔壁给我张罗开水去了。我在思考着今日，我来到北辛村，找到的是女将军人生道路上的一个台阶。这台阶它是如此朴实而坚硬。

碧叶，承受着太阳的抚慰

我为难了？称呼她什么呢？

尽管在我见到她之前，别人给我介绍了她的一串职务：全国人大常委会委员、中顾委委员、全国妇联常委、总政组织部顾问，等等。可是见面后我才知道，这些头衔除了中顾委委员外，其他的职务在她的再三请求下，最近都免掉了。

她，一不是部长，二不是主任，算个什么"官"，我该称她什么好呢？叫"李将军"？太绕口，军队现在还没有恢复军衔制！叫"李大姐"，又不够严肃……

女将军看出了我的心思，她扶了扶鼻梁上的眼镜，一笑："我是共产党员嘛，你就叫我李贞同志，最亲切了！"

我点点头，只好这样了。我们话语多了。

"人要服老呀！生老病死，新陈代谢，这是自然法则，谁违背了都不行。这是再明白不过的道理了。"她说。

时钟在嘀嘀嗒嗒地响着。那声律很是有节奏，仿佛在诉说着什么。

李贞给我讲："不久前我去京西宾馆参加妇联召开的一个会，车行半路，心脏病突然犯了，挺厉害的。还没到会场，就住进了医院，特护了三天，才脱离了危险。医院的门进出多少次了，可是这次住院的心情和哪一次都不一样，有一种说不上的惆怅感。我已经七十六岁了，体力不允许我更多的工作了。为什么还要占着位子，把年轻人盖着？搞现代化建设，光坐着、躺着喊是不行的，最需要使出劲来干呀！以后，只要妇联开会，我就呼吁，老同志应该让出位子来，让年轻人充分发挥聪明才智。我还给康大姐写了封信，要求免去我妇联常委的职务。后来，她见到了我说，'李贞同志，我已经看到了你的信，妇联的其他几位同志都传阅了，我们准备采纳你的意见，下次开妇代会就兑现'。"

说到这里，李贞轻松地笑了。那是一种只有达到了所追求的目的以后宽慰的笑。我了解女将军的心情，她有宽阔的胸怀，她有自己的追求，她"辞官""让贤"，全是为了党的事业！

"你的做法是开明人士之见。应该在老干部中提倡你这种精神。"我说。

李贞继续讲着："中国之大，人才之多，使许多外国朋友都感叹不止。

老同志为什么要等自己伸了腿再让位？"

这时，我忽然想起了这次采访前，有人这样提醒我："那老太太已经一二十年不出头露面了，怕是没甚好写的。"今天初进"将军府"，我却有着异样的感觉：女将军的脉搏仍然跟着时代的脉搏在跳动！

这时，我抬头向窗外看去，天空飘起了雨星子。女将军的话就像窗外的春雨，滋润着我的心！

她退居二线以后，还如同大森林里的苍松一样，承受着阳光和泥土的抚慰。女将军还在总政组织部过组织生活，和同志们交心谈心。党费她总是按时亲自交给党小组组长。如果她因故不能参加小组会，就写封信汇报自己的思想。尽管这封信有时只有几行字，但谁掂着它都是沉甸甸的。

雨停了，南风拂拂，天空变得更加晴爽了。雨后的院子里是一番少有的景色：鸡冠花、刺槐花，还有许多我叫不上名字的奇花野草，更加绚丽多姿，五彩缤纷。

多么迷人啊！女将军的庭院。

这台阶，也是姑娘的新起点

第二次来李贞将军家，屋里多了一位端庄的秀气的姑娘，二十出头。她手脚勤快，一会儿打水，一会儿整理客厅。给冷清、寂寞的"将军府"带来了一些欢快和温馨。

一个家庭不能没有孩子，一个单位不能没有青年人。否则，生活会失去色彩，日子会变得寂寞！

可是李贞呢？她这辈子没有养活过一个孩子。甘泗淇将军1964年就去世，二十年来她一人孤孤单单地生活着。特别是到了老年，可怕的寂寞经常罩在她心头。眼下，虽然她的十一岁的侄孙女在身边，但孩子白天去学校读书，家里出出进进还是她一人。

其实，作为一个女人，李贞怎么会没养孩子呢？只是在那绵延不绝的战争年代，作为军人，在炮火连天的战场上只能是忠贞不渝、奋不顾身地与武装到牙齿的敌人作战，孩子嘛⋯⋯

李贞是湖南省浏阳县永和市小板桥人，家里只种着一亩半租田。父母领着她们姊妹六个，过着吃一顿盼一顿的日子。她和姐姐在六岁时就送给人家当了童养媳。那真是黄连淹心的生活啊！一个六岁的姑娘，要上山打柴，打了不会捆，捆上又挑不起来，为此她常常挨打。婆婆的小儿子比她大一岁，那娃儿不少胳膊不缺腿，偏要李贞背着他走路。背不动，劈头盖脸就是一顿毒打。她身小力薄端不起婆婆家那一大木盆的洗衣水，也是一顿打，打了，还得端。不准哭，只有把眼泪吞进肚里。大她四岁的未婚夫更狠毒呀，打起来，揪住她的头发往壁上撞，仿佛不把她打死不解恨⋯⋯

至今，女将军回忆起往事，仿佛那毒打的伤痕还在！

1925 年，大革命的风暴把十七岁的李贞卷进了革命的队伍。她秘密地参加了妇女协会，次年就入了党。结束了苦难深重的生活，走上革命征途。1928 年，李贞调到区苏维埃政府工作。这时她结婚了，并且有了四个多月的身孕。一次，在十八折战斗中，她和五个游击队员被敌人围困在狮子崖上，进退无路。敌人声嘶力竭地叫喊着要捉活的，她便带头从崖头上跳了下去。血从两腿喷涌下，她流产了。等醒过来时，身子虚弱得半点力气也没有了。与她一同跳崖的一个同志指着身边的草滩说："那是什么？像个老鼠。"李贞一看，正是自己的孩子，她用手撑着身子，爬过去，抱起孩子，久久地端详着，心碎了⋯⋯

她不顾身体的虚弱，要给刚刚来到这个世界还没有呼吸一口新鲜空气的儿子，找一归宿。她用手在草滩上挖着，挖着，好不容易挖了个脸盆大的坑，把孩子埋了。儿子呀，别怨妈妈狠心。前面是欺凌我们的敌人，妈妈要去战斗、拼搏，随时准备牺牲……

在漫长苦难的岁月里，在严酷的战争中，我们的将军，付出了多么沉重的代价！

她继续说着……

"长征路上，过草地时，我又生了个孩子。热情的同志送来自己舍不得吃的青稞面，拿来洗得干干净净的破衣服当尿布。可是，这个小小的生命还是没有和我渡过这艰难的里程，留在了草地上的野草丛中。"

女将军哭了！五十多年了，两个儿子如果都活着，该是中年人。可如今？女将军身边一个儿女也没有！女将军也是母亲，也有一颗慈母心啊！

她自己的孩子虽然没有养活一个，可是几十年来，她先后为烈士和亲朋抚养了二十多个孩子。她的这个小院里，从50年代初进城后，就一直没有断过孩子的足迹、笑声。有叫她妈妈的，有叫她阿姨的，还有叫她奶奶的。

今天庭院里亭亭玉立的温顺的姑娘，就是在李贞身边长大的。几年前她就参加了工作。可她总忘不了女将军的慈爱，节假日里总要回来，看望李贞妈妈。

是的，这几十个没有爹妈的孩子在女将军这里得到的不仅是深沉的母爱，而且从小就吮吸到了革命传统的丰富营养。她的品德——不滥用职权谋私利，不向组织伸手要照顾，不要工作人员为自己代劳，不乱花一分钱……这些尤- 不陶冶着孩子们 鞭策着孩子们从女将军身边起步，一个一个真诚、积极地战斗在各自的工作岗位上。

当然，离开李贞以后，孩子们前面的路还很长，很长……女将军可不能保证孩子们的每一步都踩得那么坚实，不打个闪失。

去年，就是这个有点娇气的姑娘，突然给李贞提出了一个要求：

"阿姨，把我的工作调动一下吧！"

"你不是干得蛮好吗？"李贞有些吃惊地望着姑娘。

"那工作太累，再说也不是我喜欢的。"

李贞的心颤了一下。这也能成为调动工作的理由吗？"你不喜欢？如果大家都去挑自己喜欢的、轻松的工作去干，那就没有人当农民，没有人下矿井，也就没有人掏大粪了。这样能行吗？"

"反正你给我想想办法把工作调动调动。"姑娘输理也不让步，还带几分娇气。

"别胡思乱想，安心工作。"李贞眼里带着明显的严肃。

这女孩当时太任性，没听李贞的劝告。竟背着李贞跑到女将军曾经工作过的一个单位，要求调动她的工作。这事被女将军知道后，她把姑娘找来，耐心而又严厉地对她说：

"不正之风在我这里是没有门的。你还是听我的话，收了自己的野性子，好好工作吧！"

她留姑娘住了一天，比前比后地给她讲了很多道理。由于将军的告诫，姑娘终于很愉快地回单位去了。

女将军的脸上也溢满了笑容。

请相信，脚下这个台阶，一定会成为姑娘新的起点！

鲜花下面也有泥潭

半年后，我第三次进"将军府"。见到李将军的大妹子，她也是老红军，家在东城区黄城根。她不常来，一年来一两次看看老姐姐，叙叙家常。透过她们之间的相互关怀，我感到了她们之间的温馨。

她对我说，她们姊妹六个，除老大早就病故外，三个在部队，两个在老家当农民。李贞排行老二，她是老三，老四现仍在部队。

我说："你们姐妹六个中就出了一位女将军，中国就这么一个。这是你们的骄傲，也是中国军队的骄傲！"这时我眼前出现了1955年毛主席给李贞将军授勋的情景。

她急了："是的，姐姐是将军，她是全国人民的将军，不是我们家的将军。"

这话，够分量，掷地有声。

"这些年，几个妹妹生活上有困难，我从经济上给她们一些必要的接济。但是，没有一个敢从我这儿来找门路解决工作和住房等问题的。"她做得好严厉啊！

"这点我们的孩子都知道。向大姨伸手是可耻的。他们都有那么一种清高自负的思想。六妹子的大儿子靠自己的努力考上了农大，还有一个孩子考上了医学院。我说这才叫有出息。"

李贞听罢，满意地笑了："自己开出的路，也许是坎坷不平的泥土地，但却是通向未来胜利的路。走别人为你开的路，即使铺满鲜花，也未必好走。因为，鲜花下面可能还有泥潭！"

七十六岁的老将军，还是蛮有诗情嘞！听，这话难道不是诗吗？

今日，我从女将军身上看到了一直没有褪色的可贵革命本色。

小张成了"一兼三"的角色

"喂，是李贞同志的家吗？"

"是。我是小张。你有什么事请讲吧，我给首长转达。"

我通报了自己记者的身份，并讲了继续来采访的时间、内容和要求。他说，他全记在本子上了。

按照约定的时间，我再次来到了李贞的家。没想到，那个小张却没照面。这次她一气与我谈了三个小时，谈她过去的"战地生活"，谈她在"文革"中的遭遇，谈她离休后怎样寻找到生活的热浪……三个小时，她正襟危坐在藤椅上，连一口水也没喝。

这些习惯，无一不显露着坚强骁勇的气度！

正谈着，一位衣帽整齐的青年战士走了进来，他对李贞说："首长，该吃药了！"将药片送到桌前，李贞感激地点点头，吞药、喝水，一仰脖子，咽了下去。

这战士的口音正是我在电话里听到的那一位的口音，于是我问李贞："他是谁？"

"小张。是个很好的同志。在我们家他是第一号的忙人。他虽然是司机，但一身兼三职，既是我的秘书，又是我保健医生！好在我退居二线了，要不，真把他累坏了。"

说到这儿，她满意地笑着。

小张在外面听到了李贞的话，走进来对我，也是对李贞说："我都快失业了，三四天也出不了一趟车。真可以评节能标兵了。步行能办的事就不让车轮子转动；出一次车可以同时办完事就不要出二次车。凡是来京亲属，一律不准用汽车接送或出外游玩。这样，我这个司机一年还能跑几公里？正是在这种情况下，我才一人身兼三职啊！"

原来，粉碎"四人帮"后，李贞才拖着虚弱的身体回到北京。当时要给她配汽车，配秘书，配护士。她似乎连想都没多想一下，就回绝了，说：

"实事求是地讲,汽车我可接受。秘书嘛,我认为没有必要配。我年老体弱,不可能做更多的工作,抄抄写写的事情能有多少?至于护士嘛,也不必配专人。我有了病,只要自己能动,就坐车到机关医院门诊部去看。如果实在动不了,就请医生来一趟。有个司机照看满可以了。"

行管部门照办了。

我对小张这个"一兼三"的角色发生了兴趣。和李贞谈罢话,我又找小张个别聊了聊。

这些年,李贞的身体一年不如一年,管理部门见她走路不稳,怕摔跤,就准备给她经常活动的会客室里铺上地毯。可她就是不要,说:

"这些东西有了不多,没有不少。感谢你们的关怀,我走路时多留点神就是。"

出于好心,小张和另外一个同志趁李贞不在家的时候,把地毯领来铺上了。这下子,她生气了,气得手都在颤抖,对小张说:

"这样的事,没有我的同意,你们是不能替我做主的。你们不能自行其是。"

小张给我讲完后,好久不语。显然,他在忏悔自己没有遵照首长的意见办了这桩事。我却有点替他抱屈,安慰他说:"这种事比不得其他错儿。要我说,你是做了一件好事呢!"

小张笑了。大概他高兴找了一个同情者。

她,记住了周总理的一句话

有时候,你所尊敬的人说的一句话,也许是一句无意的话,可是你记住了,并终生难忘。于是,这句话成了座右铭。

女将军，记住了周总理的一句话。这句话一直深深铭记在她的心里……

"那年，总理跟我和另外几位同志谈话，其中说到'北京增加一个人（指老干部），就要增加八个服务员'。我听后感到他是教育我们老同志要为首都分忧，为人民分忧。不要把党和人民对自己的关怀照顾当成是理所当然的报酬。就是这句平平常常的话，多少年来总是镂刻在我脑海里。我觉得我们应该像周总理那样当人民的公仆。"

蓦地，我眼前一亮，我觉得捕捉到了女将军身上那许多闪光的东西的光源了……

"十年动乱"中，她被无端地审查后，轰出了北京，赶回湖南。她给党中央写信，要求把自己的问题搞清楚。信转到了有关部门，让李贞回北京。李贞回答："我不想回北京，我不愿让首都的八个人来为我一个人服务。我只是要求把问题弄清楚。"

1月8日早晨，天阴沉沉的，冷风不住地从门缝往屋里钻。李贞躺在床上，感到浑身冷飕飕的。她迷迷糊糊地听见广播里传来哀乐声。是谁逝世了？

是我们敬爱的周总理去世了……

她脸没顾得洗，头没顾得梳，跑前跑后地找干休所的所长。所长上哪儿去了？有人告诉她，买菜去了。

她一路小跑，到了菜市。从黑压压的人群里找到了所长。她劈头就说：

"请你给我买张飞机票！"

"干什么，去哪儿？"

"回北京！"

"谁批准的？"

"没人批准。"

"那不行！"

李贞火了："今天不由你了，这飞机票非买不可。周总理去世了……"她说着失声痛哭了。

这时，买菜的人纷纷围上来。有的把菜篮掉在地上，有的把围巾挤落，菜场上哭声一片……

所长哭了，说："好，你等着吧，我给你去买票。"

当天，她到了北京。可是，去找谁呢？到哪儿去？

她熟悉的战友和首长，大都像她一样靠边站了。

女将军独自在一个普普通通的招待所住下。她千难万难找到首都医院向周总理遗体告别！

放声哭。真没想到，七八年没见周总理，他瘦成了那个样。这是她熟悉的总理吗？

她站在总理遗体前，思绪万千……有思念，有委屈，有悲愤，有力量……

周总理，您生前一直很关心女将军，临终前还问及她。现在，她赶来向您告别了。可是，她还是个"反革命"。

这些，您是不知道的……

有个姑娘想去拉萨

至今，那片片炎夏中飞飘的热雪，仍在我记忆里闪光。

你不知流浪到了何方，藏北，还是雅鲁藏布江边？我知道，你不是为了某种辉煌才去四处游牧，但我相信，西藏的每个角落都会有你需要的自由。

我真后悔我把那个暂时的瞬间留在了我的岸边，这使我们的巧遇不会散去，也使我们的重逢变得遥远。我感到遗憾并将继续遗憾下去。

我拿着这张不知寄往何处的照片，把仿佛发生在梦中的故事翻开一遍又一遍地阅读。无尽的思念在找目光企及不到的地方结了冰。

想去拉萨的小姑娘，你在哪里？

从京城出发时，我摘下长安街上一片盛夏的绿叶；到了藏北我的满眼都是萋萋枯草。

那天，太阳好红，雪好大。

进藏路上盛开着永远的风景。

你是在我们一车人没有任何提防的情况下，犹如从天而降，突然站在了公路中央。要不是司机果断地来个急刹车，真不知要出现怎样难以预料的后果。

汽车紧挨着你的身子停住了，你仍然没有收起张开的双臂站在路上。你不是盲人，你那双受惊后依旧明亮的眼睛使人无法同情你的鲁莽。

也许司机见你是个不懂事的藏族小姑娘，他没有把满腔的火气喷出来，只是将头伸出来问你拦车有什么事。

你不说话，像石碑一样耸立着。

阳光把越下越大的雪片涂成了五彩的颜色。汽车像海湾搁浅的船。你为什么不张口，仿佛这车不是你拦住的。

在青藏高原跑了十多年车的老司机，显然从你的表情上发现了什么异样，便对车上的人说："我们不能扔下这个不说话的姑娘不管！"

我明白，司机是换了一种角度来处理你拦车的问题：换一种角度就是换一种境界。

我们是在藏北的当雄与那曲之间有七座佛塔的地方相遇的。司机说了那句话后，包括我在内的三个乘车人都下了车，很自然地围你而站。我们每个人都问你为什么要拦车，你总也不开口，这时我看到一片彩雪飞进了你的眼睛，你并不用手去揉，而只是将那长长的睫毛翕动了几下，雪便揉成了水，融进了眼里。睫毛因打湿而显得润润的柔美。

正是在这一瞬间，你那长长的黑睫毛使我发现了你无与伦比的美丽。尽管你的衣着绝对是藏地任何一个牧羊姑娘都穿的那种脏兮兮的藏袍；尽管你的双手黑乎乎的好像刚从草滩上捡牛粪归来；尽管你的藏靴上沾满了泥巴且有几道被荆丛或别的什么利物咬的破洞，但是你的睫毛确实非常动人，那是点缀碧水的一行密草，那是染绿沙梁的一簇青藤。你的眼睛因了这睫毛而美丽；你的睫毛因了这双眼睛而动人。

你还是石碑一般站在公路中央，双唇紧紧地闭着。

"小妹妹，你拦车到底有什么事？"我们四个人又一次异口同声地这么问你，没有丝毫抱怨你的意思。我们明白，越是封闭得紧的心扉往往越是有难言之苦。

悬挂着太阳的天空太高，铺设着白雪的大地太美。难道真的在冻冰的雪层下还有未愈合的伤口？

我们和你"对峙"着，好像谁也没有能力来打破这个始料不及出现的令人难堪而又莫名其妙的沉默。

也许，我觉得自己多次来往藏地有"资本"跟你通话，便上前用藏语试探着问你：

"小妹妹，家住哪里？"

你笑了，用手指指雪山下，远处的山弯里，有几顶酱紫色的帐篷，白雪掩映，很是惹眼。

"家里有什么人？"我再问。

你那长长的睫毛上一下子就挂上了泪珠。我马上意识到我的问话触及了你所痛之处！便战战兢兢地中止了我们刚刚开始的交流。

太阳雪还在下着。看见雪我就想起了家，母亲的白发，和白发下那黄土色的皮肤皱纹。

突然，我觉得我们间隔着巨大的陌生。那大片大片的彩雪掩埋着你的来历……

为我们解围的是一位老牧人的到来。他那一蓬雪白而密质的绕着嘴唇的胡须，使人想到他是从仙道来的一位道人。

"一切都非常简单！"老牧人说，"她只是为了拍一张自己的照片，才想到拦你们的车去拉萨。"

"去拉萨？那她为什么不说话呢？"我问。

老牧人的一声长叹，染苦了藏北草原。

"唉，哪有那么容易，去了拉萨她也进不了照相馆，即使照了相，她也回不来。兜里没有钱呀！"

老牧人接着说："她已经多次在路上拦车了，又多次流着眼泪默默地离去。"

老牧人又说："她是个孤儿。那一年一个来路不明的妇人把她生在路边，扔下她就走了，从来没人知道她的阿爸阿妈是谁。好心的牧人们你给一块糌粑，他给一碗酥油茶，她就是这么长大的。"

我们都不吭声了。

雪片割着太阳，太阳离我们很遥远。

你仍然站在汽车前。

我们不必再难为你了。我打开提包，拿出照相机，走到你跟前，说："来。我给你拍一张！"

你指了指七座佛塔。我明白了：以佛塔为背景给你照相。

你很拘束地站在佛塔前，我咔嚓一声按下了快门。

我又把照相机递给同行的人，给我和你拍了一张合影。

这时，你说了从见到我们后的第一句话，也是最后一句话："我叫米玛金珠。"

"再把你的地址告诉我，回到北京我就把照片寄给你了。"

听了这话，你摇了摇头，泪水又涌出了眼眶。

老牧人在一旁挑明了事情的真相："也没有固定的地址，今天山南，明儿江北，再过两天她又要赶着三只羊到远处放牧去了，这回是由我带着。"老牧人又叹了一口气，"这孩子，为什么非有张照片不可呢！"

我看到，远方，雪如奶罩着山巅。近处的草坡上有三只羊冲着我们停车的地方咩咩直叫。你慌了手脚似的撇下我们，向着羊小跑而去……

我举着照相机，对准你和三只羊，却久久地不按快门。我感到，云不动天在动。你和羊不动草原在动。

雪山下那几顶被岁月熏黑的帐篷，好像几座欧洲古典的雕像……

这个夏天如此沉重。

我有一张也许永远找不到主人的照片。

那次巧遇留下的诸多遗憾，渐渐变成了我对自己的自责——

我为什么没有问清楚你游牧的终点？哪怕你在那个暂时的终点只停留一周，我都有可能设法留住你的脚步，把照片寄出。

我为什么没有随车把你带到拉萨？在布达拉宫前如果照一张相，那才叫真正的留念！

我为什么……

现在，我真的想再去一趟拉萨。我希望能在进藏路上的一个什么地方再一次突然碰见你。真的，我想去拉萨，因为我知道你是赶着羊上路的，你的家在路上……

静夜，微微的车轴声……

　　这朵突然冒出来的刺玫花，带着大地黝黑的嘱咐，染着向往圣洁的色彩，在我住宅楼下似乎不该它出现的角落里开放了。

　　它用明媚得与周围的小环境不大和谐的亮色，将楼里一些人家那总是悄悄儿紧闭着的门洞震了。门缝里射出怯生生、极不友好的目光……

　　多少年来，楼下左侧路边的这块地方，成了一些人"法定"的展览龌龊的窗口：纸屑、炉灰、剩饭、粪便、烂鞋、破碗、月经纸……所有的污秽巴不得都集中到这里。

　　我在这楼里住了好几十年了，记不得是从什么时候起留意到了这样一个镜头：

　　夜里，楼上几乎所有的窗口都黑了；或清晨人们还在沉睡中梦游，我由于写作的习惯还在伏案，这时总能看到一个老妇人用一颗芳香的心在垃圾堆旁清扫着。在她的身旁，一辆已经无法辨清是铁制还是木制，也不知从哪个朝代传下来的带斗的小车；一把木板上钉一块铁板作刃头的大锨；再就是她手中那把已经磨损得秃秃的像一根木棍似的扫把……她戴着把脸捂得严严的大口罩，扫得很认真，连那草丛间的杂物都要抠出来。

这一切，我是借着月色才看得清楚。

我常常看得入了迷，忘了写作，直到她拉着车子吃力地走开。车轴摩擦出的声音，脆脆的，悠悠远去，仿佛把静夜都穿透了。

我觉得，那是世界上最纯净的声音，也是最微弱的声音。两个胶轮柔和的旋律，两只脚板有节奏地迈动……

可是，大楼睡得好寂沉，谁去听？

渐渐地，我竟然形成了习惯，听上了瘾，如有一个夜晚不听见这车轴的声音，这一夜的梦肯定是很干瘪的。即使睡觉了，也是昏睡，醒了，也没清醒。

再后来，我发现老妇人走路不便当，有点瘸。摔的，还是先天的病？不得而知。我总算明白了，她拉起车来为什么那么吃力，身子摇摇晃晃地在夜色里移动着。

我的心酸痛极了：

已经有好多日子我没有见到老妇人了。自然，车轴的摩擦声也断了。我突然感到生活很空寂，很烦躁，好像要失去平衡了！

就因为一个老妇人的消失吗？

楼下的垃圾越堆越多，早就超过"三八线"了。但是没有人来清理。

只有在这时候，我才深切地感到了我们一些人的惰性是多么的顽固而又可恶！往前再走十来步就是垃圾桶了，不，就是不去。因为这儿是"法定"吞噬垃圾的地方。

脏物继续增长着……

那也是一个早晨，我分明看见一个十岁左右的女孩，把一个花圈放在了垃圾堆上，上面写着：牛奶奶安息吧！

我的脑袋猛然像崩开了一样失去知觉，楼房在剧烈地颠倒着……

她已然悄悄地走了！

后来我把一切都弄清楚了。

牛奶奶无儿无女，孤独了一辈子。丈夫呢？据说在她十八岁那年就外出挣糊口钱去了，可是一直没有回来……

她根本就不是这栋大楼里的人。她住在我们大楼对面的平房里。

她去世的前一天，还清理完了楼下的垃圾，那车斗装得饱饱的，仿佛要把人间所有的污秽载走才解恨！这是她留给这个世界的最后的留念。直到第三日，邻居们才发现她的屋总是关着门，便破窗而入……

她没病没灾，是轻轻松松走了的。能有什么留恋的吗？没儿没女，再说已年逾古稀，也该有个归宿了！

邻家的小姑娘想得很奇特，给她送了一个花圈，放到她平日最常去的地方。这肯定不是她得到的唯一的花圈，但是放到这个地方的，就这么一个。

孩子们想得简单，每个人的灵堂都应该设在他劳动的地方。不劳动的人，设灵堂干吗？孩子们的心！

老妇人已经走了半个月了，仍有人往放花圈的地方倒垃圾，而且是"远距离投射"……花圈早被埋没了……

孩子们不干了！

那个小姑娘联合了一帮"兵"将那"垃圾山"搬掉，栽下了那棵刺玫花树。

娃们也许不是不让人们倒垃圾，他们只是要捍卫奶奶的圣洁呢！

自从有了这棵刺玫花树，果然再没人敢在这儿抛撒污秽了。

老妇人一生都是圣洁的。

圣洁怎么能与龌龊相容！

月落沙滩

西宁是我这次攀上世界屋脊的第一个落脚站。那天，我在西关的一家旅舍刚住下，就找到一架地球仪，轻轻地转动起来，看着我此趟旅程所经过的地域。当我看到涂在昆仑山下那片代表沙漠的土黄色圆粒时，心儿一收缩，暗想，多可惜呀，地球姑娘美丽的容貌，让这斑斑麻点给毁坏了。

此刻，我已经不是站在地球仪前猜度沙漠的情景了，而是置身于沙漠深处观赏戈壁胜景。我已跋涉得四肢乏力、口干舌燥了。仰头望去，天上的云彩像一块块被烤干熏黄的抹布，仿佛让哪个渴汉用力拧挤过，变得麻花一般。据说，当云层聚拢密集时，这里偶尔也稀稀拉拉地掉下几滴温热的雨点，落到人身上，留下的却是点点黄泥。

这是雨吗？戈壁雨。

我们正疲惫不堪地行走着，天突然变脸了，遮天盖地的黄尘飞撒而来。我们被裹在其中了。一瞬间，像爆发的山崩，到处是飞沙、走石、烟尘……

给我们带路的哈萨克族老乡，慌了。他手卷喇叭，大声喊着："快，戴上风镜！还有，绑上绳子！"

他说着就抛出一条尼龙绳，要把我们几个人"串联"起来。老人的用心我明白，是怕这骇人的风沙把我们卷跑。

我们都傻愣在地上，老人又发急了："是木头桩子吗？同志！不能站着不动啊，这样沙子会把你埋掉的……"

我们按照老人的指点走动起来，总算没有喂了"黄毛旋风"。可是，经过这么三折腾两折腾，每个人都变成了鬼模样：脸上仿佛抹了一层黄泥巴，衣服也变成了"沙铠甲"，要不是那双眼睛在骨碌骨碌地转悠，你搭眼一看，准会以为是那些沙桩成了仙，伸腿迈步了。

在沙漠里走路这个艰难呀，和当年唐僧去西天取经不相上下。

本来只有半天的旅程，我们却磨蹭了整整两天。此刻，我们已经到了沙漠深处，这里风平浪静，仿佛是另一个世界。我们准备安营扎寨住几天，伴随考沙队的同志观赏沙漠胜景。我想象中沙漠的荒凉、萧条，被眼前看到的戈壁壮景赶跑了。我怀疑自己走进了绚丽多彩的天然公园，或是来到了幽雅寂静的古代城堡。我走上一个沙坎，凉凉的夜风舔着衣襟，拂着我心，清爽，舒坦极了。我举目远眺：满眼都是沙丘。沙丘，有大的、小的，有圆的、尖的，有高的、低的……好像谁吹了一声集合号，天底下所有的沙丘都到这里来碰头了。

柔柔的风儿轻轻地掠过沙海，似乎也在梳理着我的思绪。那些沙丘在我眼前渐渐地变活了。夕阳中的沙丘变得金灿灿、黄澄澄，像伏卧着一排排金驼，一个个高仰着渴盼的头。全都是金驼吗？不！那不是还有一匹飞蹄扬鬃的沙马吗？何止一匹，后面还跟着一群呢！

呵！沙丘——金驼、沙马——大自然雕刻的工艺品！

与我同行的有一位诗人，他显得很激动，大概诗人都是这样吧！就在我们观赏这些活灵活现的沙丘时，诗人突然惊叫一声："快来看，上天啦！"

我顺着他的手臂望去，只见紫烟升腾的昆仑山与金光闪烁的沙漠紧紧地拥抱在一起，再什么也看不见了。

"瞪大眼睛朝这边瞅，就是半空中那个黑点。"诗人拽着我换了个位置。

哦，我看到了。果然前面不远处，半天上猛乍乍地悬吊着一堆沙丘，由于云遮雾挡，显得朦朦胧胧。

"我觉得那沙丘像个乳房。"诗人又在发挥他的想象了。

我又抬头望去。他的比喻真形象，是有点像乳房。

向导老人却笑了，那笑里藏着对我们这些初进沙漠者见啥都好奇的好意的讥笑。老人说："什么沙丘升天，什么像乳房，全是嬉话。那沙丘不是在空中，它就在前面的坡坡上！"

在坡上？不是明明悬在空中吗？

"由于沙漠里浮动着一层微微颤动的气流、热浪，再加上那儿地势高，你就觉得它无依无托，仿佛升天了。哈哈……"老人自说自笑，"走，咱们去看看，那里有一眼乳泉。"

乳泉？

这两个字就像冬夜里的火炉一样吸引人。我们顾不得几天来长途跋涉的疲劳，跟着老人去找乳泉。沙地上留下了一行乱乱的脚印……

来到坡上，我已经累得抽风箱了。可以安慰的是，我真的看到，从那堆沙丘的正中央淌出一股亮闪闪的清水，水儿落地变成了涓涓细流，给那硬壳壳的沙漠里荡起了迷人的清波。当水淌到一块凹地后，就聚起了一汪清水。水池边微波清荡，柔风拂拂，洗净了我们身上的燥热和心头的干渴。

我站在泉边舍不得拔步，确有几分陶醉了。同时，我发现在那湿漉漉的沙地上，生长着千姿百态的沙生植物，它们争相竞秀，各

290

具一格——

> 梭梭草，青枝繁茂，丛立沙间；
> 龙爪柳，枝柔根硬，引颈遥望；
> 虎刺梅，花瓣粉红，婀娜多姿；
> 罗布麻，白花漫漫，如云似雪；
> 山竹子，嫩枝细叶，英姿焕发；
> 沙葱花，笑含白花，亭亭玉立……

花间草丛中，还留下了那么清晰的蹄印：骆驼的、野马的、黄羊的、獐子的……可以推知，在那寂静的夜晚或者毒阳高悬的中午，各路禽兽汇聚这里，一泓清泉，会给它们多少清爽、多少享受！

向导老人说，暴风经常把乳泉埋没，埋得不留一丝痕迹。可是，埋住了它吗？不会的，要不了半日或者一夜，清凌凌的泉水又钻出沙层，淌成了亮闪闪的细流……

"那乳泉是会长的，流沙埋它一寸，它就长高一尺。反正它是不甘心被埋没的。"老人自言自语地说。

我体味着这话的含意……

同时，我也发现诗人一直没有说话，他站在乳泉旁凝神沉思。原来他的目光射在了从泉边伸出的那条路上。那是一条隐隐约约的小路，弯弯曲曲地伸向远方。

是谁踩出了这条路？牧羊姑娘，勘察队员，还是巡逻战士？……

深山荒漠少人烟，能到这静静的沙泉边饮水、洗尘，该是一种幸福吧！

当晚，我们就在沙漠腹地过夜。撑开轻便帐篷，摊开轻便铺盖。

我仍然没有睡意。沉入这古井一样幽静、寂寞的沙漠里，我总觉得有一种新鲜而又不安宁的感觉。为什么来着？我说不上来。莫名其妙……

我和诗人将头从帐篷的下面伸出来，看起了沙漠的夜空。星星，在天空蓝色的盘子上，莹莹闪烁；月亮，像一只肥大的橘子，从东山畔徐徐升起……我被这神奇的山月吸引住了，感到它就是从那沙丘顶上冒出来的。是呀，它是被风沙埋没的，现在又被夜的大手把它捞出沙海，挂在了雅静的夜空。

沙漠的夜景，同样是美的。诗人望着山月，仍然不发一语。他是又陶醉了吧！

"多好的月亮呀！咱们为何不给戈壁多请几个明月呢！"他说。

"请月？"我纳闷。

"找把小圆锹来，看我请月仙下凡。"

我起身，拿上一把锹，跟他出了帐篷。满地银辉，这戈壁越发的明媚、寂静了。

诗人接过圆锹，向沙泉走去。我看到他高高的身影在夜色中晃动，还听得见吭哧吭哧的喘气声。他在挖坑哩。不一会儿，二十来个坑坑就整整齐齐地摆在了沙滩上。

我们又回到了帐篷里。我更没有睡意了。心想：诗人就这样请山月吗？他已经醋醋入睡，我又不能问他。挖坑——请月……我不得而解！

这些坑坑占据了我的思绪。我踏着诗人的鼾声轻轻地走出帐篷，来到沙泉边。我简直不敢相信自己的眼睛了。沙泉的水都渗进了那些坑里，清凌凌的。每个坑的水面上都有一个月亮，金黄金黄的……

啊！诗人。你终于给荒凉、寂寞的戈壁请来了这么多明月！不知为什么，我的心此刻又飞回到西宁那架地球仪前，想起了那点点代表沙漠的土黄色圆粒……

　　我望着这满地的山月，心头暖暖的。我，诗人，还有沙漠，成了人间的富翁了，占有这么多明月……

王屋山的路

济源之行，沉淀在我脑海中最多的是路，王屋山的路。它从老愚公家的门槛伸出，盘旋在济源的角角落落。历代的济源人将它不断拓宽，畅通。今天新一代的济源人抬起头来，从这条路上走向理想中的明天。

王屋山左有大店河，右有铁山河，二水环流之间，山有三重，其状如屋，得名王屋。王者大也，是形容它是天下之屋。另，因了一则妇幼皆知的寓言故事，王屋山便成了天下第一山。

我乘坐着汽车很顺利地驶上向往已久的王屋山，站在了愚公村前愚公老人的雕像前。愚公眉宇间那棱角清晰、线条刚毅的纹络，与四野莽莽的山峦褶皱浑然一体。这时，我自然而然地想起了善于用故事开启国人心智的毛主席讲的那个"愚公移山"的寓言：古代有一位老人，住在华北，名叫北山愚公。他的家门南面有两座山挡住他家的出路，一座叫太行山，一座叫王屋山。愚公下决心率领他的儿子们要用锄头挖去这两座大山。我仰起头打量着愚公和他的儿孙们的群雕，心想，老愚公就是一座石山，棱角是他的性格，额纹是他的智慧。他不在乎智叟的讥讽，不畏惧大山的巍峨，不吝啬年迈的力气，要以世代人的顽强打通两座大山。愚公是天下所有修路人的楷模。

导游王芳指着对面的那座刀劈般、直陡陡的山对我们说：看见了吗？当年愚公移的就是这座山，王屋山。山的另一半已经被他挖走了，今天你还可以隐隐约约地看见万重山峰中飘忽着一条弯弯曲曲的小路，那便是他家通往山外的路。

我回转身，举目四顾。雕像后面不远处就是愚公村，村庄坐落在一面山坡上，山林茂密，郁郁葱葱。绿荫间时有蓝瓦露出，还有缕缕清亮的炊烟在消闲地飘逸。触景生情，霎时间一股说不清是欣喜还是悲凉的复杂感慨涌上我心头。祖祖辈辈守着大山的山民们几乎与世隔绝，受苦受穷只因为没有路。愚公老人下定决心移山修路，实属所迫。他要挣脱穷山恶水，到外面广阔的世界里为子孙后代创造幸福。重峦叠嶂的山峰锁着山村，愚公老人只能以手中原始的锄头作劈山斧，每日挖山不止。他需要出山的路，他坚信手中的锄头能描绘出他心中的美好蓝图。愚公的锄头刃上凝聚着中国老百姓自古就有的那种抗争、图新精神。

我站在王屋山上，寻觅那位让每一个中国人感动的老人留给世人的遗迹。空山幽谷，分明还有挖山的声响在回荡。如果说古代的愚公渴盼的幸福是尘世虚渺的远方的云，那么这位老者做梦也想着的那条路，今天已经真真切切地通到了他家的门口。不过今人用的不是他挖山的锄头，而是用源于锄头的现代化机械修的路。也不是他想象中的小路，而是一条宽敞的公路。

我们开着汽车走进了愚公村。

这是个二百多户的大村庄，农户村舍依山而建，排列得并不十分整齐，多为砖瓦房，偶有小楼突现其间。街道随山势拐来弯去，别有风趣。村里很清静，街上只有冷冷清清的人影在闪动。一位荷锄归来的村妇告诉我们，年轻人大都外出打工去了。这时正是收工的时候，人们顺便拐到王屋街上逛商店去了。我问："村里打工的人多吗？"村妇答："多。有的是终年在外打工，他们大都年轻有文化。留在村里种田的人只在农闲时不愿窝在山里熬日子，就走出山里临时找点活儿干，短则十天半月，长则三两个月。"她指着我们来时走过的那条公路说。我明白了，打工的村民都是坐汽车出山的。我采访了村民赵学纯。他张口就说自己是愚公的后代，还说这个村里的人大都是愚公的后裔。我存疑，便问："据考证愚公姓吕名三太，你是赵姓何以见得与愚公有缘？"他淡淡一笑，很巧妙地回答："愚公是传说中的人物，我们却是实实在在的愚公村的村民。"我听了无话可说。在愚公村老赵也算得个大户人家，他有三儿一女，老伴是地道的足不出山的妇道人家。老赵和儿女们都各有挣钱的渠道，尽情享受着劳动致富的甜蜜。大儿子开汽车跑生意，三儿子是一家水晶厂的工人，儿媳也在工厂上班。他和二儿子在家种地，只有农闲挂锄时才出山找零活干。女儿正读中学，她说她的志愿是考上郑州或济源市的大学。老赵在介绍一家人的情况时脸上溢满喜悦。我问他一年全家的收入有多少，他说五六千元吧！旁边马上有村民插话："绝对不止。"老赵笑笑："在愚公村我家的生活是中上等水平，首富谈不上，穷也穷不到哪里去。"老赵总是那么会说话，现在的山里人，了得！

　　近两年来，在愚公村包括赵学纯在内，不少农家都开设了独具一格的家庭旅舍，接纳从四方来王屋山的游客。原来，王屋山不仅有通往外边的公路，还修了一条到深山的宽敞公路。王屋山是旅游胜地，大大小小的风景点不下十处。有2400多年寿命的一棵银杏树，系全国五大银杏树之一。树下有千年不老泉，山民世代饮之，多长寿。尤其招人注目的是山顶的琼林台，山峰独柱凌空，状如云城，人称天坛极顶，海拔1715米。相传黄帝与蚩尤战于涿鹿之野，屡攻不胜，便来到王屋山中，清斋三日，登山至顶，于琼林台设坛祭天，祈祷破蚩尤之策。

近年来，全国各地的游人从新修好的公路蜂拥王屋山，登上山顶观光。

我们乘汽车向深山的极顶驶去。没想到车行半道，公路终止，还需步行爬山六里地方可临顶。我问王芳："何不将公路修上琼林台？"她说："即使到了今天可以乘汽车或坐缆车登山，我们也不应该忘记当年愚公修路的艰难。让大家登山练练腿劲，好记着老愚公用锄头挖山的韧劲。"

好个王芳，了得！说出了这般有哲理的话。

秋　红

——翠华山小记

　　秋雨泡软翠华山的那个傍晚，太阳还没落山，天就黑了。夜被黑渗透，夕阳的种子埋入天池。金秋品鉴翠华山笔会就这样在翠华山的润雨中开始了。正是这雨加深了这次笔会晃动的青春。

　　我被一位脚尖仿佛长着一双智敏大眼睛的女孩领着，顺畅地摸黑踏着曲里拐弯的山路，送到不知是山腰还是山顶的一间小屋，入住。一个人的时候，时间暂且停顿下来，仿佛世界上所有的钟摆都滞留在这间小屋，我有点孤怕。屋外的每棵山草分明都竖起了耳朵，想听我的诉说。深秋深夜的这个空寂的时刻，我将往事抽丝般拉到小屋灯下摊开。

　　静夜，翠华山无语。我一直渴望有人喊我一声，哪怕那声音很微很冷。可是没有。我睡觉连腿都不敢伸开。

　　夜的尽头有一块石头，等待发芽。

　　半夜，我醒了。再也找不到入睡的理由，便轻掀窗帘一道缝，外望。树梢离月亮的距离只有一指多点。树上挂着一堆堆圆圆的东西，零乱在落尽叶子的枝杈之间，整齐地站满树冠。似在颤动，该不是鸟儿吧！

　　一树静静的生命。

鸟鸣，夜色破。窗口泻进一缕光亮。太阳唤醒了我。推窗远眺，月亮已经失踪，星星被迫改嫁。唯阳光独霸着翠华山。屋里屋外，天上地下，层层红波，闪闪烁烁，灿灿，柔柔。当我意识到正是那一树鸟儿加深了这早晨的色彩时，才明白过来昨晚我一直在上当。树上那圆圆的活物根本不是鸟儿，而是柿子。刚刚被朝霞涂抹过的柿子，是它红得最美的时刻。亮亮的红，软软的红。轻风可拂来的红，双唇能噙下的红。红灯笼似的挂在山坡树上，成为最纯净的风景。一枝未落叶的嫩枝，不甘示弱地从红中探出头来，似在偷听风儿轻敲这红涛的回声。满山流动着深秋的声色。眼前油画般的秋景让人陶醉，我真想住在秋天。

站在小屋前，我满耳灌着一沓一沓的鸟叫，此起彼伏。不仅翠华山就连整个终南山都仿佛泡在鸟声里。我的感觉，每一声鸟啼都是从那一颗颗熟透了的柿子中发出来的。开在深秋的红，是有生命的！这个早晨，干净，透明。我已经听不到那扇窗子轻轻打开的声音了。

这时，我看到了从小屋伸出的一直通到山坡下的那条小路，弯弯折折得可爱。一会儿突然回转往下，一会儿又拧过身子平走。从草丛中钻出后，又袒露着满胸脯的碎石。身段苗条却若隐若现。步履匆匆却踏着乐感。这路真好。昨晚就是她把我领进了小屋。

太阳已经翻过山。我沿着美丽的弯路，很轻松地就走到了另一个平台上。鸟瞰，偌大的山坡上一片别墅尽收眼底。我住的只是其中一栋，它点缀在山的最深处，孤零零的有点微傲。所有房屋都是红顶白墙，亮丽得晃眼。我肯定应该纠正一下我未出屋前认识上的一个误差：那满山满屋的红波许是同样来自这些红屋吧！就在这红屋顶之间的空地上，仍然可见点点小红灯宠，那就是柿子了。一堆，一片，一溜。我的又一个新发现是，东方正升起的太阳给这些柿子包括这红屋，镀上了一层生命之红。

秋天的火柴把翠华山点燃。柿树在燃，水屋在燃。红红的深秋在人们视线可及的所有地方晃动。

果真有几只小鸟飞落于无叶可依的枝头，翻晒着自己褐色的羽毛。我心静如水。静观秋天，可以从树梢间的逐渐空旷开始，聆听鸟儿孤单的叫声，去感受秋的气息。

鸟用啼声摘下一片红，砌在自己的巢边，让阳光驻足它们的家；准备过冬的蜈蚣驮走一片红，储于它们地下的家，一个冬天做的都是火红的梦。我，当然也会捡起一片熟透了的树叶，蘸上天池水，把翠华山的红沉淀在叶脉里，将小屋的梦藏在小灯笼里。风吹不去，季节也带不走。它成了另一种生命。我带上这片红叶走一回青藏高原，站在雪山顶细咀慢嚼，那枯萎的叶缝也会长出回忆的青草。

鸟声渐稀渐远。太阳升高了。住在度假村各屋里的人陆续出来，山坡一下子温暖了许多。我站在几乎与一栋别墅的屋脊平行的坎上，对青年作家红孩说，给我留个影吧！他按下快门，我就定格在小屋里了。这小屋正是让我寂寞了一夜的那一间。这时，我看见坡上蓬开着三朵野菊花。从我站立的角度望去，它们恰巧插在小屋的鬓角处。我采下中间的一朵，使花们拉开了距离。两朵花不能靠得太近，那样它们会相爱，私订终身，甚至未婚先孕。在山野还是姑娘花好，姑娘花洁，姑娘花美！

翠华山的两天里，我天天夜夜都要进出小屋，最喜欢走那条路了。在这路上走一天会有一天的梦想，会有一天的欣愉。那是一条短短的路，却能牵出长长的思绪。

我们开始漫游翠华山。山崩奇观，天池静水，珍花异木，鹰崖瀑布……晃的，太白积雪撞进我眼中。渗白，深纯！我的眼前豁然开阔，我的心肺瞬时清爽。让人珍爱难舍的雪！在这个还没有到落雪季节这些来路不明的停顿在太白山之巅的雪，该是藏着多少未点燃的火焰！它必是啜饮了翠花姑娘酿造的八宝稠酒，连山中的小路也那么宁静、幸福，竟也微醺不语。雪是天空凝固的泪水，掉下来就是一种伤害。我只是屏住呼吸去听雪的声音，让体内填满无法消融的积雪。听雪，那是阳光消失在草尖时的触摸，那是润唇融进面颊的余温，那是种子出土时的奔涌！雪白雪白的雪，你的一个名字叫寒，另一个名字叫暖。寒比暖还暖，暖比寒还寒。

听雪，不要落大雪；听雪，却盼着雪崩。

太白听雪，是翠华山深层的观景。

我站在观景台望太白，听雪。醉风颤来，一双手上托着一团红云，柿子。朋友让我尝鲜，说是刚捡来的落地柿，翠翠的红。

接过这团红果，吮吸。另一半更鲜红。我体验着一枚成熟的果实，浑身有一种被切开的酥美的感觉。

这时，我才发现，不远不近的山坡上，红透，红遍，柿子林！疯狂而毫无节制的红，枝丫间，浓浓成每个游人内心的太阳。

总会有一颗星在我头顶闪烁

常常有人给我提问：你上百次穿攀世界屋脊青藏高原，就那么心甘情愿吗？坦率地说，苦、累，甚至对生命的威胁都时刻存在。但我愿意面对。只因为我内心有一个难以抑制的支撑：一心要当作家。

十四岁那年，上小学四年级的我写了一篇命题作文，我长大后的志愿是要到青藏高原去，当一名勘察队员，成为作家。当作家无可非议，但为什么要去青藏高原，当时我说不清楚，就是现在愿望变成了现实，我也道不出个所以然。反正自从在课本上知道了中国西部有这么个美丽富饶的青藏高原以后，就把它牢牢地放在心窝里了，常常做梦都到了那里。还是好奇多于理智。记得有一支歌曲《勘察队员之歌》，好让我喜欢，莫名其妙地觉得那些勘察队员都战斗在青藏高原，我常常哼唱着，有时走路也用脚点着节拍哼唱：

是那山谷的风／吹动了我们的红旗／是那狂暴的雨／洗刷了我们的帐篷／是那天上的星／为我们点燃了明灯／是那林中的鸟／向我们报告了黎明／是那条条的河／汇成了波涛大海……

　　我想象勘察队员在冰天雪地高原上的生活，勾画着我的作家梦。

　　也是十四岁那年，我的处女作《陈书记回家》，在1955年8期《陕西文艺》发表。农村小娃娃在省级文艺刊物发表作品，确实罕见。我很得意，这篇作品的问世，缩短了我想去青藏高原当作家的距离。我的心更急切地飞向那个遥远的地方！

　　满天都是星星，总有一颗在我头顶闪烁。

　　生活中的巧遇常常不期而至。1957年冬，部队到我们县里接兵。当时我并不知道接兵接的是什么兵种，更不清楚他们驻扎的地方在哪里，许是企盼走出农村的心情太急切，就辞掉了在一些人看来很不错的民办教师的工作，瞒着父母报名参了军。铺着稻草当床铺的铁皮闷罐火车，把我们这些还穿着老百姓衣服的新兵拉到兰州，又坐了四天的敞篷卡车，来到昆仑山下的汽车团。从此，我当上了一名高原汽车兵。我梦寐以求的上青藏高原的梦想，真的好像做梦一样，就这样似乎轻而易举地成为现实。作家梦呢？我却感到有些迷惘，但并没有断了念想。我相信和她毕竟有着可以用心灵交流的秘密。暂且将这颗早就孕育的文学种子埋在心底最肥沃的宝地，一场春雪飘来她会发芽！

　　直到我在汽车教导营学会了驾驶、修理汽车技术，第一次开着汽车从插在格尔木转盘路口，标志着"南上拉萨，北去敦煌，西往茫崖，东到西宁、兰州"的路牌前起步，驶上四千里青藏线时，我才真真切切地感到实现作家梦理想的路开始了。我强烈感到可以从这个四通八达的路口摄取足够的养分以营养我的梦想。此刻，1959年初夏，一场"六月雪"正摇撼着昆仑山。放眼望去，四周全是雪，除了矗立的雪峰，就是被白雪几乎填满了的洼地。我特地刹住车，走出驾驶室朝通往四方的路上眺望，雪峰连绵起伏，近的那么近，仿佛伸手就可以抓到一把雪。远的那么远，好像可望而不可即。瞬间，我想象的翅膀随着这通往四方的远路展开，飞翔起来。我能走到我需要去的每个地方吗？未见得！生活中常常能遇到格尔木这样的转盘路口，你有时赶路的步伐越快反倒越容易迷惘和遗失。不是吗？如果是逃路的人，保不准走着走着，脚印倒是种在了路上，前面却是一个又一个坟头……生活就是这样，找到一些谜团答案的同时，又引出了太多的悬念。你又不得不朝前方走去，再寻找。

我正这么想着，一阵来路不明的雪，被去向不明的风吹动，几个牧羊人赶着羊群不知该走向哪儿……

无意间，我发现路边的雪层上挺立着几丛荆棘，在这野性的荒原上，它默默地吮吸着积雪用过的阳光。正是它们守住了原始的蛮荒。

我采摘了几丛荆丛，这是诗心文眼。

飞雪和冰凌在方向盘上交汇，山路和戈壁在掌心重叠。敦煌、阳关、日月山、倒淌河、纳赤台、昆仑神泉、长江源头、拉萨河谷、布达拉宫……这些令多少人神往的鲜活得冒着仙气神韵的名字，是求之不得的文学原生态素材，从我踏着汽车油门的脚板下，一次又-次地闪过，刺激着我的神经，勾撞着我的魂魄。运输任务繁忙，经常白天黑夜连轴转地跑车，我只能利用开车中点点滴滴的空隙时间，见缝插针地写稿。但是我真的写不好，只能乘着梦的翅膀回到驾驶室坐垫上，把所见所闻的事记在随身带的"记事本"上。创作需要走进生活，更需要靠近历史。于是我搜集我所在的汽车部队在解放战争和抗美援朝战争中的故事。我坚信，一个人如果有一把万能钥匙，就会有十万把能开的锁子。这么多丰富多彩的文学原料，还愁变不成散文！

文学的路比我开初想象的"远"还要远。我寄出一篇又一篇散文，还有诗歌，天天眴眴等待开花结果。好不容易盼来自费订阅的报刊，战战兢兢地打开目录，寻找自己的那盏灯，可是看到的都是别人的名字。

我的灯却不知在哪个幽巷里蛰伏着？

往事不可假设，但未来是可以预测的。我踩油门的脚踏得更狠劲了，恨不得一脚就踏出属于自己的一本书！我把那些亲身经历的，亲眼看到的，还有从历史深处挖来的文学的夜明星、五彩路，继续详略得当地记在"记事本"上，积攒着，再积攒着，等待着爆发！

我一直不相信文学创作有一种永恒的理论，但我们还是需要它。在一些创作阶段，只有理论能廓清我们的思想，让我们从迷乱和人云亦云的混乱中轻松走出来。忽然有一天，我遇到了一位贵人，至今我都记得他的名字。其实说不说他的名字有什么重要，他只是一个文艺刊物的编辑，叫师日新。今天没有几个人知道这个名字。他来高原深入生活，得知我痴迷文学，写了许多作品苦于发表不出来。他特地见了我，说了一番话，至今我记得大意是，文学创作是一个没有尽头的想象艺术，最可贵的是创新。好像画家面对一张纸，下笔的地方有十个、百个，以至千个。到底能下笔的地方有几个，完全由画家自己。说实在话，他的话我当时似懂非懂。他还特地给我讲了诗人李瑛的几首诗。几十年来，我一直记着师日新老师的指点，摸索前行。他是在启迪年轻的作者，要热爱生活，但还要走出生活，生活在文化里。这样才能做到既源于生活，又能高于生活。文艺创作是以一当十、以十当百的艺术，丰富是用来赞美简约的。

开车和写作是我成长中并蒂的两片绿叶，共享阳光，同浴风雨。我的那个"记事本"怎能不像口袋呢，里面装的是酿制文学的精米细面。我匆匆赶路，忙忙往里面填充，最后把自己也装进去了。

谁说通往春天的路上不是布满荆棘，汽车驶进昆仑山后，山体上不时有泉水飞流直下。昆仑神泉是不是相传的当年文成公主进藏路上洗理自己的梳妆台，另当别论。但是，众人皆知这泉水最嫩的时候周大雪封山的季节。我的文学生涯在封闭和寂寞的意境里，经过相当艰难而幸福的跋涉，终于在这里亮起了一盏灯。

散文《昆仑泉》在 1964 年第 6 期《人民文学》发表。我接到这期刊物，无法掩藏的心花与刚刚落地军营外的春光接壤。不足 2000 字的一篇短文，速写了高原汽车兵和养路工人携手共守疆土的深情厚谊。一瓢水同样可以滋养根的生命。它给经过多少轮回才找到一盏灯的我，带来的冲击波是突破性的。整个春天，再加上整个冬天，我的心都是热的。怎能不热呢？就在不久前，也就一个月吧，我创作的反映高原汽车兵生活的散文《考试》，在全军举办的"四好连队、五好战士、新人新事"征文中获奖。这篇散文只有 1500 字，小散文折射的是大道理，它记述了汽车部队打破传统的考试模式，进行路考的新的考试方法。半年前，我把《考试》的手写稿工工整整地誊抄在公用信纸上，寄到征文办公室，不久就在《解放军报》文化园地副刊发表。我无论如何没有想到它会获奖，惊慌大于喜悦。获奖证书寄到高原后，团政委王品一在全团干部大会上，把奖状高高举过头顶，自豪地说："这是总政治部发的奖状呀！"至今，我依然十分珍惜地妥善保存着这个银色烫金，盖着"中国人民解放军总政治部"红色大印的奖状。

差不多与《考试》获奖的同一个时间里，我的另外一篇散文的发表，不但惊动了汽车团，还让我家乡的亲人也着实受了一场虚惊。确切地说，那只是一篇小故事，题目《风雪中的火光》，发表在《解放军生活》上。

《昆仑泉》发表后，1966 年 7 期《人民文学》又发表了我的第二篇散文《夜夜红》，需要说明的是，《昆仑泉》和《夜夜红》都是被两家报刊退稿后，我再次作了较大的修改，才得以在《人民文学》发表。我总相信，失败无处不在，成功就在你的身边。只等你去唤醒，冬去春来。

一个汽车兵的作品，接二连三地在全国全军报刊上发表，引起人们的关注是不奇怪的。兰州军区文化部尉立青在 1965 年 1 期《青海湖》发表了《可喜的收获——评王宗仁的三篇散文》，文中写道："这三篇散文篇幅都很短，但很精。作者以饱满的政治热情极力地歌颂了高原的新风貌和高原人新的精神状态，使作品充满了炽热的时代激情和强烈的时代精神，可以说是三篇较好的散文。"这三篇散文除了《昆仑泉》之外，还有发表在《青海湖》上的《船》《昆仑雪里红》。

说起尉立青，还有个有趣的小插曲。他来高原深入生活，同时为《连队文艺》组稿。他特地约我写一篇散文。我加班写了篇题为《裴大嫂》的特写，颂扬了某兵站一位裴姓男招待员热情、细心、周到为过往指战员服务的故事，大家都亲热地称他"裴大嫂"。尉立青编稿时把文中的"他"都改成了"她"。编完后才恍然大悟，又把"她"全部恢复成"他"。他很风趣地对我说："大嫂也可以是男人。我只好让她回到男人的行列里去！"

每个人都有自己的远方，渴望当作家的我对远方的渴盼似乎比一般人更强烈。远方不在起点而在尽头。尽头到来之前，它在哪里，好像很难一语道破。如果把你的远方比作灯火，这灯火挂得比星斗还高。你可以做到的是，双手要紧握阳光，不让它从指缝间滑落。1964 年前后，我感到我离远方好像靠近了一步。只是靠近，远方并没来到。这个时间段，有三件喜事突然敲门，让我兴奋。一是我和我的同乡同学，同年入伍又同是汽车兵的战友窦孝鹏，携手加入了青海省作家协会。二是西安电影制片厂文学部王积成来高原组稿，约我和窦孝鹏创作一部反映高原汽车兵生活的电影剧本。我俩一听就吓炸了，写电影剧本？做梦都不敢想的事！王积成告诉我俩，只要拿出初稿，他们会有人帮助完成任务。三是我把多年来发表的散文冠名《青藏线上》寄到人民文学出版社上海分社,希望能编入正在全国读者关注的"萌芽丛书"。分社收到书稿后编号登记,让我等待处理意见。

青藏高原四季落雪,雪落下来就会融化,融化后冬天就单薄了。不能不说,我的文学梦可以眺得见"远方"在地平线上晃动着几缕曙光。虽然我明白,是"不可能的!",但我仍然满怀希望地盼望着奇迹终于会出现,让可能成为现实!

我又一次沉默寡言后,又一次抬起头踏上了茫茫青藏线!

最终的结果是:后面的两件事八字没见一撇就飞了!"文革"的战车碾过的地方,遍地都是光芒,但没有人知道这光芒有几多绿色,在这连森林也发呆的日子里,我偶尔也会望着几片枯叶想象我的"远方"。回忆失落的美好,反而让我长时间抱有希望和期待。我便尝试着恢复失落的、有点残缺的文学梦。因为生活总是给我们带来惊喜,谁愿意看着原本多彩的日子变得死灰一样寂寞!

积累昨天的经历,创造今天的岁月,奔向明天的"远方"。

我继续创作,我真的巴不得将在风雪路上开车经历的故事,以及沉淀在脑海里的文学功底,都倾注到拉萨河里,用它的宽阔和流长孕育出一篇美丽的文章。没有发表作品的阵地——"文革"中所有的文学刊物以及报刊都停刊,或者改头换面,我的笔记本就是阵地。里面的内容大都是我写"我",又是在自己的阵地发表,在写作技巧上进行一点探索,甚至展现一些时代的盲区,"野"一点也无妨。一篇又一篇散文、诗歌,甚至报告文学,誊抄在我自备的大小不一的笔记本上,我把它们统统称作《学步集》,一集、二集、三集……至今我仍然保存完好。我的许多散文就是从这个阵地上长出来的,我说"长",是因为那些记下来的事情,仅仅是根,给它们添枝加叶后,就成了作品。那个隆冬,我在楚玛尔河畔写下一篇记事后,看见河边孤独的冻土和叫不上名字的卑微的草根，独自承受一种凛冽，不知为什么我总想回头，走到文学的起点上去。也怪，就在我回过头的一瞬间，看见了"远方"的那盏灯还在闪烁。于是，我又把头收回，静静地贪婪地望着"记事本"那些文学"胚胎"。

时间无处不在，往昔就在未来的身边。在奔走向明天的路途上，我可能累了，树也枯了。我就坐在大树旁的雪堆上。身体把雪暖化，以雪取暖。让雪水先浇我，再去浇树根。

我在创作上的一个明显的拐点，或者说又一次爆发出火花，是1974年初春。当时我已经调到北京，在总后勤部宣传部任新闻干事，文学创作是业余爱好。平心而论，我调到北京从事新闻工作，主要还是在文学创作上取得的成绩帮了忙。这也是我总是那么热爱新闻工作的主要原因。1985年1月13日，我在解放军报发表了题为《我的两驾马车》，这两驾"马车"就是新闻和文学，文中有这样一段文字："在我的肩上拉着两套马车。我酷爱文学，也偏爱新闻。八小时之内写新闻，八小时之外搞创作。拉两套'马车'当然要比单枪匹马费力了。但我心甘情愿……我总觉得离开新闻工作岗位，也许我的创作也会随之枯萎。"话题再回到1974年初。一天，一封带着青藏高原早春暖雪的信飞到我手里，是刚从《青海湖》编辑部调到青海人民出版社当编辑的杨友梅来信。她在信上写道："我很喜欢你写青藏线生活的散文，一直有个心愿，想把你这些作品汇集成一本册子，由于种种原因始终未能实现。现在看来这项工作可以着手做准备了，请你把你的作品整理出来，寄给我看看……"

我惊喜得心都快蹦出胸膛了！我，一个曾经在风雪青藏线上开车的司机，几次送稿和她见面时都是穿着油腻的工作服，她接过稿件总会客气地让我坐在沙发上，询问我们汽车兵的一些情况。之后她就埋下头看我的稿，边看边用笔在上面勾勾画画。我总觉得我虽然坐在她身边，但离她那么远。哪里会想到她现在突然提出要给我出书，而且还是她早就有的想法。她在信中提出的唯一要求就是，集子里的作品必须有一半以上是新创作的，未在报刊上公开发表过的。我立即很兴奋地给她回信，详细谈了对要出版作品的设想，列了个提纲。从此，西宁—北京之间的信件频繁传递着创作信息。我每写出一批作品就捎给或邮寄友梅老师，请她指教。她从来不积压我的稿件，看完后总是及时和我联系。她对作品的要求很高，我新创作的或修改的作品，她总要提出进一步修改意见。

这期间，有一件事我是无论如何没有想到的，它多少也影响了我的写作情绪。她退回了我点灯熬油新创作的七篇散文，几乎全部否定。我把她长达五页的信反复看了好几遍，心中的不快和委屈才渐渐消散。信中她详细地谈了每篇散文的不足之处，并详细提出如何修改的意见。后来被教育部选入"全日制十年制学校初中课本语文第三册"的散文《夜明星》，原文中有一段关于天葬的文字，她提出正文中提出"天葬"二字就可以了，不必展开写，在文后加注释。"天葬"是藏族宗教信徒处理死人遗体的一种独特方法，三言两语在正文中很难说清楚，也没必要。她的意见是对的，我照办了。友梅老师还提出，将七篇散文中的两篇散文合二为一。她在信的最后写道："我既然要给你出书，就会严格地要求你。"很快，我按照她信上的意见，对七篇散文作了认真地修改，调整。寄给她后，她又写了一封热情回信，称赞修改后的作品不仅内容充实了，也有了较深刻的意境。她还高兴地告诉我，她编的工人作家程枫的小说集征订数为275000册。希望我这本书的印数也达到这个水平。

我要特别指出的是，友梅老师在这期间常常利用她爱人老罗来京出差的机会，顺便给我捎来她改好的稿件让我誊抄，以及我修改好的稿件让老罗捎回。老罗每次都和我约好在我们部队驻地的万寿路地铁口见面，交换材料，不见不散。老罗人很瘦，朴实，淳厚，话不多。我多次请他到机关坐坐，他总是笑笑，说很忙，以后有机会。可是，他始终没去。我每次见到老罗，总觉得他满脸忧郁，像有很重的心事。

当时，我怎么也不会想到，老罗就是"胡风集团"的那个成员罗洛，我只知道他叫罗泽浦，我们都喊他老罗。十多年后，当"胡风集团"的冤案得到平反，罗洛也恢复了名誉，成了上海作家协会的主要负责人，一本又一本诗集像喷泉一样涌了出来。杨友梅也回到上海在《收获》杂志社工作。回首往事，我真是又吃惊又不安。我仿佛做了一场梦。但是，一切又都是真的。1975年11月《珍珠集》由青海人民出版社出版，这是我的第一本散文集。

至今，我已经出版了45本作品集。

2008年4月，我获得第五届鲁迅文学奖的散文集《藏地兵书》，由解放军文艺出版社出版。这本散文是当时我素不相识的年轻编辑丁晓平找上门主动为我出版的。他在书的封面上赫然写着这样的引读语："比小说更精彩，比传说更感人。一个上百次穿越世界屋脊的军人，一个把生命化作青藏高原一部分的作家，他写了四十多年高原军营生活，有数百名藏地的军人从他笔下走过。大家称他'昆仑之子'。"这本散文集中的作品，有一半以上是经过《解放军文艺》的编辑王瑛精心指点发表的。她告诉我：写青藏高原军营的题材，是你独有的文学资源，但是你不能只凭简单的经历和经验写作。当然，这样写也容易打动读者，却也容易失去个性，往往淹没在共性的洪流之中。她对我说，你不仅要站在自然的海拔高度写高原军人的苦乐、死亡和爱情，还要站在人性的海拔高度去写。她打了一个比喻：如果你拿个碗在瀑布前接水，能接到水吗？

　　我理解并践行王瑛这番点拨，一直进行到今天的此刻。绝不可能立竿见影。不仅需要时间，更重要的是要改变对生活的思维模式，以及如何取舍生活，把原味生活酿制为文学。之后，我在探索摸索中创作了一批散文，不但取材有突破，写作也有了与过往不同。

　　后来她随我走了一趟青藏高原，她在和我一次对话中，这样对我说："我上一次青藏高原，看见的青藏高原是一种样子，您年年上青藏线，写出的高原故事又是一种样子。生活和文学的这两种样子在记忆里重叠在一起，我对青藏线上官兵生活的感受，变为对生命在极限状态中所呈现的光辉的一种认知。而这正是文学不可替代的价值。"

　　也许，今生我再不可能上青藏高原了。但是，我还会写高原生活，写出的是另一种样子的高原。因为文学，让我站在了比青藏高原更高的精神高原上！

我和我的处女作《陈书记回家》

　　我的故乡关中西府，有一首乡谣唱得妇幼皆知，我至今仍然牢牢记得开头的两句："麻野雀，尾巴长，娶了媳妇忘了娘。"乡谣无情地鞭挞了不孝敬父母的负心人。哪一个父母不是一把屎一把尿地把儿女抚养长大，成人？儿子有了儿女，日子过得舒心了，没想到有些人依偎在媳妇柔绵的怀里，便淡忘了母亲的关爱。这种人即使当上了县长，乡下人也把他下眼观，称他们为"瞎种"。

　　我就见不得这样的"瞎种"。可是在我们村里和邻村这种忘恩负义的人并不少见。那时我这个才十几岁出头的乡里娃，严格地说对人世间的许多事情还是懵懵懂懂不甚明了。正是时不时遇到的那些负心儿子使我早熟，知道了世道的冷暖寡淡。我们邻村有一个在乡上做事的年轻人，每每神气十足地从村里走过时，城门口的胖子三爷就冲着那龟孙的后背吐唾沫："虽看你小子持着盒子枪，丧德的人总是张狂不了几天的！"刚解放那些年，乡上的干部只要挨上个官衔，哪怕是芝麻官，上级就给发枪。这个不知天高地厚的乡官，把我们村长得最漂亮的一位女娃娶过去做了媳妇。这下子他有的显摆了，披着被子上天——张的没领了。他常常挎着漂亮媳妇在人前晃来晃去。自然会招来一些人羡慕的目光，但更多的是乡亲们骂他羞先人。我每次见了那人就远远地躲开了，我怕看到他，总觉得这种人跟咱庄稼汉不是一股道上的车。现在回想起来，我儿时最早分辨爱谁厌谁的思想大概就是从这个乡官那里启蒙的。直到后来，在大人们的启发下，也是我主观的观察和思考，十五岁那年，写出了这篇《陈书记回家》讽刺这个乡官的散文。这是我的处女作，发表在1955年8期《陕西文艺》上。受小学语文老师乌安民的影响，我从四年级时就开始偷偷给报社投稿了。疯了似的写着村里的事情，不管是县上省里的报纸，还是北京上海的刊物，我都寄去过稿件。当然是石沉大海了。但是我从来没有想过打退堂鼓，因为我多次给乌老师和同学们表示过，长大后定要当一名作家。有一次老师出了个命题作文，要同学们写写自己的理想。我就直言不讳地写了我要当作家，在我的心目中作家是最神圣的职业，作家多了不起，可以写报纸文章，可以写书，可以走遍全中国去采访。为了实现这个理想，我几乎把课外的时间都用在了写稿上。家里没有桌子，我就趴在炕边上写，没有稿纸，我就从作文本上撕下纸张写。信封是我用牛皮纸自己糊的。那时投稿寄信不用贴邮票，将信封的左上角剪去一小块，写上稿件二字，便可以寄到全国任何一个地方去。奇怪的是，我寄出去的散文，只是偶尔在一些报纸上露个面，大多都成了几百字的消息报道，火柴盒。散文变消息，我很纳闷，这是玩魔术吗？后来渐渐明白了。那时候我根本不懂得什么是文学，照葫芦画瓢，写的全是村里的好人好事，有真名有村名，又都是真事，编辑就给改写成消息报道出去了。

　　人总是在不断地长进，由知之甚少到知之甚多。《陈书记回家》就写得有点文学味了，它能在省级最高水平的文学刊物上发表，不是偶然的。

　　我对那个乡官的事情掌握得越来越多了，其实完全是一种无意的生活积累。这种积累是日后写出《陈书记回家》的基础。

但是真正有了要写的激情和下笔的冲动，还是受村里几个大叔大哥的启发。那天上午，我和大家锄玉米地里的杂草，我们的话题又扯到了那乡官身上。他真像一泡狗屎，谁见了都鄙视，提起他没人说好话。正是在这次笑谈中，我得到了这个乡官为了早点见到从娘家归来的媳妇，错把"八月一日"当成"七月一日"的笑料。给我提供这件笑料的胖子三爷，当时气得脸都发紫了，他说："这娃太缺德了，娶了个大姐娃媳妇就把老娘甩到脑后了。这样的人是干不成大事的。看着吧，他今日不跌跤明日也会摔跟头的！"三爷极力鼓动我把乡官的事写成稿子投到报社去，让全国人都知道这个"瞎种"，伤他的脸，丢他的人。

我三天没出门，把自己圈在家中一间黑屋里，写出了《陈书记回家》。文章照样是写在作文本的方格纸上，也照样是装进自制的信封里寄出去的。没贴邮票，但是有企盼，天天盼着它能登出来。我想，胖子三爷也会是这么盼着的……

陈书记回家

通讯员江有一下午往团总支陈书记房里连跑了三趟，都没见人的影儿。江有奇怪的向办公室横扫了一眼，没写完的紧急报告，乱了一桌面子，又见水牌上写着："总结报告所缺部分，今晚会议上由大家补充，赶明日送团县委。"江有见此情景，又想起他平时对干部劳动纪律的严格要求来了，心有所感地说："哎呀！陈书记工作抓的就是紧，今天开了一上午会议，晚上还要开会！"

开会的哨子声响了以后，陈书记才气喘吁吁地跑回来，看样子是刚打完球。江有老远就喊："书记，信！"陈书记一看是爱人来的信，高兴地满头汗水也顾不得擦了，就"吱"一声撕开信皮，越看越起劲，眼睛鼻子都挂上了微笑。他一口气把信看完了，脸色偶然又变得有些生气的样子，把江有又喊回来，"今天的信为什么送的这么迟？责任心哪里去了？"江有赶忙以实情答对："下午连去了三趟，你都不在！"

"不在家里，你不会找我？"

"……"江有翻了翻眼皮，再没言传。不过他很奇怪，陈书记平时对同志不坏呀，今天为什么这样发脾气呢？再说，也不是什么要紧的机关公函，是一封极平常的私人来信呀！

江有把这封信看得没大紧，可他哪里能猜到陈书记的心思呀！陈书记看完信，神情紧张得眼珠子都溜溜转。他和他爱人好久没见过面了，正在这当儿接到她的来信，其高兴劲不言可知了。又见信上写着她要在七月一日回家，他不由得吃惊地说道："哎呀！今天是七月二号，她在昨天就已经回来了！"陈书记焦急地直打转转，"不回去吧，好久没见面了！回去吧，同志们都到办公室开会来了！"他一想到他爱人叮咛的时间，就把脚一跺。扬头向办公室的同志们说："我有要紧事，今晚上的工作暂缓一下！"同志们见他那副不平常的样子，正要问他，可他已经走远了。

陈书记骑上自行车，一出大门，飞一样地上路了，自行车的速度不知比往日加快了多少倍，但他还嫌慢，两只脚只是加劲地踏，两股风从耳旁掠过，倒也不觉得汗水正顺着脖子浇下来，踏着踏着，只听"嘎"的一声，自行车不动弹了，陈书记一看是车子坏了，只好将自行车扛上，为了能早点见到爱人，也就顾不得吃苦的咧话了，一双脚急忙忙地往前奔。

陈书记到了家，五十多岁的老母亲接住，又是问饥又是问渴，他一句也没听进去，四下里瞅瞅，满屋子静静地，就急忙问道："妈！秀英到哪里去了？"母亲吃了一惊："她没有回来啊！"陈书记一听，比打了一耳光还难受，脸上红一阵白一阵的，幸亏这是在晚上，要是在白天，那才够难为情呢！

　　陈书记就灯光下打开信来，又仔细一看，爱人明明写着回家的日子是八月一号，是他一时太慌了，错看成是七月一号。陈书记的一腔热情完全散失了，或许是被另一件重要的事又引起了他的紧张，浑身软塌塌地坐在躺椅上，哭丧着脸说道："妈！我有要紧事得马上走！"母亲千说万说，要留他在家住一夜，陪她说说话。陈书记无力地望了母亲一眼，嘴里没说，心里却难过得翻腾着："妈呀！你是不知道我们的总结报告急等着我去完成呢！明天……明天……"